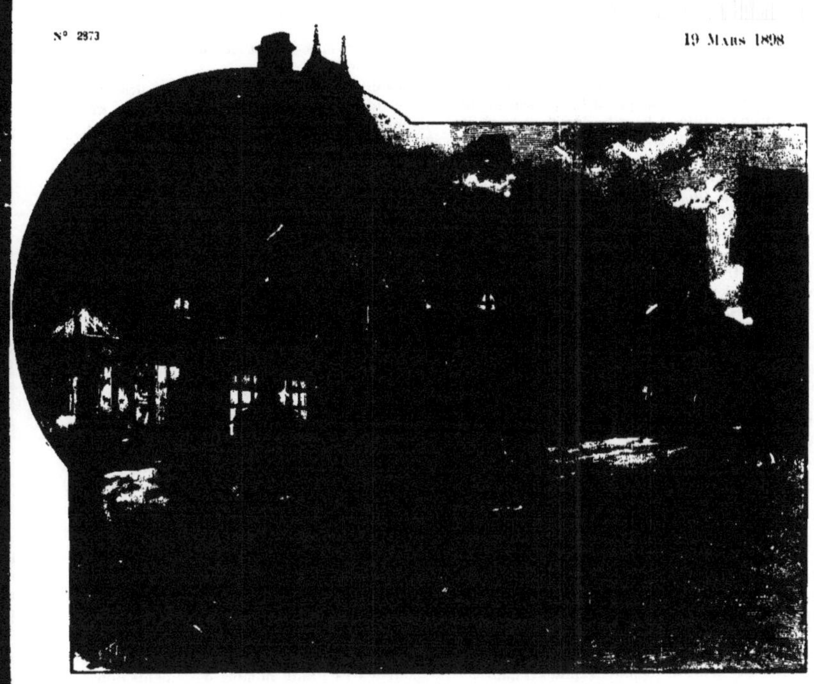

# LE RECORDMAN

## Par M. REMY SAINT-MAURICE

### Illustrations de G. SCOTT

Le soir descendait sur Lannion, un soir d'avril. Dans les petites rues escarpées, la circulation peu à peu se taisait; à peine encore çà et là quelques promeneurs en chapeau mou gagnant l'estaminet, pour l'heure de l'absinthe. Les boutiques se fermaient, avec un bruit sourd de volets boulonnés lentement. Dans celles qui demeuraient ouvertes, l'éclairage parcimonieux semblait, derrière les vitrines exiguës, servir à des veillées mortuaires. Trois jeunes hommes, en tenue de cyclistes, grègues et bas râpés, l'insigne de métal roux sur la casquette, remontaient des quais du Guer, par la rue des Augustins, vers le centre de la ville. Ils s'arrêtèrent au milieu de la grand'-place, comme endormie déjà, et dont les maisons moyen âge, encorbelées jusqu'au faîte, dressaient dans le ciel pâle leurs pignons pointus.

— L'apéritif?... proposa Pierre Guyomar, l'aîné de la bande.

— Non ! répondit le plus malingre et le plus fripé des trois, qui s'appelait Jean Kerjan et était clerc d'huissier. Passons d'abord chez mam'zelle Sibylle.

Les deux autres acquiescèrent du geste. C'était si près !... D'ailleurs n'avaient-ils pas l'habitude presque quotidienne, avant dîner, d'aller chercher au magasin de Mlle Jézéquel les nouvelles du monde qui cycle?...

Ils s'engagèrent dans la rue Geoffroy-de-Pontblanc, dont la plaque indicatrice luisait sous une réfraction de reverbère. Là, aussi, c'étaient des constructions anciennes, avec poutrelles en saillie et pignons sculptés. Les rèz-de-chaussée, devenus magasins pour épiciers ou pour cordiers, venaient de se clore.

Au coin d'une venelle à pente rapide qui dégringole vers les quartiers bas, une de ces architectures tire l'œil davantage. Deux joueurs de biniou en vieux chêne vermillonné s'accroupissent, recroquevillés, grimaçants, aux angles inférieurs de la toiture. Les façades de chaque étage avancent l'une sur l'autre : on dirait, sous leur revêtement d'ardoises, autant d'appentis successivement projetés. Une boutique à devanture brillante occupe l'ancien solin sur toute la longueur du trottoir. Elle était éclairée à cette heure-là par six lampes électriques dont l'éclat projetait sur la chaussée une large nappe de lumière laiteuse. La menuiserie extérieure se recouvrait d'un badigeon récent, lilas vif avec filets roses. Au linteau, on retrouvait, sous la triple couche de peinture fraîche, des linéaments de lettres transparues : *Jézéquel, libraire*. Mais, depuis deux ans, M. Jézéquel ne vendait plus de livres. M. Jézéquel le répétait lui-même chaque soir au café du Mar'hallach : « Le cycle a tué le livre! », et M. Jézéquel était né avec l'âme du négoce. Un gros écusson noir, proprement verni, fiché à l'extrémité d'une hampe de fer forgé, balançait en capitales d'or au-dessus du trottoir cette inscription suggestive : *Jean-Marie Jézéquel. Bicyclettes de toutes marques. Vente à tempérament. Réparations. Location.* Tout au bas, en gothiques artistement enjolivées, on lisait encore : *Seul dépôt dans les Côtes-du-Nord du cycle national l'Atalante.*

Les trois jeunes gens avaient fait halte de nouveau, comme fascinés. C'était, derrière les vitres chatoyantes, un resplendissement d'aciers et de nickelures, de cadres émaillés, de selles étincelantes. Des prospectus, collés dans les glaces, précisaient les diverses opérations du commerçant, vantaient la marque à la mode, fixaient l'échelle des paiements. A l'intérieur, des photographies lambrissaient le mur, dans des quadrillages de cuivre ou d'ébène. Sur le comptoir, de petits journaux roses et verts s'entassaient par piles.

— Le père Jézéquel est au Mar'hallach! observa Pierre Guyomar qui, en sa qualité de trésorier du club cycliste local, semblait diriger les deux autres. D'ailleurs c'était tantôt séance du Conseil municipal.

Et, en effet, grâce à l'appoint de cent douze voix que lui apportait la P. L. *Pédale Lannionnaise*, M. Jézéquel était entré aux dernières élections dans le corps d'édilité, seul de sa liste progressiste, derrière un lot compact de modérés.

Veuf de bonne heure, M. Jézéquel n'avait eu qu'une fille. Elle approchait de son dix-huitième printemps. On l'avait, à sa naissance, baptisée Sibylle, par hommage au talent de M. Octave Feuillet, dont les romans autrefois se vendaient si bien. Quelques-uns à Lannion la prétendaient coquette; nul ne suspectait ouvertement son honnêteté. Elle avait reçu l'éducation qui sied à la « demoiselle » d'un libraire, c'est-à-dire ce qui eût suffi au besoin pour faire d'elle une excellente institutrice. Mais, depuis la mort de sa mère, survenue avant la mutation de commerce, elle était demeurée, par piété filiale autant que par instinct personnel, la caissière et comme l'associée morale de son père.

Sans doute regrettait-elle le temps des livres à couverture paille, où, attablée au fond du magasin entre les visites trop espacées de la clientèle, elle s'exaltait l'imagination sur quelque prose passionnée. Cependant la vie de négociante en cycles, le plus de va-et-vient que ce nouvel achalandage amenait autour d'elle, n'avaient qu'à peine dérangé l'ancienne habitude de lire. Elle s'approvisionnait d'actualités chez M. Salaün, le papetier de la place du Centre, lequel, — étranges vicissitudes des existences provinciales! — depuis qu'il se trouvait sans concurrent en librairie, se ruinait, ou à peu près, par des achats semestriels de bicyclettes. Puis n'y avait-il pas la presse spéciale, dont elle était ici la seule dépositaire, les petits imprimés verts ou roses qui alimentaient chaque matin ses fringales de liseuse et de commerçante?... Grâce à une faculté assimilatrice et mnémonique de premier ordre, elle possédait par le menu les fastes de l'année cycliste. Elle aurait récité comme une leçon toutes les performances des sprinters ou des stayers connus. Dès qu'un doute s'élevait au cours d'une discussion entre péélistes, M^lle Sibylle était choisie comme arbitre.

Ce vocable « péélistes » désignait, d'après les initiales mêmes enchevêtrées sur leur insigne, — P. L. — les membres de la *Pédale Lannionnaise*. M. Libonban, ancien maître d'études au collège et secrétaire de la mairie, qui tenait en haine la vélocipédie, prononçait « pélistes » et faisait dériver cet adjectif de pelle, — qui en argot de cycle équivaut à chute — pour le très grand nombre d'accidents dont les Lannionnais étaient coutumiers. Aussi, le soir, à l'heure où fermaient les autres devantures, la boutique de M^lle Jézéquel recevait-elle des hôtes nombreux. Les petits saute-ruisseau en rupture d'étude venaient s'accouder au bord de son comptoir, devisaient du match prochain, épiloguaient à perte de langue sur Josserin, sur Morel, sur Marmandier, sur tous les coureurs cotés à Paris, tandis que l'œil vert de mer de M^lle Sibylle, dans l'incandescence moelleuse des six lampes allumées, s'étoilait de lueurs bizarres. Mais ni Jean Kerjan, le clerc d'huissier, ni Bertrand Jégou, le clerc de notaire, ni Pierre Guyomar, le fils de l'hôtelier et le trésorier de la P. L., n'osaient, malgré de secrets désirs, pousser l'entretien au delà de ces questions techniques, où, entre vingt autres sujets d'admiration, s'affirmait la supériorité sportive de la jeune vendeuse.

— Bonsoir, mam'zelle Sibylle! firent-ils tous trois en soulevant d'un même geste leurs casquettes graisseuses. C'est nous, ne vous dérangez pas!...

M^lle Jézéquel, debout sous l'une des lampes, au milieu du magasin, une liasse de factures entre les doigts, vérifiait des additions.

Elle avait le visage piquant plutôt que joli. Des taches de rousseur déparaient légèrement les ailes du nez au retroussis gavroche. La peau des joues,

...... On n'est pas tourte, quoique dans le pétrin (page 7).

par contre, était fraîche et veloutée ; la lèvre, vaguement sensuelle, se soulevait aux coins en deux petits plis où le sourire venait creuser des fossettes. M<sup>lle</sup> Sibylle devait le meilleur de son charme à ses yeux, des yeux couleur d'émeraude, allongés en amandes fines, des yeux déconcertants et mobiles, dont l'expression commandait à toute la physionomie. La chevelure était la plus abondante qu'on pût voir, avec des reflets de bronze noir : les torsades arrondies s'y amoncelaient en casque dans la buée comme envolée de mille mèches folles. Un nœud de satin ponceau fanfreluchait sous l'oreille gauche. La ceinture de cuir, à boucle argentée, était fleurie dès le matin d'une touffe de lilas ou d'œillets blancs, dont toute la boutique se trouvait aussitôt embaumée. Un corsage de satinette mauve, à fronces menues, dessinait des contours de gorge bien pris : elle surveillait chacune de ses attitudes pour faire valoir au mieux cette perfection plastique. En outre, sans qu'elle pratiquât pour cela le sport quotidien, M<sup>lle</sup> Sibylle n'apparaissait jamais derrière son étalage qu'en culotte bouffante de cyclewoman, — un élégant drap beige, taillé par le premier couturier de Rennes. Était-ce chez elle goût inné du modernisme?... Besoin de se différencier du vulgaire?... Coquetterie pour montrer à tous un bas de jambe bien potelé?... ou simple souci de défendre son sexe par une certaine allure plus garçonnière?... Nul n'eût pu le dire. Mais avec une telle vendeuse, on comprenait fort bien la faveur dont le rez-de-chaussée de l'ex-libraire était devenu l'objet auprès de tous les flâneurs lannionnais.

M<sup>lle</sup> Sibylle n'avait même pas levé les yeux de ses factures à l'entrée des visiteurs. On la disait fière. Des personnes de sens rassis, plus expertes à pénétrer le secret des âmes, insinuaient que la lecture et l'instruction avaient faussé son jugement et qu'elle nourrissait des ambitions romanesques, très supérieures à son état.

— Il ne faudrait point s'étonner, répétait M. Ruello, le boulanger, son voisin, que M<sup>lle</sup> Sibylle coiffât sainte Catherine sans le vouloir. C'est une enfant qui s'est farci la tête de gloriole. A l'heure présente, un sous-préfet ne lui suffirait pas !

Aussi fut-ce avec une petite nuance de mépris familier qu'ayant achevé la vérification de ses comptes, elle rendit le bonjour de la tête aux nouveaux venus, leur tourna le dos, sortit pour donner un ordre à sa servante, rentra, fit sonner un trousseau de clefs, ferma sa caisse, puis alla contrôler finalement des tubes de pneumatique avec l'importance d'une personne d'autorité qui vaquerait à quelque charge très considérée devant d'infimes subalternes.

Pierre Guyomar et Bertrand Jégou, le mollet tendu, les deux mains dans les poches de leur veston, s'adossaient au comptoir. Le petit clerc d'huissier, sans façon, s'était assis d'un saut sur le bout de la tablette en palissandre, les pieds dans le vide.

M<sup>lle</sup> Sibylle se taisait. Eux cherchaient un sujet de conversation.

— La grêle, annonça Bertrand Jégou, est tombée la nuit dernière sur Trégastel. Le potager de « Zules » a beaucoup souffert.

— Voilà bien qui nous intéresse ici, répliqua aussitôt Pierre Guyomar. Demande plutôt à M<sup>lle</sup> Sibylle ce qu'il y avait dans le *Courrier des Pistes*, ce matin.

M<sup>lle</sup> Sibylle, se haussant à la pointe de ses escarpins, devant une des boules électriques, redressait avec un chiffon le verre, mal assujetti dans le lamperon.

— Morel a terminé son dernier emballage au Vélodrome d'Été, à l'entraînement, par un cent mètres en cinq secondes et deux cinquièmes... Avec cela, il est assuré du Championnat du Monde, demain dimanche. Ni Jaas Daal, ni Würschen ne tiendront

dans une ligne droite, contre une telle pointe finale.

Morel ! le Brestois Luc Morel ! un compatriote !

Il y eut autour du comptoir un murmure d'approbation. La Bretagne en était fière, du « petit Brestois » !

Sans les regarder davantage, en passant l'inspection du soir dans les rangées de cycles, M<sup>lle</sup> Sibylle ajouta :

— L'*Atalante* ! Morel montait l'*Atalante* ! Elle seule peut créer ces fulgurants records. Dès que vous aurez des sous, mes enfants, remplacez vite vos vieux clous par des *Atalante* !

Et, d'un geste tout plein d'orgueil et de grâce, promené le long des murailles, M<sup>lle</sup> Jézéquel leur montrait les photographies et héliogravures étagées dans toute la hauteur des panneaux, entre les baguettes rutilantes des cadres : les champions célèbres lancés par la grande marque, tous figurés là, dans la position du lutteur en course, sans apparence d'effort. On eût cru les voir glisser sur les pistes à des allures fantastiques, tant cette incomparable *Atalante*, fidèle au renom de sa mythologique marraine et aussi célèbre qu'elle désormais, semblait prêter de vitesse fluide à chacun d'eux.

Les visiteurs suivirent distraitement l'indication du geste. Ils connaissaient toute cette imagerie depuis longtemps. La jeune fille eut comme une rancœur secrète contre leur apathie, détourna la tête tout à fait. Sans son père et ce qu'on devait à la P. L., elle n'eut guère toléré ces intrus mal vêtus, qui, quatre et cinq fois la semaine, venaient s'installer ici comme chez eux, au risque d'écarter des oisifs de meilleur ton. Tous trois n'avaient retenu de ses paroles qu'une phrase, celle qui répondait le mieux à leurs préoccupations de pauvres hères : « Dès que vous aurez des sous ! » Alors, soit qu'ils crussent devoir se réhabiliter devant elle, soit par cet instinct irraisonné qui entraîne les tout jeunes hommes à se vanter, même dans l'avenir, pour la femme à laquelle ils désireraient plaire, les trois péélistes successivement exposèrent leurs projets et leurs rêves.

— Moi, fit d'abord Guyomar, quand mon père m'aura cédé l'hôtel et l'estaminet de l'allée de la gare, qui rapportent bon an mal an deux mille cinq cents francs, — deux mille cinq cents, hein ! ce n'est pas à dédaigner, mam'zelle Sibylle ! — j'y ajouterai le service des diligences de Tréguier, ce qui fera trois mille, et alors je me paierai une *Atalante*.

Bertrand Jégou parla le second :

— Moi, sitôt que je serai premier clerc de notaire et que je palperai mes sept louis et demi par mois, — et ce ne sera pas long à attendre, mam'zelle Sibylle ! — je saurai bien doubler mes appointements par quelques petits courtages d'assurances. Avec cela on peut être heureux, même à deux... J'aurai une *Atalante*, comme Guyomar.

— Et moi, risqua enfin Jean Kerjan avec une mélancolie grave et un peu poltronne, si ma tante Ursule Le Flem me lègue par testament les quatre mille francs qu'elle m'a promis, j'achèterai à mon patron sa charge d'huissier. Je serai peut-être un peu moins riche que vous autres. Mais un officier ministériel, c'est tout de même quelqu'un.

M<sup>lle</sup> Sibylle avait accueilli avec une physionomie de pitié narquoise la confidence des deux premiers. Elle répondit par un éclat de rire cruel à celle du saute-ruisseau. Jean Kerjan rougit d'abord sous ce rire, puis tout à coup, comme si quelque sens de divination subitement éveillé lui eût révélé le seul moyen de réparer son désavantage, il ajouta :

— Mais je ne quitterai pas les péélistes comme ça !

Et, ce disant, il prenait entre ses genoux son cap de laine et, du bout de l'index promené en rond au-dessus de la visière, il essuyait l'émail poussiéreux de l'insigne.) Entends-moi bien, Guyomar ! sur l'*Atalante* ou sur toute autre, je battrai ton fameux record de Brest-Lannion et je m'approprierai aussi celui des vingt-quatre heures sur route pour les cinq départements bretons. »

Ce fut au tour de Guyomar de s'égaudir à pleine gorge. Il était, lui, râblé en force : il avait servi aux dragons de Dinan et maté d'une seule main les chevaux les plus rétifs. Ces efforts prolongés sur la bécane exigent des muscles spéciaux.

— Crâneur, va ! Si tu avais seulement vingt écus devant toi pour appuyer ton pari, je te le tiendrais. Voyez un peu cet avorton qui s'est fait ajourner à la révision et qui vous parle d'exploits sportifs !

M<sup>lle</sup> Sibylle, elle, ne riait plus. Une expression de bienveillance indécise adoucissait la raillerie de son regard. Un moment, Jean Kerjan pensa que ce joli visage voulait l'encourager. Il s'apprêtait à quelque riposte. Deux grosses veines, gonflées de volonté, saillaient aux coins de son front têtu. Mais M<sup>lle</sup> Sibylle, en le considérant plus longuement, le trouvait tout de même si rabougri, si chétif, malgré ses vingt et un ans déjà sonnés, si grêle de jambes et de buste, qu'elle n'osa pas exalter davantage ses illusions, et atténuant par une inflexion de voix consolatrice la précédente répartie de l'ancien dragon :

— Oui, mon petit Kerjan, murmura-t-elle, Pierre Guyomar n'a pas tort dans ce qu'il dit. On verra plus tard... Comme exploits, ne songez présentement qu'à porter ceux de votre patron.

Une brève contraction faciale dénota que le petit clerc, au fond de l'âme, protestait et s'obstinait contre eux tous.

La porte vitrée s'entr'ouvrit brusquement et une tête jeune, énergique, coiffée d'un béret blanc, les cheveux en brosse, saupoudrés de farine, s'avança de la rue, par l'entre-bâillement, en pleine lumière.

— C'est-il l'instant que vous fermerez, mam'zelle Sibylle ?

M<sup>lle</sup> Sibylle interrogea un gros cadran, à boîtier de cuivre, accroché au-dessus de son comptoir.

— Oui, mon garçon ! huit heures déjà ! Le patron a dû oublier sa montre !

Et elle congédia les trois autres. Le gars alors pénétra dans le magasin. C'était un ouvrier boulanger qui travaillait depuis six mois chez M. Ruello. Il portait sur un torse admirable le maillot de mitron sans manches, un maillot d'un blanc terne, où avaient dû alterner jadis, au temps de sa fraîcheur, des bandes bleu-ciel. La cotte, engluée de levain, lui battait aux chevilles. L'enfarinage des cheveux envahissait le visage, et les yeux très noirs apparaissaient ainsi comme enclos dans des cils d'albinos. Un sourire d'inconscience heureuse épanouissait la bouche, y montrait une dentition solide, éblouissante de santé. De traits plutôt réguliers et sévères, avec un profil de jeune légionnaire romain, la physionomie prenait, sous cette couche farineuse, avec ces prunelles de jais et ces lèvres rouge-sang, un aspect étrange, à demi funambulesque.

Le mitron gagna l'arrière-boutique, enleva d'un seul effort, dans ses mains charnues, les sept lourds volets badigeonnés de lilas qui servaient à la fermeture, puis les porta dehors, les assujettit vivement dans leurs châssis. Tous les soirs, avant de se remettre à sa huche, Yves Le Gallic venait rendre à M<sup>lle</sup> Sibylle ce petit service de voisinage, par complaisance d'abord, sans doute aussi pour le regard charmeur dont elle le remerciait chaque fois.

— Ça y est ! fit-il, après avoir assuré à l'intérieur les clavettes d'ajustage. Encore une nuit qui commence !

M<sup>lle</sup> Sibylle tira de sa poche une menue bourse en mailles d'acier, y chercha une pièce toute neuve qu'elle lui tendit :

— Prends, fit-elle ; c'est demain dimanche. Tu te régaleras à notre santé.

Il hocha la tête dans son habituel sourire, les deux mains ramenées, pour un refus, derrière la cotte.

— Je ne peux pas, mam'zelle Sibylle ! je vous ai déjà dit, je ne peux pas ça de vous !

— T'imagines-tu que j'abuserai de ta peine pour rien ?

— Peut-être oui, peut-être non. Moi, je sais bien... c'est comme qui dirait ma façon de tâcher à vous plaire... et puis, ce n'est pas peiner, ma Doué !.... de telles bricoles !

— Tu es bête ! fit-elle, insistant pour qu'il acceptât.

— Reprenez ça, je vous prie, bégaya-t-il, ou je ne viendrai plus.

— Qu'est-ce que je peux faire pour toi, alors ?

Il s'essuya les doigts le long de sa cotte, comme s'il eût craint de salir quelque chose tout à l'heure au toucher, puis, désignant les panneaux encombrés de photogravures :

— Je voudrais seulement, murmura-t-il avec une sorte d'embarras, que vous m'expliquiez les figures...

— Ah ! ça t'intéresse donc, toi ? eh bien, écoute !...

Il s'interrompit :

— Tout ça, n'est-ce pas ? c'est des grands hommes, des hommes célèbres ?...

Oui, célèbres... Leur nom et leur visage sont connus dans tout l'univers. Des reporters spéciaux notent leurs moindres coups de pédale, leurs exclamations les plus insignifiantes. Ils sont interviewés dès leur réveil, comme les politiciens et les poètes. Le fameux almanach de la maison Hachette édite, au 1er janvier, leur portrait à la suite des têtes couronnées.

Bigre ! fit-il, les yeux clignotants d'admiration.

Le premier à gauche, c'est Tom Thomson, le Gallois ; il possède le record des cinquante kilomètres et celui de l'heure. Le second, le frisé, qui écarte les coudes en pédalant, se nomme Luc Morel. C'est un Brestois ; il a remporté trois fois le Grand Prix de Paris et gagnera demain le Championnat du Monde.. puis cet autre, — avec son lion héraldique dans la poitrine, — cet autre qui te ressemble un peu sous ses cheveux en brosse, c'est Marmandier, une de nos gloires nationales. Voici au-dessus d'eux Josserin, champion de France, dont le démarrage en courses restera légendaire... Würschen, l'Alsacien, un des grands favoris de la foule parisienne... Jaas Daal, le « Zélandais volant », qui se compare lui-même à une locomotive... Et enfin Lepvrier, découplé comme la noble bête, son homonyme, et détalant plus vite qu'elle sur le ciment des vélodromes. A droite, ce sont les frères Raab, tandémistes fameux... Édouard Ladurelle, le roi des managers français... Là, Ruineux .. là, Coquereau...

— Qu'est-ce qu'il faisait, Tom Thomson, avant d'être grand homme ?

— Il travaillait dans les mines en Angleterre.

— Et Morel ?

— Il était commis drapier à Brest.

— Et Josserin, le champion de France, qu'est-ce qu'il faisait, lui ?

— Il manipulait de la pâte, comme toi.

— Mitron ?

— Oui, mitron ! Mitron aussi, Hutin, l'imbattable héros des longues distances que tu aperçois, là haut, courbé sur le guidon de son *Atalante*.

— Alors, le vélo, ça leur rapporte plus, à eux, que le pétrin ?

— Certainement. Hutin gagne vingt mille francs pour une belle performance ; Josserin s'en est fait cent mille en une seule saison.

— Cent mille, vous avez dit ? Répétez, que je sois mieux sûr d'entendre.

— Oui, cent mille.

— Oh ! nom de nom !... oh ' nom de nom !... marmottait machinalement Yves Le Gallic. Mais c'est des millions, ça !... Comment ont-ils fait, tous ces mitrons, pour gagner tant ?

— Ils ont bien réglé leurs muscles, voilà tout.

— Et à quel moment est-ce qu'il a commencé ce métier-là, votre Josserin ?

— A dix-sept ans, l'âge que tu as.

Yves Le Gallic approcha son œil de l'héliogravure qui représentait l'ancien collègue, l'étudia un moment dans le détail, puis soudain, empaumant d'une main sa jambe gauche, il la moula sous la cotte tendue :

— Josserin ? s'écria-t-il, il n'a jamais eu le jarret meilleur que moi !...

Mlle Jézéquel se remit à rire, comme précédemment devant Kerjan, mais cette fois, ce n'était plus par ironie. Le gars avait une structure d'athlète déjà formé. Des énergies robustes transparaissaient sous le masque de farine dans toutes les lignes de ce visage. Elle éprouvait devant lui une sensation brusque, inexplicable, faite de vague orgueil et d'attendrissement. Elle en devenait elle-même plus engageante et plus jolie. Ses yeux verts, bridés par le rire, se pailletaient de lueurs changeantes ; un petit frisson courait dans la fossette des joues. Le bouquet d'œillets de sa ceinture venait de se désagréger, et, tandis qu'elle essayait de remettre les fleurs en touffe, il en tomba deux sur le parquet de pitchpin, auprès du mitron toujours penché. L'arome violent des œillets blancs fit passer une griserie dans cette virilité précoce. Le regard d'Yves Le Gallic un moment croisa celui de Sibylle et aussitôt le boulanger, les cils violemment refermés, promena sur ses paupières un revers de main rapide, comme pour en écarter des visions troublantes.

Il se releva, ramassa l'une des fleurs, mit entre ses dents la tige et la mâcha, puis, les bras croisés dans le dos, il sifflota par contenance en lorgnant les bicyclettes. En même temps, deux petites larmes, à peine sorties, empâtaient au coin les cils blanchis. Mlle Sibylle voulait parler, sans qu'une phrase raisonnable et suivie lui vînt à l'esprit. Le gars peu à peu se refaisait sa physionomie de tous les jours. Ses lèvres se desserraient dans une expression béate. Il tâtait la résistance des pneus. Il souleva par le cadre une des *Atalante*, s'amusa d'un seul doigt à en faire mouvoir les pédales.

— Mam'zelle Sibylle, vous ne savez pas ?... Si vous vouliez bien me faire plaisir ?...

— Quoi, mon gars ?... Demande...

Il fit deux pas vers elle, avec un œil en côté de jeune paysan madré, puis tourna sa langue pour éviter les mots inutiles.

— Eh bien ! la vieille machine qui est là-bas dans le fond et que vous louez pour trente ronds, le dimanche après-midi, au fils de M. l'avocat Coadou... la vieille machine, — vous entendez bien ? — vous me la loueriez gratis les matins de dimanche. Je vous la rapporterais avant huit heures.

— Le dimanche et tous les autres matins, si tu veux. Emporte-la dès ce soir. Tu la gareras au fond de la cour dans la cahute en bois, derrière le chantier d'emballage.

— Ah ! que vous êtes bonne, mam'zelle Sibylle ! murmura-t-il, en recevant de ses mains la bicyclette.

— Es-tu jamais monté en machine ? demanda sournoisement la petite vendeuse.

— Ouais! j'apprendrai vite. On n'est pas tourte quoique dans le pétrin. Vous verrez comme je pilerai dur dans six semaines.

Et il se mit à piétiner sur place comme un gamin avec une vélocité effrayante. Ils en eurent le fou rire l'un et l'autre. M<sup>lle</sup> Sibylle avait beau se dire que ce trépignement précipité sous le cotteron était d'un spectacle plutôt comique, une mystérieuse sympathie l'attirait dorénavant vers ce grand celte naïf, bâti comme un centurion, avec des yeux si noirs et des dents si blanches.

Il se préparait à sortir, dirigeant devant lui, par le guidon, la bécane disgraciée, dont la roue d'avant, mal maintenue, zigzaguait désespérément au travers du magasin.

Il s'arrêta au moment de franchir le seuil, se retourna vers la jeune fille. Debout, sans mouvement, elle semblait hypnotisée par un rêve.

— Merci encore, mam'zelle Sibylle! On ne sera pas un ingrat.

Puis se ravisant, comme pour une question, la plus délicate de toutes, longtemps hésitante, mais sur laquelle il ne fallait plus temporiser :

— Votre Josserin, supposons qu'il aurait aimé quelqu'un, étant mitron, quelqu'un d'une condition très supérieure à la sienne, quand il a été grand homme, croyez-vous que la demoiselle l'aurait épousé?

— Ça dépend. Pourquoi demandes-tu cela? Es-tu amoureux? Ou penses-tu devenir un second Josserin? Bête, va!

Il était dehors. Du trottoir, avant de repousser la porte, alourdie par son volet de garde, Yves Le Gallic passa la tête une dernière fois dans la boutique. L'émail des jantes, l'acier des billes et des chaînes emplissaient ce rez-de-chaussée d'éclairs joyeux. Les cycles de parade, alignés roue à roue sur les devantures, confondaient les filigranes de leurs rayons dans un étincellement dense, aveuglant. Il eut devant tout ce métal lumineux la perception plus nette, plus fascinante de la richesse.

— Pas de mauvais songes, mam'zelle Sibylle! Faut que je boulange encore jusqu'à demain.

M<sup>lle</sup> Sibylle, restée seule, haussa les épaules pour se narguer elle-même. A quoi avait-elle songé en face de ce gars? Etait-il assez benêt et assez fruste, et assez ridicule dans son jupon professionnel!... Un mitron!... Sans doute, avec quelque entraînement, il pourrait devenir champion de Lannion, champion des Côtes-du-Nord, mais rien au delà, bien sûr!... et, pour changer définitivement le cours de ses idées, elle fredonna « la pauvre Angélique », une antique complainte des concerts parisiens où l'on parlait de bicyclettes.

M. Jézéquel rentra enfin. C'était un petit homme dodu, sanguin, à face glabre de maquignon. Il se frottait les mains d'un air guilleret, comme quelqu'un pour qui tout s'apprête à réussir désormais. Dans l'arrière-boutique qui servait de salle à manger, en humant le potage, sa serviette au cou, il expliquait à Sibylle les causes de son retard.

La soupe est refroidie, mais tout va bien, fillette, tout va très bien ! Le conseil n'a levé sa séance qu'à sept heures et demie. J'ai fait voter la réfection de l'allée de la gare dont les péélistes se plaignaient. Le maire, malgré la néfaste influence de son Liboubian, commence à comprendre qu'il doit des égards à la P. L. En plus, il a été décidé qu'à l'inauguration du nouvel asile départemental d'aliénés, le 18 mai, (le préfet viendra), il y aurait courses de bicyclettes sur la Levée-du-Tribunal. La municipalité offre cent francs de prix. Autre chose encore !... A l'instant même, au Mar'hallach, j'ai vendu une *Atalante* à M. le juge d'instruction. Il la choisira lundi. Ça va donner le branle à toute la magistrature. La magistrature !... Excellente clientèle ! Dans un an, fillette, Lannion n'aura plus rien à souhaiter !

## II

M. le préfet des Côtes-du-Nord inaugura le 18 mai l'hospice en grande pompe. Il y prononça un discours où les péélistes soulignèrent d'applaudissements endiablés la phrase suivante :

— Oui, messieurs ! Lannion a droit à toutes les sollicitudes de mon administration. Lannion marche résolument dans la voie du progrès. Si j'en voulais une preuve, je la trouverais entre cent autres, dans le simple énoncé de ce programme des fêtes où une municipalité éclairée, spécialement soucieuse du goût moderne, a mis, comme première attraction, une course de bicyclettes.

M. Jézéquel était devenu du coup cramoisi de vanité. M. le préfet lui avait déjà serré la main à la gare, en le félicitant de son dévouement à la République. M. le préfet, au mot « municipalité », s'était tourné avec un sourire aimable vers lui, l'unique progressiste du conseil. Décidément, le cycle, à tous égards, mènerait plus loin que les livres, et l'homogénéité des votes péélistes aurait ouvert la voie à de bien glorieuses destinées.

Le ciel était radieux. Des cordeaux tendus sur les deux quais, entre le pont de Kermaria et le pont Sainte-Anne, délimitaient la piste où devait se disputer à trois heures de l'après-midi le Championnat de Lannion : soixante francs au premier, vingt francs au second, quinze francs au troisième, cinq francs au quatrième.

Sur les marches qui accèdent au Palais de Justice, une tribune en planches, drapée d'andrinople, avec ornementation de feuillages et d'écussons était réservée aux autorités. M. Jézéquel y avait sa place marquée, immédiatement après le second adjoint, en sa qualité de rapporteur du budget cycliste. De cette tribune, on dominait tout le parcours. Les coureurs partiraient devant l'estrade, sur le quai appelé Levée-du-Tribunal, traverseraient le pont Sainte-Anne, longeraient le quai adverse, puis, par le pont de Kermaria et la Levée, reviendraient à leur point de départ. Ce trajet devait être effectué trois fois. Huit concurrents s'étaient inscrits, dont un de Saint-Brieuc et un de Morlaix. Pour les autres, la P. L. fournissait ses cinq meilleurs athlètes : Guyomar, Jean Kerjan, Le Hir, Ropers et Jegou. Enfin, le huitième était un gars presque inconnu, vêtu d'un maillot bleu et blanc, sans manches, et d'un pantalon de treillis que deux ficelles serraient aux chevilles. Il montait une antique bécane, au guidon rouillé, au pneu bruni de vétusté. Les premiers spectateurs arrivés, égrenés le long des cordes, se le désignaient en plaisantant. On sut bientôt qu'il était originaire de Pleumeur-Bodou et servait comme garçon boulanger rue Geoffroy-de-Pontblanc, chez M. Ruello. A trois heures précises, la fanfare municipale annonça par un pas redoublé l'approche de M. le préfet, qui pénétra aussitôt dans la tribune officielle, escorté du sous-préfet, des conseillers généraux, du maire, du procureur et de M. le juge d'instruction, particulièrement jovial ce jour-là. M. Jézéquel, cravaté de noir, debout au second rang des autorités, s'épongeait le front, envoyait de petits bonjours à sa fille, qu'il avait reconnue avec les Salaün, à proximité de l'estrade. Les huit concurrents se mirent en ligne, en une seule série, contre l'usage généralement admis dans ces sortes de courses ; un coup de pistolet donna le départ. Dès le premier tour, Jean Kerjan et le Morlaisien menèrent un train soutenu, à quinze longueurs environ devant les autres en groupe. L'ordre ne changea pas jusqu'au passage devant l'estrade, où le Morlaisien faiblit et rétrograda peu à peu. La foule criait : « Guyomar ! Guyomar ! » C'était lui, en effet, le grand favori, le vrai champion local, celui sur qui se portaient tous les vœux et toutes les espérances. Une collision désagrégea le peloton en provoquant la chute de Bertrand Jégou et du Briochin. Il y eut un murmure de satisfaction dans le public. Les deux cyclistes se relevaient un peu meurtris, mais certains pronostiqueurs compétents avaient indiqué ce Briochin comme le seul adversaire dangereux pour le favori, et le cri : « Guyomar ! » se fit aussitôt plus insistant. Il ne restait plus qu'un tour et demi à parcourir. Pierre Guyomar se détachait du lot et venait attaquer Jean Kerjan à la sortie du pont de Kermaria. Le saute-ruisseau se défendit rageusement, tricotant des jambes comme un forcené, sans perdre un pouce de terrain sur son rival, qui, collé à lui en dehors, tentait en vain de le dépasser.

*(A suivre).*

Une sonnerie de clairon annonça que le dernier tour commençait. A cet instant, on vit le gars au pantalon de treillis, qui avait diminué progressivement son retard, se soulever de sa selle, baisser la tête sur le guidon ; des saccades furieuses, accélérées, lui secouaient les reins, faisant soufflet. Un effort continu gonflait les biceps, comme si les bras eussent été les vrais moteurs de la machine. En moins de cent mètres, il avait rejoint les deux leaders et, continuant ces propulsions d'ataxique, il passait le poteau devant eux. Pierre Guyomar, désemparé par la résistance inopinée du petit Kerjan, se contentait de la troisième place ; il précédait de peu le Morlaisien. Ce fut d'abord, derrière les cordeaux, tout un brouhaha d'hébétement. Aux fenêtres du quai, des mouchoirs s'agitaient. Puis, le nom, répété de bouche en bouche, emplit l'air de sa sonorité joyeuse : « Le Gallic! Le Gallic! »

La fanfare joua la *Marseillaise*.

Un commissaire des fêtes, la boutonnière ornée d'un nœud tricolore, alla chercher les quatre premiers, les amena dans l'ordre devant l'estrade. Le maire commença par tirer trois louis d'une bourse. A peine une sueur légère perlait-elle au front du vainqueur, dont l'œil flambait d'allégresse.

— Comment vous appelez-vous, mon ami?
— Yves Le Gallic.

11 — LE RECORDMAN, par Remy Saint-Maurice.

Où êtes-vous né ?

A Pleumeur-Bodou.

— Votre état ?

— Garçon boulanger.

— Vous habitez Lannion ?

— Oui, monsieur le maire.

C'est bien, mon ami. Je vous félicite.

Et il lui remit son premier prix au milieu des bravos.

M. le préfet, devant ce pantalon grossier et ce maillot mal lavé, n'avait cru devoir donner, congelé dans sa dignité administrative, qu'un petit salut du lorgnon, très protecteur. M. Jézéquel avançait la tête par-dessus l'épaule du maire. Il examinait le coureur et la machine, en un étonnement mêlé d'admiration. Il souffla à l'oreille du second adjoint :

— Ce gars-là a fini la course avec sa roue d'avant voilée. C'est stupéfiant !

Puis, comme il avait tout de suite reconnu la provenance de la bécane, il se faufila, malgré son obésité, jusqu'au bout de l'estrade, fit un signe à sa fille, qui s'éventait fiévreusement au milieu des Salaün.

Sibylle s'approcha :

— Fillette, c'est notre vieille marque *Abadie* qu'il montait là ?

— Oui, papa.

— Tu la lui avais louée ?

— Oui, papa... au tarif, répondit la jeune fille sans se troubler.

M. Jézéquel grommela encore :

— Stupéfiant !

Puis, un œil fermé, en maquignon, il chercha de loin une dernière fois la silhouette du gars, entré maintenant dans la foule, où les mitrons du pays lui commençaient une ovation.

. . . . . . . . . . . . . . . . . . . . . . .

Le lendemain, sitôt sur pieds et sa barbe faite, M. Jézéquel manda devant lui le triomphateur.

Yves Le Gallic se présenta béret bas, le cotteron de travers, les paupières un peu rougies par des libations nocturnes.

Le commerçant arpentait le rez-de-chaussée avec d'imperceptibles sautillements sur la pointe de ses espadrilles. Par intervalles, il se gonflait les joues de tout l'air qu'elles pouvaient contenir, et qu'il chassait ensuite par bouffées brèves. Il n'y avait point chez lui, disait-on, indice plus certain des satisfactions vives.

— Le Gallic ! fit-il, en posant tout de suite sa voix dans l'intonation sceptique, depuis quand montes-tu ?

— Depuis le mois d'avril seulement, monsieur Jézéquel... Encore ce n'est pas tous les jours dimanche.

— Hem ! Hem ! je comprends, répliqua l'autre, avec une feinte d'incrédulité, tu voudrais bien m'en faire accroire. Ton succès d'hier est quelque chose, pas grand'chose pourtant. Le hasard, une plus ou moins bonne disposition physique chez les divers concurrents, peuvent intervertir dès demain les résultats. On ne juge pas un homme sur si peu. Ma fille, ajouta-t-il, m'a confié qu'au besoin tu fournis ton métier du cyclisme.

— Pour ça, oui ! répondit le mitron, avec un regard instinctif vers les panneaux d'héliogravures.

— Combien as-tu par mois chez Ruello ?

— Trente-cinq francs, le lit, la soupe et le cidre.

— Hé ! hé ! c'est déjà beau. Ne t'imagine pas, le gars ! que tu trouveras mieux dans une maison de cycles avant longtemps... en admettant toutefois que ta qualité de coureur se confirme. Lannion, soit dit entre nous, n'est, malgré son club, qu'une très humble localité sportive. Seul, parmi nos anciens champions, Guyomar a remporté deux prix à Saint-Brieuc. A Rennes et à Brest, il n'a pu rien faire.

— Je sais bien, fit le gars, qui ne se déconcertait pas. Mais, sans doute, vaudrai-je mieux que Guyomar, puisque je l'ai battu.

Devant cette belle assurance, le marchand de cycles sourit, la bouche en biais, et cligna de l'œil gauche, comme s'il examinait une machine neuve. Il marcha deux ou trois fois encore sur la largeur de la boutique, repris dans le bout des pieds par l'involontaire et élastique sautillement, puis il s'arrêta en face de son interlocuteur, lui tapa sur l'épaule familièrement, sans que son geste ou sa physionomie trahissent autre chose qu'une très paternelle bienveillance. Il changea de tactique.

— Mon garçon, fit-il, ta victoire d'hier m'a charmé. Nous sommes tout à fait compatriotes. Tu es né à Pleumeur-Bodou et moi à Trégastel, où mes parents furent enterrés... De plus, tu t'es toujours montré un voisin serviable. Je protège la bicyclette par devoir et par goût... Tu as fait honneur à mon magasin, en montant une *Abadie* qui en sortait. Tu l'avais louée, je le reconnais ; mais je veux, partiellement au moins, t'indemniser de cette location. Au nom de la maison Abadie, je te remets vingt francs. Est-ce assez ? Te rappelles-tu combien tu as versé à ma caisse ?...

— Mais, rien du tout... rien du tout !... balbutia le mitron qui ne comprenait plus.

— Pas de fausse générosité avec moi ! repartit l'autre, et il mit le louis sur son comptoir, devant le mitron.

M. Jézéquel prit un ton plus grave, pour mieux appuyer sur l'importance des propositions qu'il allait émettre.

— Désormais, tu ne monteras plus en courses l'*Abadie*. C'est, à coup sûr, une bonne machine, mais plusieurs des récents perfectionnements lui font encore défaut. Voici une *Atalante* munie du pneu *Parisis*. L'*Atalante* ! La merveille des merveilles ! Nulle autre n'aura sa rigidité, ni son roulement. De ce jour, tu deviens Atalantien. J'assume de grosses responsabilités en prenant vis-à-vis de toi cette initiative. Ne l'oublie jamais, mon garçon... Le 10 juillet, on court une régionale à Saint-Brieuc. Le 24, ce sera le Championnat de Bretagne, à Rennes. J'y enverrai ton engagement cacheté, et nous verrons bientôt si tu vaux mieux que Guyomar.

Yves Le Gallic écarquillait les yeux. Quelque impatient qu'il eût été pour lui-même, il n'escomptait pas une marche si rapide de ses ambitions. L'émotion l'étreignait à la gorge. Pour un peu, il fût tombé dans les bras du père de Sibylle, du bienfaiteur qui lui facilitait tant d'espérances. Mais l'air de dignité où M. Jézéquel excellait, à l'occasion, arrêta l'élan de spontanéité.

L'entrepositaire de cycles l'avait mené devant une machine supérieurement construite et dont le guidon nickelé brillait de tous les rayons du soleil matinal.

— Ce sera celle-ci! fit-il solennellement.

Le celte eut pour les pédales fines, pour les jantes d'émail neuf, pour le pneu au caoutchouc vierge, un de ces longs regards amoureux et extasiés que les jeunes fils de brenns réservaient sans doute à leur première fiancée. Ce nom prestigieux, *Atalante*, enroulait ses anglaises d'or, comme une guirlande lumineuse, au montant antérieur du cadre. Comment ne s'illustrerait-il pas avec une telle auxiliaire?... Et il voyait, dans son imagination de simple, les roues tourner si vite, si vite, qu'il en eut là, sur place, tout de suite un presque vertige. Timidement, avec son large sourire qui découvrait toutes les dents, il avançait une main pour s'approprier la machine. M. Jézéquel le retint.

— Pas encore, mon gars!... Songe au prix qu'elle coûte. Tu continueras à t'entraîner en temps ordinaire avec l'*Abadie*. Trois jours avant ta prochaine exhibition, tu essaieras l'*Atalante*, mais en ma présence, sur la Levée-du-Tribunal. Une bécane de six cents francs... bigre! Réfléchis un peu.

Yves Le Gallic ne protesta point. Le chiffre le terrifiait et le grisait. Ainsi, on lui prêterait pour ses futures courses un instrument de cette valeur! Il hocha la tête approbativement, le front plissé, un pétillement d'orgueil au fond des yeux.

— Vous êtes bon, vous aussi! bégaya-t-il.

M. Jézéquel ne saisit pas la portée de l'adverbe. Il n'inspectait ses livres qu'aux fins de mois et Sibylle n'avait jamais trompé sa confiance commerciale. Il fit une moue de bonhomie modeste en reconduisant le mitron vers la porte, et lui tapota longuement le dos, en camarade. Puis, quand l'autre eut avancé le pied sur le seuil, le marchand de cycles feignit un réveil de mémoire subit. Oh! pour une bagatelle!... mais les affaires sont les affaires!

— Rentre donc! fit-il.

Il alla chercher dans sa caisse deux feuilles de papier toutes préparées.

— Signe moi ça... tu es mineur... ça ne t'engage à rien... C'est une simple précaution... tu comprends... Un accident est vite arrivé, et quand les machines ne vous appartiennent pas!... Il faut nous mettre à couvert tous les deux, saisis-tu bien?...

Si, par exemple, à l'entraînement, tu faussais quelque rouage de l'*Abadie* comme c'est arrivé hier!... ou de l'*Atalante*... ce qui serait plus grave... eh bien! grâce à ce papier-ci, les maisons supporteraient les frais d'avarie... Ça n'a pas d'autre importance que celle-là... signe...

Le jeune Breton crut comprendre en effet, et, sans plus de réflexion, après avoir eu l'air cependant, par méfiance campagnarde, de méditer les textes suscrits, il prit une plume, la trempa à trois reprises soigneusement dans l'encrier, s'appuya de tout l'avant-bras sur le comptoir pour bien affermir sa main, et, aux places que lui indiquait du doigt le père de Sibylle, apposa, le plus correctement qu'il put, les huit lettres de son nom. M. Jézéquel versa sur les signatures un peu de poudre bleue, puis, par un cillement jovial d'un seul œil, à sa manière, signifia au mitron qu'on n'avait plus besoin de lui pour ce jour-là.

Quand Le Gallic eut disparu, après une minute d'attente pour prévenir tout retour de sa part, M. Jézéquel se frotta les mains, sourit à sa pipe qu'il alluma, et relut les deux papiers. Ils étaient d'une rédaction très claire, dont la simplicité semblait exclure tout machiavélisme.

« Je soussigné, Yves Le Gallic, reconnais avoir monté, hier, dans le Championnat de Lannion que j'ai gagné, une bicyclette de la marque *Abadie et Cⁱᵉ*, qui avait été mise à ma disposition par M. Jean-Marie Jézéquel, entrepositaire de ladite marque.

Lannion, le 19 mai 189...

« *Signé* : LE GALLIC. »

« Je soussigné, Yves Le Gallic, champion de Lannion, déclare ne vouloir employer, pour mes courses prochaines à Saint-Brieuc, et à Rennes, que des machines de la marque *Atalante*, qui me seront prêtées par M. Jean-Marie Jézéquel, dépositaire de ladite marque dans le département des Côtes-du-Nord.

Lannion, le 19 mai 189...

« *Signé* : LE GALLIC. »

M. Jean-Marie Jézéquel prit la plume encore humide, ouvrit un buvard, y choisit deux feuilles quadrillées à l'en-tête de sa maison, pencha son cou à droite, sur la chemise de flanelle à cordelière rouge, et, avec de larges aspirations dans la pipe de vieux buis, il écrivit :

*A Monsieur*
> *Monsieur Verneuil, gérant de la maison de cycles* Abadie et Cⁱᵉ, *rue du Quatre-Septembre. Paris.*

« Monsieur,

« Ainsi que vous l'aurez appris par les journaux spéciaux et que vous le contrôlerez dans l'*Echo de Lannion*, que je vous communique, un coureur, nommé Le Gallic (Yves), a remporté, hier, notre premier championnat local. Ce coureur montait une machine *Abadie*, qu'en connaissance préalable de la valeur de l'homme, j'avais cru devoir mettre à sa disposition. La pièce ci-jointe, signée de lui, en fait foi. J'ai, suivant les statuts que vous m'aviez communiqués en 1893, versé à cet individu, à titre de rémunération pour publicité, la somme de vingt francs, qui a été passée sur mon grand-livre, à votre compte. Vous voudrez bien, conformément aux mêmes statuts, me créditer d'une somme égale, comme intermédiaire.

« Veuillez agréer, etc.

« J.-M. Jézéquel. »

*A Monsieur*
*Monsieur Tarral, directeur sportif de la maison de cycles l'*Atalante*, avenue de la Grande-Armée. Paris.*

« Monsieur,

« M'en rapportant aux instructions confidentielles que vous avez bien voulu me communiquer à la date du 10 courant, j'ai l'honneur de vous faire connaître qu'un individu, du nom de Le Gallic, né à Pleumeur-Bodou (Côtes-du-Nord), âgé de dix-sept ans, exerçant à Lannion la profession de garçon boulanger et répondant à toutes les qualités physiques requises pour constituer le coureur d'élite, s'est signalé d'une manière absolument exceptionnelle dans notre premier championnat local, qu'il a gagné. La classe de certains de ses concurrents, l'insuffisance de sa machine (il a terminé son sprint avec sa roue d'avant voilée), le style impressionnant dans lequel il démarrait à la distance, établissent son indiscutable supériorité. Si j'ajoute que Le Gallic s'exerçait à bicyclette depuis moins d'un mois, dans ses rares loisirs, et qu'il a réglé sa tactique avec une science innée de la course et du train, je pense que l'éclat d'un tel début s'en trouvera singulièrement rehaussé.

« J'ai, après maints pourparlers, nécessités par l'empressement de vos concurrents, décidé Le Gallic à monter dorénavant l'*Atalante* et je me suis commis pour l'engager moi-même à Saint-Brieuc et à Rennes, où des réunions vélocipédiques importantes auront lieu à bref délai.

« J'appelle votre attention très particulièrement sur les courses qu'il y fournira. Je crois et je répète qu'il y a en lui l'étoffe d'un crack de tout premier ordre.

« Au cas où les événements prochains confirmeraient mes prévisions, je vous demanderais, d'après les termes mêmes de la circulaire confidentielle ci-dessus citée, un 25 0/0 fixe sur les émoluments et gratifications que vous pourriez lui attribuer dans les deux premières années de sa carrière. Vous porteriez également à mon compte créditeur, suivant le tarif usuel, les petites dépenses qu'entraîneront mes déplacements à Saint-Brieuc et à Rennes où, pour éviter toutes manœuvres de concurrence, je me ferai un devoir d'accompagner notre jeune champion. Je joins à cette lettre sa déclaration signée, relative à votre marque.

« En attendant une réponse favorable de vous, je vous prie, monsieur, de me croire votre toujours dévoué serviteur.

« J.-M. Jézéquel. »

Il répéta les mêmes termes ou à peu près pour le directeur-gérant de la *Société des pneumatiques Parisis*.

Cela écrit et relu, et les trois plis étant cachetés, M. Jézéquel se leva, pivota sur ses espadrilles à cœurs rouges et, comme Sibylle entrait, il l'embrassa vivement, sous le prétexte qu'elle étrennât sa barbe.

— Fillette, dit-il, avant qu'il soit un an, j'aurai doublé la dot.

Mlle Sibylle commença par sourire, parce que l'idée de gain avait pour premier effet naturel de lui dilater l'âme, puis, ayant pu déchiffrer à distance la suscription d'une enveloppe bulle, elle devint subitement songeuse, sans chercher pourtant, soit par respect, soit par pudeur filiale, à pénétrer le secret des bénéfices supputés. M. Jézéquel chaussa une paire de « bains de mer », se coiffa d'un feutre mou en bataille. L'heure de la levée approchait. Il se rendit lui-même à la poste, en faisant vibrer ses lèvres flasques, par manière d'amusement, sous de longues poussées d'haleine.

Pour revenir, il contourna le Mail, prit le quai d'Aiguillon. Il rencontra le chanoine Marzin, un des soi-disant promoteurs de l'alliance franco-russe, et le poète Allan Soisbault, qui avaient à Lannion rang d'hommes illustres; il les salua presque en égal. Il rencontra M. Libouban, le secrétaire de la mairie, qui était son ennemi personnel, et le toisa. Arrivé rue Du Guesclin, il considéra longuement deux immeubles, hauts chacun de trois étages, appartenant à son voisin, le boulanger Ruello. Le second des immeubles se trouvait contigu au magasin de cycles, car la rue Du Guesclin aboutit dans la rue Geoffroy-de-Pontblanc. Le tout représentait un revenu d'environ trois mille francs. M. Jean-Marie Jézéquel fit ce raisonnement :

— Avec les vingt-cinq pour cent que m'allouera M. Tarral, je serais, si les choses tournaient bien, en mesure de me porter acquéreur au printemps prochain. Ruello, je le sais, cherche à vendre. Ça m'arrondirait très convenablement.

### III

Saint-Brieuc possède au moins un rudiment de vélodrome, et très suffisamment aménagé si on le compare aux établissements similaires de chefs-lieux plus importants. Les tribunes ou estrades peuvent contenir une assistance nombreuse. La piste est en terre pilée avec des virages calculés pour de bons records. Ici, les vraies règles du sport étant observées, chaque course se disputait par séries. Quand Le Gallic descendit en piste pour la sienne, sur son *Atalante* lumineuse, avec le maillot de laine noire, le caleçon et les escarpins neufs

Des cyclistes des deux sexes suivent le sillage... (Voir page 16.)

achetés de son premier gain de cycliste, les yeux immédiatement se tournèrent vers lui. L'antique rivalité de Saint-Brieuc et de Lannion, les mille et un racontars de la foule qui précèdent et annoncent les grandes réputations, expliquaient cette curiosité. Lui paraissait à peine gêné par tous ces regards : il fit deux ou trois tours seul pour se dérouiller les jambes, en promenant sur le public, échelonné dans la hauteur des gradins, son sourire de naïveté placide. Il abordait sans hésitation les virages essayés dès le matin en présence de son mentor. D'ailleurs, il lui semblait qu'avec cette ma-chine si roulante et si maniable, il eût escaladé des falaises à pic. Le signal donné, il s'élança résolument.

Les connaisseurs se signalaient d'un groupe à l'autre l'étonnante élasticité de son coup de pédale. Au dernier tour, en trois secousses de reins, aussi violentes que la détente d'une catapulte, il laissa sur place ses concurrents, pour gagner dans un sprint fulgurant. Il renouvela ce succès dans la finale, plus facilement encore, au dire de M. Jézéquel, dont le verbiage bruyant emplissait le vélodrome.

Le commerçant lannionnais, le « dénicheur de

champions », ainsi qu'il se laissait appeler déjà, recevait les compliments avec une bonne humeur sans fatuité. Quant au vainqueur, il riait comme un enfant, en serrant les mains inconnues qui se tendaient à lui par-dessus les balustrades. Saint-Brieuc, pour cette brillante victoire, pardonnait à Lannion, peut-être parce que l'instinct populaire y devinait un prélude à d'autres triomphes, dont l'éclat rejaillirait sur la Bretagne entière. Quelqu'un cria même : « Vive Morel deux !... » et des bravos confirmèrent la justesse de l'exclamation. Le Gallic, lui, n'avait plus une notion exacte de ce qui l'environnait, êtres et choses. Il subissait ce demi-étourdissement de l'homme qui vient de courir en rond, et en même temps une sorte de bien-être physique indéfinissable, produit par la vitesse elle-même, comme si cette lutte vertigineuse contre le vent eût satisfait à quelque fonction nécessaire de son organisme. Il s'y ajoutait, dans son intellect étroit de primitif, une sorte de joie animale de la victoire, succédant au désir forcené de vaincre.

A Rennes, huit jours plus tard, il gagna dans un style identique, dépensant pour l'effort décisif des ressources inépuisables de muscles et d'énergie. C'était le Championnat de Bretagne. Là, il avait affaire à plus redoutable partie. Il se mesurait avec des lauréats parisiens, d'origine bretonne ainsi que lui, mais réputés dans la capitale comme bons sujets de second ordre. Cependant il semblait que sa valeur personnelle s'accrût en proportion de celle de ses rivaux. Sa vitesse, toujours égale en apparence, s'accélérait jusqu'au point où elle devait mettre un même intervalle à l'arrivée entre l'adversaire, quel qu'il fût, et lui. Le soir, l'U. V. R. (*Union Vélophile Rennoise*) lui offrit un punch. M. Jézéquel répondit aux toasts en son nom. Le Gallic s'entendit héler dans les rues par des gens qu'il n'avait jamais vus. Il eût souhaité que Sibylle fût à côté de lui : mais M. Jézéquel ne manquerait pas de fournir à sa fille un récit circonstancié de l'expédition. Le lundi matin, à la gare, quelques enthousiastes de l'U. V. R. s'étaient donné rendez-vous. Le Gallic fut hissé dans son compartiment par des bras robustes. On lui fit jurer qu'à Paris il courrait en maillot blanc avec les hermines bretonnes. On le supplia jusqu'au coup de trompe du chef de train de demeurer à la portière, où M. Jézéquel, sitôt le convoi en marche, le remplaça, en agitant son feutre mou, et le dernier wagon avait déjà quitté la gare que les cris : « Vive Le Gallic ! Vive le champion de Bretagne ! » retentissaient encore sous la voûte sonore du hall.

Champion de Bretagne ! comme Luc Morel le fut lui-même avant de gagner le Grand Prix de Paris ! Car Sibylle lui avait appris depuis un mois les gestes fameux de l'histoire contemporaine, et ce fils de rustres qui, à l'école primaire, après quatre ans, écrivait encore *B* pareil à *L*, s'était, d'un jour à l'autre, découvert assez de mémoire et de sens critique spécial pour apprendre, retenir et compa-

rer entre elles toutes les performances notoires. Champion de Lannion, champion des Côtes-du-Nord, champion de Bretagne ! Bientôt, on dirait champion du Monde ! Et dans le silence du retour, tandis que M. Jézéquel, aphone de contentement, un pouce à chaque gousset, se tambourinait sur l'abdomen avec huit doigts, Le Gallic rêvait : tous les mots les plus pompeux de son vocabulaire résonnaient tumultueusement dans son cerveau d'adolescent.

On arriva à Lannion. Sur le quai, une délégation cycliste les attendait. Depuis que Le Gallic avait versé dans leur caisse sa cotisation de cent sous, les péélistes revendiquaient le nouvel athlète comme leur propriété dorénavant exclusive. Cependant, ni Guyomar, ni Jean Kerjan, ni les hommes marquants de la P. L. n'étaient là. Pierre Guyomar avait un rhume, Jean Kerjan portait des exploits en ville. Les manifestants appartenaient à la catégorie la plus modeste de l'association : on y comptait trois garçons bouchers, deux ouvriers chapeliers, un commis de bazar et un vendeur de l'*Echo de Lannion*. Il fallut trinquer dans le débit voisin. M. Jézéquel et le champion se disputèrent les honneurs de l'ardoise. Finalement, le champion paya. Les bouchers, mis en voix par l'absinthe, criaient : « Vive le Gallic ! Vive Jézéquel ! » Le marchand de cycles remercia devant le zinc, par une petite allocution très d'actualité et très sportive.

Les péélistes enlevèrent sur leurs épaules la bicyclette victorieuse, et ce fut dans une allure de triomphe, parmi les acclamations de la foule, que le cortège fit le trajet de la gare à la place du Centre.

Rue Geoffroy-de-Pontblanc, des chaînons de papier disposés en guirlandes, aux couleurs de la presse cycliste, rose et oseille pâle, des girandoles de godets polychromes, suspendues pour l'illumination du soir, donnaient un air de fête à la chaussée. Dans la devanture du magasin de cycles, une énorme pancarte manuscrite relatait l'événement de la veille. Des découpures de journaux locaux échiquetaient les vitres. A côté, une photographie déjà passée de tons, due à l'appareil de quelque opérateur forain, portant cette suscription, à la plume, de la main de Sibylle : « Seul portrait connu », représentait Le Gallic à l'âge de quinze ans. On le lui avait dérobé pour la circonstance, dans le grenier du patron Ruello, sous sa paillasse.

M. Jézéquel trouva sur le comptoir une douzaine de plis télégraphiques à son nom, tous signés de constructeurs célèbres. Un seul s'adressait personnellement au vainqueur : « *Compliments.. Venez Paris. Lettre chargée suit. — TARRAL.* »

Le directeur de l'*Atalante* était évidemment un politique. Dans le tohu-bohu de la boutique envahie, M⁰ᵉ Sibylle se rapprocha de Le Gallic. Elle avait le teint plus animé, un pétillement plus vif au fond des prunelles. De petits tremblements agitaient ses lèvres dans le silence même. Un remous de la foule, appelée à l'autre extrémité du magasin par les exclamations grandiloquentes de son père, la laissa seule un moment face à face avec le champion.

— Es-tu heureux? demanda-t-elle.

Il balbutia que oui, en signifiant par son trouble qu'il se réjouissait surtout de l'avoir contentée. Alors, profitant de ce que toutes les attentions étaient ailleurs, elle lui prit la main, qu'elle étreignit vivement :

— Mon père a annoncé qu'il te menait à Paris... Dès demain peut-être... Promets-moi de m'écrire, de m'envoyer ton portrait... le premier qu'on tirera de toi, là-bas, pour que je le mette, au lieu de cette vieille photographie, à la place d'honneur. Et tu te diras, chaque fois que tu penseras à Lannion, qu'il te faut devenir le premier sprinter du monde.

Puis, tout à coup, comme si elle eût craint dans ses paroles, dans son geste, d'avoir dépassé la mesure de l'antérieure camaraderie, elle redevint la fille rieuse de jadis et ajouta, avec une moue :

— Qui donc à présent m'aidera à fermer le magasin? Qui posera panneaux, boulons et clavettes? Te souviens-tu du premier soir où tu m'as parlé de cycles? Etais-tu assez gauche en secouant tes jambes! Je te vois encore pilant sur le parquet... Tu comprends qu'ayant été un peu ton initiatrice, ton avenir m'intéresse maintenant plus que bien d'autres choses.

Il hocha la tête, riant en même temps qu'elle au souvenir de ses premiers essais d'assouplissement devant la bécane.

— Oui, je me rappelle! Est-on bête quelquefois, mam'zelle Sibylle!...

Ils se turent l'un et l'autre. Leurs regards avaient rencontré celui de Jean Kerjan, un regard sec, aigu, qu'une exaspération mentale semblait avoir enfiévré soudain.

— Qu'est-ce que tu as à nous examiner comme ça? demanda Sibylle, toujours en plaisantant.

Le petit clerc d'huissier s'avança, et, incapable de dissimuler plus longtemps une part de ses souffrances intimes :

— On dit que Le Gallic va partir... Il a bien de la chance, lui!...

Dans l'intonation de la seconde phrase, on devinait une rage d'envie furieuse, le désir immodéré d'un sort semblable et prochain.

— Voilà que tu recommences à divaguer, murmura Sibylle. Pauvre petit!... Ton tour n'est pas encore venu. . . . . . . . . . . . . . . . .

Le surlendemain fut le jour des adieux. Yves Le Gallic et M. Jézéquel prenaient le train, à quatre heures, pour Paris. M<sup>lle</sup> Sibylle, ayant eu connaissance du serment fait aux Rennois, avait consacré la dernière journée à coudre, avec la dextérité d'une couturière, le maillot de satinette blanche sans manches, sur lequel était appliqué un champ d'hermines.

La séparation se fit presque gaiement. Celui qui partait n'allait-il point vers le bonheur?... M<sup>lle</sup> Sibylle ne savait-elle point, par l'expérience de ses lectures, que la carrière d'un sprinter ou champion de vitesse dure trois ans, quatre au plus?... Et dans l'intervalle, tout l'argent qu'il allait gagner permettrait à l'ancien garçon boulanger de fréquentes incursions au pays natal. Seul, à la gare, M. Ruello pleura. C'était un vieux réactionnaire, qui portait la barbe en collier, à la mode ancienne. Son grand-père avait fait les guerres de la chouannerie. Le patron Ruello perdait un ouvrier modèle; il affirmait au chanoine Marzin que, malgré tout, la boulangerie eût mieux réussi à ce petit. Cette fois, toutes les notabilités sportives de la P. L. avaient pris mot pour accompagner les voyageurs jusqu'à leur wagon. Pierre Guyomar s'était confessé à lui-même qu'un champion pensionné par l'Atalante vaudrait dans la suite quelques bénéfices à son auberge. Jean Kerjan mettait une sorte de raffinement haineux à savourer jusqu'au bout la joie de son rival. Les mains se serrèrent une dernière fois et, tandis que le convoi s'ébranlait, parmi les « Bonne route! » et les « Adieu! » des péélistes, la voix stridente du clerc d'huissier lançait un « A bientôt! » dont ni Le Gallic, ni M. Jézéquel, sur l'instant, ne comprirent le sens. A la bifurcation de Plouaret, ils purent trouver un compartiment de seconde classe inoccupé; les troisièmes étaient indignes désormais d'un champion de Bretagne.

La soirée, puis la nuit, furent un long monologue du marchand de bicyclettes qui, s'étant muni d'un Traité d'entraînement et d'un Manuel du Coureur, les lisait à haute voix à son compagnon de route, en faisant suivre chaque précepte d'un commentaire verbal approprié. Mais Le Gallic n'y prêtait qu'une oreille distraite, grisé sans doute par la facilité de ses premiers succès ou persuadé que sa valeur suppléerait quand même à ce fatras de théories. Parle-t-on de soins à un homme en pleine santé?... Bercé par le bruit des roues, il se laissait, comme au retour de Rennes, hypnotiser par les rêves de gloire.

Trois fois champion! Avec quelle aisance, il avait gravi les premiers échelons de la fortune! Le train qui l'emmenait lui parut moins prompt que sa propre destinée, moins impétueusement lancé que lui vers son but. Mais, comme la plupart des idées chez lui se réduisaient à des formules visuelles, à des images très élémentaires et cependant très nettes, et comme le train, à cet instant-là, ayant du retard, descendait une rampe à toute vapeur, il se figura devenu lui-même locomotive. Oubliant la lecture de son mentor, il s'accouda à la portière, tête nue, le front en coupe-vent et regarda les roues de la grosse machine dévaler dans la pente courbe, sous l'impulsion rythmique des bielles. Des braises rouges grêlaient sur la voie, dans la pénombre du crépuscule. Ces bielles d'acier, au balancement si régulier, représentaient la souplesse mécanique, irrésistible de ses jarrets. Et ce n'était plus un poussier embrasé de charbon,

mais une pluie dense de pépites d'or qui, à chaque
coup de pédale, criblait le sol sous lui. Il palpa dans
son gilet, au travers du drap neuf, la masse des vingt-
neuf pièces de vingt francs qui composaient déjà
son premier avoir, et deux larmes voilèrent ses
prunelles. Il se rassit, à la place d'angle, en face
de M. Jézéquel. M. Jézéquel attendait, son manuel
posé sur la banquette. Leurs physionomies se
comprirent. Une crise d'effusion jeune, un peu nerveuse mais sincère, jeta le ci-devant mitron dans
les bras du père de Sibylle. Cet homme était vraiment sa providence! Sans ce marchand de cycles et
sans sa fille, ne serait-il pas demeuré obscurément,
pour toujours, voué à la huche et au cotteron?...

L'accolade se prolongea deux longues minutes.

— Brave garçon! larmoya l'ancien libraire. Les
romanciers n'inventeraient pas un bonheur comme
le nôtre!...

Puis, sitôt qu'il l'eut vu plus calme, M. Jean-
Marie Jézéquel reprit sa lecture et la continua, toujours avec commentaires, jusqu'à Paris.

Ils arrivèrent au petit jour. On leur avait indiqué un hôtel meublé, rue Brunel, à proximité de
la Porte-Maillot, en plein quartier cycliste. M. Jézéquel se proposait d'y retenir un logement au
mois pour celui qu'il n'appelait plus que « son
grand élève ». Le premier soir, il demanda une
chambre à deux lits; en bon père de famille, et bien
qu'il ne dût séjourner lui-même que quarante-
huit heures dans la capitale, il tenait à prémunir de son mieux le jeune Yves, dès le début, contre certaines tentations de son âge. Le tempérament
d'un champion est chose essentiellement délicate,
comme celui d'un cheval de derby. M. Jézéquel, le
lendemain matin, eut un colloque avec l'hôtelier,
fixa le prix de la chambre, laissa par écrit son
adresse à Lannion, afin qu'on le tînt au courant
des moindres incartades du garçon.

Le Gallic et lui consacrèrent l'après-midi aux
visites nécessaires. Bien qu'ils n'eussent point
dépassé le Rond-Point de l'Etoile, — toutes les
courses qui les sollicitaient se trouvant dans les
parages de l'avenue de la Grande-Armée, — Le Gallic subit, devant la vie et le mouvement de Paris,
cet émerveillement du provincial, auquel même une
petite capitale comme Rennes, aperçue entre deux
trains, n'a pu donner la notion de la vraie cité.

Ils se rendirent d'abord chez M. Tarral. Prévenu
de leur arrivée par lettre, M. Tarral les attendait
dans ses bureaux. Les magasins centraux de l'Atalante dépassaient en splendeur tout ce que Le Gallic avait pu jusque là concevoir. Les tandems, les
triplettes, les quadruplettes, exposés chacun dans
leur stand, comme des objets d'art, alternaient,
en ordonnance savante, avec des rangées compac-
tes de machines simples. Plusieurs salles se succédaient de la sorte, reliées entre elles par des portières de velours cramoisi, à crépines d'or. Puis
venaient les bureaux, que séparaient du public des
panneaux de menuiserie sculptée et des vitres à
grillages. On apercevait derrière, ainsi que dans

un établissement de change ou de crédit, les employés épinglant les liasses de billets de banque.
Tout cela avait un air de grande richesse et de
confort. Çà et là, une affiche aux couleurs criar-
des, piquée à la muraille, tranchait sur le bon goût
de l'ensemble et rappelait le vrai caractère du négoce. Des grooms à la livrée de la maison circulaient dans ce rez-de-chaussée, en quête des visiteurs. Le Gallic remarqua surtout les portraits de
champions, agrandissements de ceux qu'il avait
vus à Lannion, exposés en bonne lumière dans des
cadres qu'on eût dits d'or massif. La multitude des
billets de banque frappa aussi son imagination:
il en ressentit une sorte d'éblouissement.

M. Tarral les fit monter dans son bureau, à l'entresol. C'était un homme de haute stature, à la
barbe blond ardent; il avait des manières d'Anglais
et un accent de Toulousain. Son visage exprimait
à la fois la finesse et la cordialité. Il accueillit
M. Jézéquel avec une bonhomie souple de commerçant, et Le Gallic avec la supériorité pater-
ne du maître chez qui se présente un jeune serviteur.
Il exposa ses offres qu'il savait agréées d'avance,
chercha dans une pile de papiers un projet de
traité, écrit à la machine. Le Gallic s'engageait
pour trois ans à monter l'*Atalante* avec le pneu
*Parisis*, en tout pays et dans les courses de tout
genre. Il recevrait une première mensualité de cent
francs, laquelle s'accroîtrait d'après une proportion calculée sur ses succès à venir. A chaque
épreuve qu'il gagnerait, la maison lui assurait une
gratification égale à la valeur nominale du premier
prix. En outre, une bicyclette de choix lui était
prêtée, qui deviendrait sa propriété personnelle
après la troisième victoire, mais il en demeurait
jusque-là responsable. Le Gallic reçut lecture de
ces documents et, sur un clignement d'yeux de
M. Jézéquel, il signa double expédition du traité.
Pendant qu'il paraphait dans les marges, aux
endroits que lui marquait l'index du directeur,
celui-ci et l'entrepositaire lannionnais échangeaient à demi-voix deux phrases dont il ne put
percevoir le sens.

— C'est bien! fit M. Tarral, en remettant au
champion l'un des exemplaires. Il ne me reste
plus qu'à vous souhaiter bonne conduite et bonne
chance! — Et il lui délivra un bon pour passer aux
salles de vente prendre livraison d'une machine
neuve.

Munis d'un mot d'introduction du directeur de
l'*Atalante*, Le Gallic et son cicérone se transportè-
rent à l'administration du Vélodrome d'Eté où
M. Hill, directeur, les traita avec une indifférence
polie. Il fit consigner les couleurs du maillot, puis
les avertit que le nouveau coureur pouvait, moyen-
nant vingt francs par mois, prendre possession
d'une cabine dans l'enceinte spéciale et, sur un ver-
sement unique de soixante-quinze francs, s'entraîner librement tant que le vélodrome serait
ouvert.

La vue de la piste, ses dimensions, l'état irré-

prochable du ciment, enthousiasmèrent Yves Le Gallic. Les virages, au premier aspect, l'effrayèrent bien un peu par leur relèvement presque vertical, mais il raisonna aussitôt que, tant d'autres moins vaillants que lui les ayant abordés en se jouant, il ne manquerait pas de s'y accoutumer comme eux, avant longtemps. Le vélodrome à cette heure-là était désert. Le quartier des coureurs, dans cet abandon et dans ce silence, offrait une physionomie étrange, avec ses ruelles parallèles, dans lesquelles s'alignaient, étroitement juxtaposées, des cabines au badigeon varié. Sur certaines portes, un barbouillage indigo ou vermillon, en anglaises grossières, indiquait le nom de l'habitant : — « *Jaas Daal, Grandpierre et Wärschen, les rois de la piste... M<sup>lle</sup> Juliette, la grrrande recordwoman... les frères Raab, demi-dieux du tandem...* » ou encore, commandant toute une rangée, des écriteaux plus suggestifs, comme ceux-ci : « *Écurie Ladurelle... Écurie Warton...* », du nom de managers célèbres dont les pensionnaires se trouvaient ainsi réunis sur un même emplacement.

Le gardien du quartier désigna au nouvel arrivant un petit réduit en planches mal éclairé, à l'extrémité de la sixième ruelle. Dans un mouvement instinctif de vanité et de plaisir, le Breton, empruntant le crayon de M. Jézéquel, inscrivit, en signe de prise de possession, son nom sur la cloison de sapin...

— Comme te disait M. Tarral, tu n'as plus qu'à marcher droit, répétait à l'heure du départ le père de Sibylle. On te fournira aux bureaux de l'*Atalante* tous les renseignements dont tu auras besoin ; s'il te faut d'autres conseils, écris-nous. J'exige d'ailleurs, pour ma fille ou pour moi, deux lettres au moins par semaine. Surtout, pas de managers! C'est une gent de parasites et d'exploiteurs. Au revoir, sois courageux et fais honneur à tes premiers amis.

En se donnant l'adieu définitif, ils se sentirent poignés au cœur l'un et l'autre, un peu par émotion, un peu par espérance.

Le Gallic se voyait seul, perdu dans une ville inconnue, mais avec tellement d'ambition et d'énergie!... M. Jézéquel savait la qualité de son élève, mais il redoutait aussi tant d'écueils!...

— Ah! si je n'étais pas conseiller municipal de Lannion, comme je vendrais vite ma boutique et resterais avec toi! — Et pour cette dernière phrase, émise d'une voix sincère, à la porte de la salle d'attente de Montparnasse, l'ex-mitron sauta au cou de l'ancien libraire.

— Dites à mam'zelle Sibylle qu'elle ne m'oublie pas surtout, ma Doué !...

— Sois tranquille, gars, sois tranquille! et envoie-nous vite de tes nouvelles!

Tous deux pleuraient.. . . . . . . . . . .

### IV

Deux hauts mâts à oriflammes, que reliait pardessus la chaussée un double rang de banderoles aux trois couleurs, annonçaient que Courbevoie, ce dimanche-là, recevrait Paris. Le soleil de septembre tombait en lumière crue sur les talus des fortifications, sur les toits de tuiles de la banlieue. Une brise d'est passait par bouffées brèves, chassant à hauteur d'homme des filets de poussière diaphane. De la porte d'octroi, interminablement, la foule affluait en vagues pressées. Sous les claquements de l'étamine tricolore, elle s'écoulait par l'avenue de Neuilly, comme vers quelque rendez-vous d'habitude ou de prédilection. Des fiacres par centaines, des équipages de luxe, des limousines chargées jusqu'au caisson, tout le brouhaha des abords de champs de courses... Les cyclistes des deux sexes suivent le sillage des voitures, se reconnaissent, s'apostrophent, dans un long roulement de grelots et de rires. Pédards et cochers s'injurient, par habitude.

Chaque dimanche de belle saison, l'après-midi, de deux à cinq, Courbevoie n'est plus que le Vélodrome d'Été.

Sur la gauche, au delà du fleuve, une vaste enclosure de planches apparaît brusquement, bariolée d'affiches dans toute sa hauteur. Du vert, du rouge, du jaune, un charivari de couleurs!... D'énormes vignettes polychromes, où des femmes nues, envolées, hissent des bicyclettes dans un ciel incendié... Des têtes-réclames de dimensions monstrueuses, représentant les célébrités du sport... Partout un mot, le même, écœurant par la répétition de ses lettres grêles, le mot marchand, qui, même imprimé, n'a figure ni de poésie, ni d'ampleur, — le mot qui a fait ces renommées de cirque et cet art de clinquant : « Cycles !... Cycles!... Le *Rutland!* la *Clyde!* l'*Oxford!* l'*Atalante!* » avec l'invariable *limited* des sociétés anglaises qu'on croirait mis là pour réduire, par une assonance, dans la pensée de l'observateur, cette fausse exubérance d'orgueil et de vie à sa vraie portée, à son seul caractère.

Auprès de l'affiche commerciale, des placards indigo, à diagonale jaune pâle disaient la gloire du meeting : le match de Luc Morel et de l'Anglais Jameson, encadré dans des *handicaps* et des courses *scratch* (toujours les mots anglais!). Puis, perdue à la base du rectangle, et lisible de près seulement, cette annonce laconique : « *Débuts à Paris du coureur breton, Yves Le Gallic.* »

Vingt mille êtres humains, attirés par le nom de Morel, par celui de Jameson, par l'accoutumance ou le désœuvrement, se bousculaient aux guichets, aux garages de machines, s'arrachaient les journaux et les programmes verts entre les mains des vendeurs. Des camelots, la sacoche déjà pleine, criaient : « Demandez la biographie de Morel !... Toutes les performances de Jameson! » et des femmes en culotte cycliste s'en disputaient les derniers exemplaires.

Les guichets franchis, des escaliers rustiques, contournant un bassin orné de rocailles, donnent accès dans la partie supérieure du vélodrome. Le

panorama est nouveau, imprévu. On a devant soi,
une façon de cuvette oblongue, d'un kilomètre de
circuit, progressivement relevée aux deux extrémités par les virages. Vus d'en haut, ces virages
déconcertent le spectateur novice et l'épouvantent.
Des renflements violents en dissimulent la base
qu'on supposerait perpendiculaire au sol. Un ruban
de peinture rouge, marquant le tracé exact des
mille mètres se déroule sur le ciment gris de la
piste. D'autres lignes, — transversales celles-là, —
indiquent les points de départ et d'arrivée. Un
gazon coquet, constellé de géraniums ou de fuch-
sias en corbeilles, occupe l'espace intérieur. Sur
tous les points de cette pelouse surgissent des dis-
ques, des châssis d'affichage, des pavillons aériens,
d'un beau badigeon de céruse qui luit au soleil.
Les drapeaux se balancent aux mâts. Des réseaux
électriques courent et s'entre-croisent. En bordure
de la piste, formant enceinte, un amphithéâtre, des
tribunes, des loges de plein air sous un vélarium
de toile rayée... Plus loin, un chalet alpestre, verni
de neuf, à coloration vive, aménagé en restaurant.
Les coins de paroi qui pourraient rester nus sont
recouverts comme la rue par l'imagerie tapageuse
des lithogravures; des bandes d'annonces, azur ou
pourpre, tapissent la longueur des galeries, tandis
que, dans le ciel même, un industriel, plus particulièrement intéressé à cette spéculation quasi-fo-
raine, a suspendu, par d'invisibles fils, en capitales,
géantes, les onze lettres de sa marque : *Cycles Le-
bon !*...

Les loges, une à une, s'étaient garnies. Toute
l'aristocratie anglaise domiciliée à Paris donnait,
ce jour-là, pour Joë Jameson. A côté des modes
cyclistes, la mode du jour, la mode à rubans et à
aigrettes, celle qui éblouit et qui embaume, faisait
étalage de son luxe. On s'empilait aux tribunes.
Un orchestre, assis au centre de la pelouse, dans
l'ombre du pigeonnier en forme de dé qui sert à
l'affichage, préludait à la séance par la *Marche Lor-
raine*. Soudain, aux quatre faces noires du cube
aérien, des numéros blancs sortirent, indiquant les
partants pour la première série du handicap. Un
murmure courut sur les gradins, se grossit en
bruit de houle. Des milliers de programmes re-
mués mettaient un grouillement de taches vertes
dans cette fourmilière humaine. Puis, du haut
d'un virage, par une échancrure de la galerie, on
vit dévaler les maillots de couleur, sur un scintillement de rayons nickelés.

Le handicap, — mot anglais emprunté au vocabulaire hippique, — est une course où les chances
sont à peu près égalisées par des combinaisons de
distance ou de poids. Sur les hippodromes de
pur sang, le meilleur performer rend un certain
nombre de livres à chacun des chevaux estimés
inférieurs à lui, selon leur mérite respectif. Les
*racers* cyclistes au contraire reçoivent le départ
échelonnés, par séries, la distance qui les sépare
les uns des autres établissant le rapport de leur
valeur connue ou présumée.

Ces sortes d'épreuves se disputent, au Vélodrome
d'Eté, sur le demi-mille anglais, soit huit cent
deux mètres, distance qui peut être réduite de cent
mètres environ pour les limitmen, c'est-à-dire pour
ceux dont la chance dans une course régulière en
ligne serait totalement nulle. Yves Le Gallic figurait dans la deuxième série. Il subissait le sort
ordinaire des nouveaux venus qui se présentent
accompagnés d'une réputation mal appréciable.
On l'avait assez fortement handicapé; à l'excep-
tion du fameux crack hollandais Jaas Daal, lequel
d'ailleurs ne courrait pas, il rendait du terrain à
tous ses rivaux.

Le vacarme de clameurs qui avait accueilli l'arrivée de la première série commençait à peine à
s'éteindre, lorsqu'une sonnerie électrique appela
sur la piste les concurrents de la seconde.

Le Lannionnais, très pâle, le cœur serré par
l'appréhension, traîna sa machine vers la sortie
du quartier des coureurs; il l'enfourcha vivement,
puis, les yeux à demi fermés, d'une coulée de pédales, il se laissa glisser en bas du virage. Son
maillot de soie blanche, semé d'hermines noires,
miroitait triomphalement sous le soleil. Un gamin,
du sommet des galeries, cria :

— Ohé! les trèfles à six feuilles!

Le Breton entendit un murmure scandé au-dessus
de sa tête : « Le Gallic! Le Gallic!» -- un murmure
où la dernière syllabe claquait en coup de fouet.
Ce n'était plus la familiarité amicale du peuple de
Bretagne. Tous ces gens ignoraient son mérite. La
peur l'aveugla, l'orgueil l'affola. — « Le Gallic!... »
Il pensait que c'était du sarcasme. Tout à l'heure
devant sa cabine, un camarade bel esprit lui avait
demandé si c'était bon, « la galette bretonne », et,
sachant déjà le sens de ce mot « galette » dans
l'argot cycliste, il s'était maîtrisé pour ne point
tomber l'homme avec ses poings. Dans cette conception rudimentaire et facilement déviée, le trouble amenait aussitôt la frayeur et la frayeur s'aggravait d'une rage. Un bravo lui parut ironie. Alors,
sans réfléchir, par bravade ou par colère, à peine
le virage franchi, il s'arc-bouta sur son guidon.
Au lieu du canter préliminaire, il fit un sprint. En
trois secousses de reins, forçant la machine à répondre aux poussées furieuses des pédales, il
s'élança. Ce fut durant trois cents mètres une vitesse
de rêve, étourdissante, un vol de flèche. Les trépignements d'admiration faisaient tonnerre dans les
tribunes. L'impulsion donnée le mena ainsi un tour
de piste. Il releva la tête. Il vit de petites mains
gantées de blanc qui battaient dans les loges. Il
entendit l'incitation frénétique du populaire. Il
sourit, de son sourire large et ingénu où toute
la bouche s'ouvrait, cependant qu'une sueur légère,
qui ne provenait pas de la fatigue, lui perlait aux
tempes. Dans sa précipitation ou dans son inexpérience, il avait omis de se prémunir d'un lan-
ceur. Le facétieux du quartier des coureurs vint
s'offrir à lui. C'était une sorte de loustic professionnel, manager d'occasion, nommé Coquereau,

dont toute l'existence consistait à soigner des poulains hypothétiques, à égayer de ses pitreries les séances d'entraînement, ou à pourvoir les journaux sportifs de calembours douteux.

Le Gallic s'était arrêté au point de la piste fixé par son handicapage, à dix-sept mètres environ du coureur le moins favorisé après lui, à soixante environ des limitmen. Il fallait un effort soutenu dans tout le parcours pour rattraper la distance rendue. Coquereau écarta les jambes, afin de bien trouver l'aplomb, empauma d'une main la selle, de l'autre le guidon.

— Au moins, ne sois pas une galette sèche! ricana-t-il au moment du coup de pistolet, et, soit malveillance, soit gaucherie, il lança la bicyclette de travers, contre les balustrades.

Le Gallic dut effectuer un crochet pour retrouver sa ligne. Les autres filaient à plein train. Il baissa la tête encore une fois, poussa, pila. La vitesse lui coupait la respiration. La face congestionnée, comme asphyxié, un bourdonnement dans le tympan, il allait. Il eut la perception de passer sur deux ou trois de ses devançants. A l'entrée du virage, une clameur, s'enflant en tempête, lui fit pressentir qu'il arrivait dans le lot de tête. Il vit sous lui, à la corde, un scintillement d'acier qui aussitôt lui parut s'immobiliser. Il entrait dans la ligne d'arrivée. Elle était vide. Tous ses adversaires égrenés, désemparés derrière lui, abandonnaient la lutte et ne pédalaient plus que mollement. Il passa le poteau, premier de loin. On applaudit. Le public sportif aime voir gagner dans les handicaps le coureur pénalisé. Mais la persistance des battements de mains, le prolongement inusité des éclats de voix, dénonçaient mieux que la surprise de cette multitude, ils disaient la joie d'une révélation vraiment exceptionnelle.

Dans la finale, plus sûr de lui et lancé droit, il modifia sa tactique ne donna l'effort qu'à l'instant décisif, mais pour semer pareillement ses adversaires. Les chapeaux s'agitèrent, les fers de cannes tambourinèrent sur les planchers de l'amphithéâtre. Des spectateurs populaires tutoyaient le vainqueur de leur place. Lui, restait courbé sur son guidon, la bouche ouverte, dans l'ignorance des attitudes à prendre.

— Tu es content, vieux? glapit au passage un gavroche des troisièmes. Cent cinquante balles; ça vaut la peine de se déranger.

Avec les gratifications de l'*Atalante* et du *Parisis*, le premier prix atteindrait trois cents francs. M. Tarral s'était précipité vers le quartier des coureurs. Il aida son nouveau *racer* à descendre de machine, le prit par le bras pour le reconduire à sa cabine et lui souffla dans l'oreille quelques recommandations d'hygiène. Quand le Breton ressortit, frais et dispos comme s'il n'eût fourni aucun effort, la première manche match était courue, — l'Anglais battu par le sprint irrésistible de Morel. Cependant, au milieu de l'affairement général, des ardeurs et des discussions que soulevait l'*event*

principal de la journée, il sentit la moitié des regards sur lui. Des silences se faisaient à son approche : ceux-là mêmes qui l'avaient précédemment félicité affectaient tout à coup des airs d'hostilité ou d'inattention. Coquereau s'avança, les coudes en ailerons.

— Abreuves-tu? fit-il.

Une douzaine d'assoiffés avaient déjà fait cercle. La plupart étaient des vaincus du handicap. Tous minables, avec des visages de brutes où l'écartement des yeux, la rudesse des cheveux plantés bas disaient la vulgarité bestiale. L'ex-mitron crut leur devoir ce dédommagement. Au buffet du pesage, Coquereau, le joyeux Coquereau (ainsi le baptisaient dans les feuilles sportives les clichés de reportage), commanda sans le consulter deux bouteilles de piper Heidsieck. Le pétillement mousseux du champagne, — une nouveauté pour lui, — amusait le Breton. On trinqua de belle humeur. Un inconnu à casquette cycliste, au plastron de chemise rose bien empesé, venait de s'asseoir parmi les buveurs. L'homme était de petite taille, grêle, jeune encore, le teint terreux, avec des prunelles claires, — ni bleues, ni vertes, — inquiétantes comme celles des hypnotiseurs. Des épaules trop hautes, dans lesquelles s'enfonçait une tête presque sans cou, attachée de travers, lui donnaient un aspect bizarre, à le laisser supposer bossu, quand on ne le regardait que de face. Il avait la parole brève et facile, des intonations de commandement, choisissait ses mots en dévisageant l'interlocuteur, dans une volonté évidente d'immédiate supériorité.

— Je viens d'interroger le chronométreur, dit-il à Le Gallic. Tu as fait dans ta série le meilleur temps qu'on ait encore relevé ici dans un handicap. Parti scratch, tu aurais sûrement chauffé le record du demi-mille. Tu n'étais handicapé qu'à trente mètres, et, malgré un départ médiocre, tu ne restes en dedans des records que de deux cinquièmes de seconde...

Les autres s'entre-regardaient d'un air entendu; ils connaissaient la nouvelle sans doute. Coquereau murmura :

— Bigre! A ce train-là, il n'y aurait bientôt plus de prix que pour lui.

Le nez dans la coupe de champagne qu'il s'était remplie sans façon lui-même, le faux bossu tenait son œil pers, magnétique, obstinément fixé sur le Breton, comme s'il eût cherché à pénétrer d'un coup tout le moral de l'homme. Peu à peu, la foule avait évacué le buffet, puis le vélodrome.

— Combien dois-je? demanda Le Gallic au garçon, après que tout le monde eut achevé de boire.

— Deux bouteilles de Piper?... ça fait trente francs! répondit l'autre sans tourner la tête, en servant un dernier client.

Trente francs!... C'était cher!... Jamais il n'aurait songé qu'on pût en dépenser tant pour de la boisson. Il entr'ouvrit la bouche, prêt à protester. Le serveur se trompait peut-être... mais Coquereau, avec son flegme de calicot farce, confirma le prix.

— Oui, quinze francs la bouteille !.. Il faut payer la bienvenue... Et puis, mon gars, tu en gagneras assez, va !

Le Gallic fouilla ses poches. Le mécontentement fit place tout à coup dans son visage à une expression de terreur blême. Ses poches étaient vides ; il n'en retira qu'un vieux mouchoir. Le porte-monnaie et les vingt-deux louis qui composaient sa fortune, le premier or, si souvent contemplé et caressé, la montre en nickel, à remontoir, et la chaîne, achetées au bazar de Rennes, le soir du Championnat de Bretagne, jusqu'à la clef de sa bicyclette, tout était perdu !.. volé ! Il raconta la chose, les yeux voilés de larmes

— Je parie que c'est un de ceux-là qui aura fait le coup, maugréa l'homme à chemise rose en promenant sur la bande un œil acéré de policier. Qu'avais-tu sur toi ?...

— Quatre cent quarante francs en pièces d'or et six sous, ma Doué !.. répondit le Breton qui éclatait en sanglots.

Coquereau, ému par le chiffre, maugréa :

— Les crapules ! Tu auras mal fermé ta cabine. Le quartier des coureurs, c'est une garenne à filous !

Les rangs des parasites patibulaires s'étaient rapidement éclaircis ; ceux qui restaient protestaient de leur innocence.

Le buveur inconnu tira de son veston un portefeuille de maroquin graisseux, y prit au milieu d'une liasse un billet de cinquante francs, le froissa pour s'assurer qu'il n'en donnait bien qu'un et, le tendant au Breton déconfit :

— Tiens, règle avec cela, dit-il. Un pourboire de cinquante centimes au garçon sera suffisant... Garde le reste pour ton dîner. Tu as la physionomie d'un honnête homme. Demain soir, ton prix touché, tu me rembourseras à la brasserie de l'*Espérance*... De six à sept... J'y serai.

— Comment vous appelez-vous ? demanda timidement le Breton.

Les autres, devançant la réponse, chuchotaient : « Ladurelle ! ».

Mais l'homme se tut.

— Plus tard, tu le sauras. A demain, camarade ! Et il s'éloigna. Coquereau soupirait :

— Ce malin de Ladurelle !... Encore un bon poulain qu'il va me souffler !

V

La tête basse, aussi découragé qu'après une première défaite, Le Gallic regagna la Porte-Maillot par des chemins détournés. Il voulait cacher sa peine à la foule. Les ressauts que l'inégalité du pavé ou la fréquence des caniveaux donnaient à la machine, en communiquant la secousse à tout son corps, lui apportaient un demi-soulagement à l'atroce brûlure du cœur. Il dîna d'un peu de bouilli et de fromage, dans une gargote à cochers, rentra chez lui, verrouilla sa porte, se coucha avant la nuit. Il serra dans un nœud de mouchoir, sous l'oreiller, l'argent qui lui restait de l'énigmatique bienfaiteur. La lumière grise du crépuscule, filtrant entre les rideaux de vieille serge, mettait sur tout ce mobilier terne de garni comme un brouillard de tristesse.

Au mur, en face de lui, sous une solive, un large pan de papier, décollé par l'humidité, pendait, laissant à nu le plâtre sale. L'atmosphère de renfermé et de moisi complétait l'inexprimable sensation. De l'étage inférieur, montaient par intervalles des rires de femmes et des chansons. Il s'enfouit jusqu'aux yeux sous les couvertures, pour ne pas entendre. Où donc était son grenier de Lannion ?... où donc la bonne paillasse qui fleurait la farine fraîche ?... Quand il s'endormait là-bas, après les nuitées de travail, c'était la voix matinale de Sibylle et quelque refrain plus gai qui berçait son premier sommeil !... Au réveil, le jour tombant, c'était son tour à lui de chanter !... Il pleura, il pensa à Sibylle, il pensa à sa mère qu'il avait perdue de bonne heure, l'appela à voix haute en tâchant à se remémorer son visage. Un petit frisson de fièvre le fit trembler. Il passa la main sous le drap pour s'assurer que le rouleau de monnaie était toujours là, et le souvenir des belles pièces d'or perdues redoubla son chagrin. Ainsi ce qu'il tenait entre ses doigts, sous ce nœud de mouchoir, ne lui appartenait même pas ! C'était l'argent d'un autre, de quelqu'un dont il se trouvait le débiteur, et auquel il faudrait restituer demain, sous peine d'être jugé pire qu'un voleur !... Et, au fait, son voleur à lui, pourquoi l'avoir recherché si mal ?... Il s'était adressé simplement à M. Hill, le directeur du Vélodrome. M. Hill avait répondu, sans daigner le regarder, par cet aphorisme judaïque : « Les pièces d'or n'ont pas de marque... Il fallait mettre un cadenas à votre porte ! » Oh ! le larron ! s'il le connaissait jamais !... Et il se souvint d'une rixe entre matelots, sur le quai d'Aiguillon, à Lannion, où l'insulté, après avoir fait toucher le sol à son adversaire, lui écrasait la figure à coups de talons, si bien que le soulier en était rouge de sang jusqu'à la cheville. La fureur de l'impuissance activa l'afflux des larmes. Il cria : « Mère ! », comme un tout petit enfant qui se croit perdu au fond des bois, puis, sans savoir au juste ce qu'il avait à se faire pardonner, il ajouta : « Mam'zelle Jézéquel, je vous demande bien pardon ! »

Il ferma les yeux, essaya de rêver, ne vit que les figures hâves et sournoises de l'après-midi, y chercha l'expression plus hypocrite qui dénoncerait le coupable. Il ne trouva pas, s'exaspéra. En bas, les chansons folles se prolongeaient en ritournelles. Il sauta hors de son lit, alluma la bougie. Un buvard de toile cirée et un encrier de verre, posés sur la commode, arrêtèrent son regard. Il s'était promis la veille d'écrire à Lannion, et, par fatigue ou par négligence, il avait différé sa lettre. Il s'installa. Il lui sembla que la confidence épistolaire le soulagerait de moitié de sa peine. Il prit une feuille de mauvais papier vergé, resta debout, en se courbant sur le marbre, parce qu'il se sentait ainsi la main plus appuyée. Il s'appliqua de son mieux aux boucles, aux jambages et au style, sans trop se préoccuper de l'orthographe. L'instituteur lui avait affirmé, un jour de réprimande, à Pleumeur-Bodou, que plus il réfléchissait, plus il faisait de fautes.

« Mademoiselle Sibylle,

« Je vous fais excuse pour le temps que je vous aurai laissée sans nouvelles, quoique ce n'est pas que je sois ingrat de Lannion et de vos bontés. Mais j'attendais pour vous faire savoir mon succès dans le handicap et que Morel a battu Jameson, comme les journaux vous le diront. J'ai eu hier un grand malheur dont je sanglote encore de vous le raconter. On a volé mon porte-monnaie au vélodrome. Si on prétend dans les journaux que j'ai tout dépensé au cabaret du vélodrome, en boissons, c'est des mensonges. Ne croyez pas, mademoiselle Sibylle, que j'aurais dépensé tant d'argent, que j'avais gagné au travail, et que je le devais à vos conseils. Mais je suis perdu ici et je pense qu'il va m'arriver toutes sortes de chagrins loin de vous. J'ai rencontré ce matin sur la rue deux matelots qui sont de Lannion. Ils vous souhaiteront le bonjour de ma part, en rentrant au pays. J'ai vu aussi chez l'horloger des jolies broches avec un caniche en or qui tient une ombrelle dans sa gueule. Si je serai un jour moins malheureux, comme je l'espère, je vous demanderai permission de vous en offrir une, en hommage de mon dévouement. Il fait beau temps. Ma chambre est sur une cour où il y a des pots de fleurs rouges comme dans la cour de la boulangerie.

« Je vous prie de présenter mes respects à M. Jézéquel, à mon patron Ruello, que vous lui direz bien que je ne l'ai pas oublié, et à tout le monde qui m'a témoigné sa bienveillance, et de me croire

« Votre éternel et infortuné serviteur,

« YVES LE GALLIC. »

« Je suis engagé pour le dimanche qui vient dans une grande course avec Jameson, Lepvrier, Würschen et les autres. Croyez que je serai vainqueur. »

La rédaction de cette lettre le réconforta mieux qu'un cordial. Il se sentit un allègement à suscrire l'adresse qu'il recommença sur plusieurs enveloppes successivement, pour que les trois lignes en fussent bien droites et parallèles. Cela fait, il se remit au lit et dormit d'un somme jusqu'au matin.

Dès l'éveil, il établit par heures le plan de la journée : examen de la presse... visite à l'administration du Vélodrome pour le règlement de son prix... autre visite à M. Tarral... déjeuner, entraînement... puis le rendez-vous à l'*Espérance*.

Au premier coup d'œil qu'il jeta sur les comptes rendus, il vit son nom en gros caractères. Un entrefilet spécial lui était consacré en bonne place dans les journaux sur papier teinté qui font l'opinion du monde cycliste. On donnait sa description physique, sa taille, son état civil à peu près exact, une biographie sommaire.

« Depuis trois ans, disait avec emphase le plus « élogieux des portraitistes, depuis la révélation « subite et presque simultanée de notre trio de « cracks nationaux,— Josserin, Morel et Marman- « dier, — aucune étoile de première grandeur ne « s'était levée dans le ciel des sprinters. On atten- « dait vainement le champion naissant qui rempla- « cerait, l'heure venue, les premiers rôles appelés, « l'un après l'autre, selon l'évolution fatale, à décli- « ner ou à disparaître. Yves Le Gallic sera-t-il ce « nouveau ténor de la pédale, le sprinter-roi de « demain ou d'après?... On serait tenté de le pro- « nostiquer au style de sa victoire.

« Quand Gladiateur s'étendait dans son galop, « les autres chevaux, paraît-il, avaient l'air de s'ar- « rêter. Hier, à Courbevoie, Le Gallic nous a donné « une impression analogue, vis-à-vis de concur- « rents dont quelques-uns étaient de bonne classe. « Il représente dès aujourd'hui ce que les Anglais « appellent *the comingman* — « l'homme qui vient » « — celui dont les performances et les progrès « attirent plus sympathiquement l'observation.

« Doué d'une aptitude exceptionnelle au train, « capable de prolonger l'effort musculaire au delà « des limites généralement admises, il peut sup- « pléer à la tactique, encore incertaine chez lui, « par la supériorité même de son essence athléti- « que. On le jugera mieux en course, dimanche « prochain, contre des hommes tels que Würschen « ou Jameson. En tout cas, il semblerait, d'après « les temps faits hier, qu'il tient la plupart des « records de vitesse à sa merci. »

Le second plumitif lui octroyait aussi cette épithète de « comingman » avec des formules de louange pareilles. Enfin, à la troisième page des deux journaux, une réclame dithyrambique exaltait l'homme nouveau, en subordonnant toutefois sa valeur à celle de sa machine :

« L'*Atalante*! y lisait-on, le succès plus que jamais « est à l'*Atalante*! De même que Warwick fut ap- « pelé le « faiseur de rois », l'*Atalante* est doréna- « vant, dans l'histoire du cycle, la glorieuse, l'uni- « que « faiseuse de champions ».

Suivait un panégyrique effréné de Luc Morel, vainqueur du terrible « sprinter-rouge », l'Anglais Jameson. Puis l'inséré ajoutait, sans baisser le ton :

« Morel! Josserin! Tom Thomson! Hutin! toute « la pléiade héroïque dont les exploits ont révolu- « tionné l'univers ne suffisaient pas à l'*Atalante*. A « l'heure où des rivaux envieux l'accusaient de « s'assoupir sur ses lauriers — et quels lauriers! « — à l'heure où chacun désespérait, après la for- « midable éclosion de 1895, de voir l'intérêt du sport « se renouveler par quelque brillante recrue, « l'*Atalante* a tenté ce miracle et l'a réalisé. C'est « l'*Atalante* qui produisait hier, devant le public « du Vélodrome d'Été, Yves Le Gallic, le triom-

LLCHINGEN
BERNSTEIN
LLABRUN
PELD
LEDL
PRENZLOV
PECK
TUSK
ALL
TROLENKA
DANTZIG
LRBERG
NDST
CKNUL H
RATISBONNE

« phateur du handicap. C'est elle qui le découvrait dans sa petite cité bretonne. Sur l'*Atalante*, Le Gallic commençait par s'approprier le Championnat des Côtes-du-Nord et celui de Rennes. Pour son début à Paris, il a stupéfié vingt mille spectateurs par la rapidité fantastique de son allure. Fait unique dans les annales des courses de vitesse, Le Gallic a battu en course un record, celui du demi-mille, départ arrêté, et cela sans s'en douter lui-même, tant il jouait facilement avec ses pédales. Sur toute autre machine il eût peut-être gagné le handicap, mais, seul, le roulement merveilleux de l'*Atalante*, cette sorte d'impulsion irrésistible qu'elle communique à ceux qui la montent, cet on ne sait quoi, en un mot, qui fait d'elle le chef-d'œuvre de la construction vélocipédique, a permis au jeune Breton de toucher le record. Cyclistes, concluez ! »

Le pneu *Parisis* rééditait pour son compte une réclame presque analogue. Au verso, les clichés étaient encore remplis d'*Atalante*, de *Parisis*, de Luc Morel, de Le Gallic, et de record.

Il eut un enivrement d'orgueil irréfléchi qui, dans la simplicité de sa nature, se réduisait à de vagues hallucinations de bien-être. Il compta que, le soir, sa dette payée, il se verrait en somme presque aussi riche que la veille, avec beaucoup de gloire en plus, et se hâte vers Neuilly où se trouvaient le secrétariat et la caisse du Vélodrome d'Été. On lui remit trois billets de cinquante francs avec des politesses et des sourires. Le caissier, M. David, très affable, semblait en humeur de conversation. Mais le Breton avait vu entrer derrière lui de pauvres gagnants de séries qui venaient de Vincennes ou de Pantin pour toucher leurs dix francs. Il se souvint des filous de la veille, empocha son prix, et s'esquiva. Après de longs circuits, causés par son ignorance des lieux, il put retrouver l'avenue de la Grande-Armée et les magasins de l'*Atalante*. M. Tarral, qui précisément venait d'arriver à son bureau, le combla de prévenances. Il doubla la gratification promise en la portant à trois cents francs pour l'*Atalante* et le *Parisis* dont les deux sociétés avaient des intérêts communs. Dès qu'il connut l'histoire du vol, il prit un air de compassion méditative :

— Avec des moyens comme les vôtres, mon garçon, voilà malgré tout un bien léger dommage. Oubliez-le, mais, dorénavant, ayez plus de circonspection. Je veux tâcher de compenser cela promptement. Soignez-vous demain et après-demain, couchez-vous tôt, entraînez-vous régulièrement, et attendez-moi jeudi au Vélodrome d'Été, à cinq heures du soir.

En congédiant le visiteur, il ajouta :

— Inutile de raconter cela aux camarades... Nous manquerions l'affaire... Comptez sur moi.

M. Tarral l'avait en outre invité avec instances catégoriques à se mêler le moins possible au monde des professionnels, soit à l'heure du travail, soit à celle de l'estaminet : il alla donc s'entraîner avant les autres, passa la moitié de son après-midi, rue Brunel, à découper et à coller, dans un petit cahier scolaire à deux sous, tous les articles de journaux qui parlaient de lui ; puis, repris par la première griserie vaniteuse du matin, il écrivit sur la couverture où était représenté un casoar : *Mémoires d'Yves Le Gallic, l'illustre sprinter*.

Pour achever de tuer le temps, il alla rôder du côté de l'Étoile. Depuis son arrivée à Paris, l'arche de pierre, de destination inexpliquée, hantait son imagination. Il passa sous la voûte centrale, vit des inscriptions gravées, en épela quelques-unes. C'étaient, avec leurs désinences étrangères, autant d'hiéroglyphes pour lui. Cependant, comme il existait deux tandemistes allemands, appelés Raab, et un sprinter assez fameux du nom de Würschen, et qu'il retrouvait ces mots : Raab et Würschen, sur la nomenclature interne d'un pilier, il ne tarda pas à se convaincre que le monument, dominant la capitale et placé au seuil du boulevard vélocipédique, devait être consacré à la renommée de la Grande Armée Cycliste, et que, sous peu, le nom nouveau : « Le Gallic » figurerait au fronton de l'Arc, à quelque place d'honneur où, de tout Paris, on pourrait le lire. La première brume du soir, en brouillant les caractères devant ses yeux, interrompit sa contemplation. Les réverbères déjà, un à un, s'allumaient. Il remonta l'avenue de la Grande-Armée. Des tramways à vapeur, cornant pour faire évacuer la route, la sillonnaient dans les deux sens. Peu de chevaux, moins encore de piétons. Des milliers de bicyclettes, revenant du Bois, glissaient sur l'asphalte, emplissaient la chaussée de cette stridence continue et monotone des rayons qui ressemble à un bruissement d'élytres. Et, des deux côtés, les façades de magasins de cycles se succédaient, avec leurs vitres d'un seul tenant, leur menuiserie fraîchement vernie et leurs enseignes rutilantes, dont les lettres d'émail vermeil flamboyaient sous la projection des rampes de gaz. Tout cela disait une vie nouvelle, une cité à part. Au fond, près de la Porte-Maillot, des marquises lumineuses, devant lesquelles le va-et-vient de la foule s'accélère et se condense, marquaient l'entrée des principaux bars cyclistes et du plus fréquenté de tous : *L'Espérance*.

Les écholiers sportifs ont popularisé cet établissement, dont la dénomination même, sans doute pour consoler tant de champions malheureux qui y fréquentent, est un symbole.

*(A suivre)*.

III — LE R[...]MAN, par M. Henry Saint-Maurice.

L'*Espérance*, si pompeusement vantée par les folliculaires du sport, n'offre rien au dedans comme au dehors qui la différencie des principaux estaminets de la banlieue ouest. Des salles demi-spacieuses, le long desquelles courent des banquettes de molesquine, des faïences aux trumeaux, — allégories ou paysages, art commercial et coloration fade; — des panneaux de glaces dans des châssis de noyer ciré; une cloison vitrée à croisillons, séparant la salle principale en deux compartiments distincts, et, sur le tout, un plafond bas, un plafond de caveau qui semble vouloir faire courber la tête à tous ces glorieux, dès leur entrée. Les tables, dès cinq heures, sont occupées: on se dispute le billard à coups de poing, et c'est un vacarme assourdissant, où le heurt des carambolages, les enchères des manilleurs se mêlent à des marchandages vociférés pour les salaires d'entraîneurs dans la prochaine course de demi-fond. On se croirait en quelque café de garnison, un soir de libération de la classe.

Des badauds de seize à vingt ans, en faux-col à

la Devéria et en cravate châle, pénètrent au milieu de cette tabagie, s'assoient, se font désigner, entre deux grogs, Hutin, Josserin ou Luc Morel, contemplent, s'ébéatent et sortent. Par intervalles, un froufrou de soie froissée circule entre les rangées de tables. Une femme à l'élégance tapageuse, coiffée d'un monticule de roses artificielles, la lèvre et les cils peints, entre, force l'attention des gens, secoue une châtelaine d'or, ôte un gant pour montrer une topaze, s'installe, avec une mimique d'idylle, près du champion musclé qu'elle veut conquérir. Sous des centaines d'yeux braqués, elle et lui se rengorgent dans leur commune importance.

C'était la première fois que le Breton pénétrait dans ce lieu. L'excès de fumée l'aveugla d'abord; la dissonance et la diversité des bruits l'assourdirent. Quelques camarades le hélaient avec une familiarité narquoise : d'autres, la bouche pincée, simulaient l'indifférence. Il erra un moment, guettant son homme. Un « hope! » énergique orienta ses recherches. L'index levé, en signal de reconnaissance, l'inconnu du vélodrome dégustait son absinthe dans une arrière-salle.

— Bonjour! fit-il avec son sourire le plus avenant. Comment ça va-t-il depuis hier?

Le Gallic prit place vis-à-vis de lui, sur un siège de cuir gaufré, et, pour toute réponse, présenta le billet de banque.

— Il n'y avait pas urgence, murmura l'autre avec des façons de refuser... Peut-être en as-tu encore besoin?... Mais j'ai des poulains qui me causent tant de frais !

Puis, comme le Breton, aphone d'émotion, s'entêtait à laisser le billet de banque sur la table, l'homme le ramassa et ses prunelles métalliques s'enfoncèrent dans ce visage d'enfant timide.

— Les journaux ont été gentils pour toi, ce matin. Tu as dû les lire? Ta performance en effet était excellente. Avec des soins, des ménagements et de l'habileté, tu peux te faire un sort glorieux. Mais sais-tu, mon pauvre garçon, dans quel monde tu viens d'entrer? Novice en tout, comme tu le sembles, chacun se jouera de toi, à sa manière, et de son mieux. Tu devrais prendre un manager...

L'ex-mitron leva les yeux... Le mot, mal défini pour lui, l'effarait. Il en demanda l'explication. Le faux bossu, après lui avoir fait verser un quinquina, continua son discours :

— Le pur sang d'élevage peut posséder des qualités intrinsèques qui ne seront utilement mises en valeur que par l'entraînement. Et de même qu'il faut un jockey pour le mener au poteau de victoire, un entraîneur lui est indispensable pour graduer son travail, perfectionner sa forme, échelonner les étapes de sa carrière. Le métier d'entraîneur exige une éducation spéciale, un savoir particulier, acquis par l'expérience, et que le cheval, en le supposant même un être raisonnable et pensant tel que nous, serait incapable de découvrir en lui-même. Cette nécessité s'applique au coureur comme à

l'animal. Aussi les managers nomment-ils, par identification, les hommes qu'ils soignent : leurs poulains. Il n'y a point d'exemple qu'un crack se soit maintenu longtemps en état ou ait vraiment bénéficié de sa qualité en se dirigeant tout seul. Puisque tu as gagné jusqu'ici sans lutte, ne parlons pas de ta forme actuelle; j'y consens. Un manager sérieux l'améliorerait encore, et de beaucoup. Mais combien de choses tu ignores, dont pourtant tout ton avenir dépend! De quelle distance il faut gagner chaque fois pour réserver l'intérêt d'un match fructueux... dans quelles courses tu devras t'abstenir ou te produire, selon que l'un ou l'autre pourra t'être ultérieurement plus profitable... que dirai-je encore? mille détails dont les éléments t'échappent et qui sont la vie même du champion. Tu risques de t'exhiber ici pour cinq cents francs, quand, à la même heure, on t'offrirait le quadruple à Bruxelles ou à Londres. Comment traiter seul et sans conseils avec les constructeurs de machines qui se concerteront pour exploiter la crédulité et ta jeunesse? Vis-à-vis de tes concurrents mêmes, comment l'entendras-tu quand il faudra s'entendre? Je ne saurais comparer le monde cycliste qu'à une petite Europe, divisée, intrigante, haineuse, pleine de machiavélisme, de conflits et de périls cachés, où la puissance des armées doit s'appuyer sur une diplomatie. Le coureur représente la force brutale, le muscle, le soldat. Le manager, c'est l'intelligence, le calcul, le politicien. Sans bons diplomates, il n'y a jamais eu que des victoires stériles.

Le Gallic écoutait. Le sens de beaucoup de phrases lui échappait, mais il était séduit quand même par cette parole nette, abondante, harmonieuse. Il se souvint d'une séance en justice de paix, à Lannion, où M. l'avocat Conlou avait plaidé pour le patron Ruello, en longues périodes, d'une sonorité presque égale, avec des gestes sobres tout pareils, et il eut la sensation de se trouver en face d'une intelligence supérieure. Il se souvint de M. le chanoine Ludovic Marzin, du poète Allan-Soisbault, qu'on disait les plus beaux parleurs de Lannion et qui s'arrêtaient quelquefois devant la boulangerie. L'homme continua :

— Je m'appelle Edouard Ladurelle; on m'a surnommé le roi des managers français. Josserin, Morel, Marmandier, Lepvrier, Thibault, Hutin ont passé par mes mains. C'est à moi qu'ils doivent le meilleur de leur carrière. Ah! mon pauvre Le Gallic! tu ne devines pas ce qui t'attend!... Tu arrives ici en pleine santé, avec un organisme encore indemne. Cet organisme, Paris l'aura vite débilité ou perdu. Un exemple: la liqueur que je viens de boire est inoffensive pour moi... elle te couperait, à toi, les jarrets en huit jours. Qui te soignera?... Qui te donnera les prescriptions d'hygiène?... Qui te prémunira contre les tentations mortelles?... Tous les poulains que j'ai faits, moi, Ladurelle, ont été des cracks. Dès qu'ils me quittaient, ils perdaient la moitié de leur valeur. Je possède le secret des breuvages qui décuplent l'énergie et la vigueur d'un homme. Par moi, tu deviendrais le coureur phénomène, le sprinter-vierge, le champion dont la roue d'arrière ne sera jamais approchée...

Yves souriait, bercé par la musique des mots, ébloui par la splendeur, soudainement accrue, des lendemains glorieux. L'homme baissa la voix :

Est-ce conclu? Accepte... Je ne te demanderai pas de traitement fixe pour les premiers mois. Seulement dix pour cent sur tes prix... Nous nous arrangerons plus tard.

La physionomie du Breton s'assombrit tout à coup. De ce langage-là, il percevait maintenant le sens exact, et, en même temps, les recommandations impératives de M. Jézéquel revenaient à son oreille avec une sûreté de mémoire implacable où se reproduisaient jusqu'à la voix et aux intonations du premier mentor.

M. Jézéquel avait dit : « Tu seras assailli par une nuée de parasites qui ne chercheront qu'à vivre à tes gages. Fuis-les comme la peste. Il s'est créé autour du métier de coureur un tas de professions carottières et truqueuses. Pas d'entraîneurs à l'exercice; mais, surtout et avant tout, pas de manager! »

Il se troubla, hésita, ballotté entre des sympathies latentes, la reconnaissance qu'il devait à l'étranger d'une part, et, de l'autre, l'avertissement d'un ami qu'il croyait désintéressé et perspicace.

Le second sentiment, la méfiance paysanne, finit par l'emporter. Ladurelle, supposant qu'il cherchait à lésiner sur le pourcentage, avait repris :

— C'étaient mes anciennes conditions avec Josserin. Tout Paris les connaît. Mais fais-moi des propositions à ton gré. On trouvera peut-être un moyen de s'arranger.

— Je ne peux pas, monsieur Ladurelle! ma Doué! je ne peux pas!...

— As-tu déjà des pourparlers ailleurs? Cet imbécile de Coquereau, sans doute?...

— Non, monsieur Ladurelle! Simplement qu'on m'a défendu...

— On t'a défendu!... Quoi?

— Ce que vous disiez à cette heure... le « ménager. »

Ladurelle renversa la tête sur le dos de la banquette, la bouche crispée par un sourire.

— Et qui t'a donné ce beau conseil-là?... Ah! ils débarquent tous de leur province, avec des directeurs de conscience qui les ont instruits drôlement!... Bien heureux encore si ces soi-disant mentors ne deviennent pas leurs pires spoliateurs! Tant pis pour toi, mon garçon! je ne peux pas prendre tes intérêts contre ta propre volonté....... Saurais-tu seulement rédiger ta lettre d'engagement pour une course?... L'avenir t'éclairera.

Le Gallic eut un demi-remords de son ingratitude.

— Je demanderai la permission, j'écrirai à Lannion, balbutia-t-il.

L'autre éclata de rire, puis se leva brusquement, les yeux dans le vide, tendit pour l'adieu quatre doigts inertes... Il ajouta, d'une voix rude, tranchante comme un coup de sabre :

— Réfléchis, car tu t'en repentirais. Sans moi, tu ne peux rien, rien... rien!...

## VI

La séance d'entraînement battait son plein au vélodrome de Courbevoie. Une saute de vent, survenue dans la matinée, avait rafraîchi l'atmosphère. Le ciel était gris, comme en une fin d'automne. Plus de soixante cyclistes, profitant de la température favorable, évoluaient par escadrons rapides, essayant des enlevages dans la ligne d'arrivée, luttant entre eux jusqu'au poteau. Coquereau faisait les délices de l'assemblée avec une écrevisse découpée dans du papier rouge et collée au dos de son maillot. Il bouffonnait, en virements excentriques, se faisait tirer par une triplette à toute allure, puis, aussitôt lâché, manifestait son découragement par des gestes de télégraphe Chappe. D'autres, non moins fantaisistes, avaient coiffé la chéchia ou le bonnet napolitain. Un fils de constructeur, qui ne paraissait jamais en courses, exhibait une machine entièrement nickelée et multipliant dix-huit mètres au coup de pédale. Aux loges, des badauds compassés s'exclamaient discrètement quand Luc Morel, les coudes en l'air, essayait ses fameux cent mètres en cinq secondes deux cinquièmes, ou quand Josserin démarrait, derrière un camarade, à l'improviste.

Sur la pelouse, des managers, la montre en main, chronométraient les vitesses de leurs poulains. Au pesage, un cercle de curieux s'était formé. Deux pacemakers en disponibilité, une simple flanelle sur le torse, boxaient selon les règles avec des passes savantes. Le plus âgé, ancien moniteur de Joinville, quêtait l'approbation des assistants par un sourire de suffisance, après chaque « round » réussi. Un peu plus loin, les apprentis, les « pupilles » dont le travail est terminé de meilleure heure, portant la casquette et le veston crasseux du camelot, jouaient au bouchon ou à la marelle. Tous les jours, c'est la répétition des mêmes scènes, devant le même public restreint, imbécile et blasé.

Soudain, quelques-uns se désignèrent sur la pelouse un groupe de personnages qui paraissaient s'entretenir avec animation. Il y avait là M. Hill, M. Tarral, M. Peschard, administrateur délégué de la Société des pneus *Parisis*, M. Albrecht, rédacteur en chef du journal *le Cycle*, M. Greatlink, inventeur de la chaîne de son nom, M. Hacherel, président de la F. C. F. (Fédération cycliste de France), M. Lhermite, le chronométreur officiel et M. Spears, le starter. Que pouvait signifier, sans une communication préalable par la voie de la presse, la réunion, à cette heure et en ce lieu, de tant de personnalités éminentes? Tenterait-on de faire battre un record?... Lequel?... Et par qui?...

Presque aussitôt, le maillot de soie blanche, semé d'hermines, apparut au sommet du virage, à la sortie du quartier des coureurs. L'attention de ces messieurs se concentra tout entière sur le nouvel arrivant, tandis que M. Tarral, par un mouvement de bras circulaire, lui enjoignait de faire deux tours de piste préparatoires.

On remarqua que la machine du Breton était munie, ce jour-là, de la chaîne Greatlink.

Pour quel record est-ce que tu marches? demanda Coquereau, au moment où Le Gallic passait sur sa ligne.

Mais l'autre, obéissant à quelque consigne, feignit de ne pas entendre et continua de filer, en ce dandinement rythmé que communique à tout le haut du corps la pesée accélérée du pied sur la pédale.

M. Hill donna des ordres pour qu'on fît évacuer la piste, et les essais du record commencèrent, avec toutes les formalités d'une course régulière. Les coureurs, rangés le long des balustrades ou réfugiés dans les loges, suivaient d'un œil attentif les péripéties de ce duel de l'homme contre le temps. A six reprises, sans reprendre haleine pour ainsi dire, Yves Le Gallic, lancé par les employés de l'Atalante, partit d'un point de piste au coup de pistolet, démarra brutalement, dès que sa machine fut en branle, et poussa comme un furieux, le reins faisant soufflet, sur la distance qu'on lui avait préalablement assignée. Les veines des tempes gonflées, les yeux en congestion, le muscle facial contracté, grimaçant sous l'effort, il allait, cramponné au guidon, d'où la sueur de ses mains ruisselait. Des murmures approbatifs circulaient dans le vélodrome, à chaque tour, et se faisaient plus insistants à mesure que les parcours s'allongeaient et que les résultats chronométrés parvenaient à l'oreille des camarades. On apprit ainsi successivement qu'il avait battu le temps pour le quart de mille, pour les cinq cents mètres, pour le demi-mille, pour le kilomètre, pour les trois quarts de mille. Certains records, comme celui du kilomètre, se trouvaient abaissés de deux secondes et plus, ce qui constituait un événement sensationnel. Seule, la dernière tentative, celle du mille anglais, avait échoué, soit par lassitude de l'homme, soit que cette distance de seize cents mètres eût, en toute occasion, excédé ses moyens. Lorsqu'il descendit de machine, les reins un peu fourbus, mais le jarret encore souple, les joues empourprées, mais la bouche redevenue souriante, vingt mains se tendirent vers la sienne. Luc Morel vint le féliciter le premier. Outre que Le Gallic et lui étaient presque compatriotes, Morel tenait plus que tout autre à une certaine réputation de courtoisie. Wärschen, très entouré, se tenait coi, une rage sournoise dans le regard. M. Hill, M. Greatlink, M. Tarral rivalisaient de paroles flatteuses. Le Breton se sentit vraiment orgueilleux dès cette minute-là, tandis que, sous un rayon de soleil mourant, une petite flamme de lucre allumait des étincelles d'or au fond de ses prunelles brunes.

— Combien t'a-t-on promis pour les cinq records? lui dit tout bas Ladurelle qui avait pu, par d'adroits manèges, se maintenir aux côtés du champion, au moment où celui-ci, escorté par une cohue loquace, regagnait le quartier des coureurs.

— Douze cents francs! répondit Le Gallic, qui espérait l'étonner.

Naïf! Luc Morel s'en serait fait donner quatre mille, et, avec moi, en divisant les essais, tu serais arrivé au double... La chaîne, le pneu, le cycle, trois maisons! Quatre cents francs pour chacune, c'est maigre! Et de pareils records! les seuls qui leur manquaient!... Demande à qui tu voudras... tu n'es qu'un niais... et écris-le de ma part à tes amis de Lannion.

Le Gallic pâlit, se décontenança, sollicita une explication plus détaillée; mais déjà le mystérieux avertisseur avait disparu dans la foule.

Le lendemain, toutes les colonnes des journaux roses et verts étaient encombrées de « records ». Un premier-Paris s'intitulait le *Recordman*. Un article de reportage détaillait par le plus menu chacun des triomphes de Le Gallic contre le « Père Temps ». Et, en troisième page, le cliché de l'*Atalante* prenait le ton d'une polémique victorieuse :

« *Clyde* s'intitulait cyniquement la première
» marque du monde, parce qu'avec Jameson Ja-
» meson battu partout en course par les cham-
» pions de l'*Atalante* elle détenait certains records
» de vitesse, alors qu'au delà du demi-mille inclus
» et jusqu'aux vingt-quatre heures également in-
» cluses, les autres étaient la propriété indiscutée
» de l'*Atalante*. Mais *Clyde*, dans sa présomption
» ridicule, comptait sans M. Tarral, et son nouveau
» crack, Yves Le Gallic. Que sont aujourd'hui les
» records Jameson? Fumée!... Poussière! L'*Ata-
» lante* et Le Gallic sont survenus. Désormais ici
» en capitales; *il n'est plus un seul record du monde
» qui n'appartienne à l'Atalante!* »

« Chère et douce *Clyde*, avouez-vous vaincue. »
« Hier, à Courbevoie, Le Gallic a... etc., etc. »

L'ex-garçon boulanger de Lannion, déjà possesseur, malgré le vol récent, de quinze cents francs en espèces bien nettes, complimenté, encensé, exalté, assailli tout à coup par les photographes, les marchands de maillots, les cordonniers cyclistes, voyant son nom, le matin, sur trente enveloppes et sur cent coupures de journaux, soupira bien encore : « Ah! mam'zelle Sibylle! » mais avec une complication de pensée où la tendresse se faisait désormais moins humble. Les cent coupures de presse persuadèrent pareillement à sa vanité que Ladurelle était un envieux, sinon un simple farceur.

Lorsque, en rentrant chez lui, rue Brunel, il passait devant l'*Espérance*, de gentilles cyclistes, attablées à l'extérieur, le saluaient d'un sourire ou d'une œillade, à la barbe de leur amant, comme si elles l'eussent réellement connu d'un autre endroit, ou d'une précédente rencontre. Même, l'une d'entre elles, le samedi soir, quitta sa place pour le joindre

LE RECORDMAN

au milieu de la chaussée et lui faire respirer l'odeur capiteuse d'un mouchoir.

Le nez retroussé et les frisures au vent lui rappelèrent Sibylle; cependant M^lle Jézéquel avait le teint plus rose et la chevelure mieux fournie. Mais la femme le tutoya, ainsi qu'autrefois Sibylle: il pensa tout de suite que cette familiarité hardie constituait un hommage à sa renommée naissante. N'était-ce pas en outre une délicate attention de la Providence, qui mettait ainsi sur sa route cette vague ressemblance de visages.

Il s'endormit, ce soir-là, en songeant à des milliers d'autres Sibylles, habillées de dentelles, de soie, de satin, traînées par des chevaux de luxe dans des calèches neuves, comme celles qu'il avait vues une fois, vers cinq heures, revenir du Bois, et toutes avaient un minois de gavroche et des fossettes rieuses. Elles lui disaient : « Bonjour, champion ! comment vas-tu? » avec une inclination amicale du buste ou de l'ombrelle. Nulle, à coup sûr, ne valait la vraie Sibylle, mais chacune était assez jolie pour que Sibylle pût en concevoir ombrage et connaître ainsi la valeur de l'homme qui l'aimait. Le défilé continua ainsi pendant de longues heures de rêve, interrompu seulement par des visions de courses où le triomphe devenait sans cesse plus imposant, si bien que la dernière femme du cortège était une reine, couronnée d'or et de diamants, dont le char tout en nacre se trouvait attelé, non plus de chevaux, mais de cyclistes, richement vêtus, parmi lesquels il reconnut Josserin, Marmandier, Jameson, et avec eux (singularité plaisante!) Ladurelle, M. Tarral et M. Hill. Et la reine, s'éventant galamment, disait à Le Gallic : « Beau prince, je te donne en mariage ma fille Sibylle, pour que tu règnes avec elle sur tout l'univers qui cycle ! »

Son sommeil achevé, il se réjouit beaucoup à l'idée de ce songe, auquel il prêtait toutes sortes d'heureuses significations. Il s'affermit dans sa volonté de lutte et augura des victoires sans fin. On lui remit le courrier. Suppliques d'inventeurs méconnus... sollicitations de fabricants obscurs... confidences ou conseils d'admirateurs mystérieux... menue prose d'hystériques en fièvre de nouveauté... Un vieux monsieur qui signait Criton, ancien maître répétiteur au lycée Bonaparte, zélateur platonique des sports, écrivait : « Méfiez-vous de vos rivaux, « surtout de Würschen. Tout champion cycliste « mérite plus ou moins le stigmate virgilien : *Dolis « instructus et arte Pelasga*, que je compléterai par « cette variante d'un vers de la *Pharsale : Nulla « fides pietasque viris qui cycla sequuntur*. C'est-« à-dire que, pour maintenir sa réputation et ses « profits, le champion, ce Grec des pistes, ne re-« culera ni devant la ruse, ni devant le crime. Ou-« vrez les cent yeux d'Argus, afin de prévenir les « manœuvres. »

Une femme, au paraphe volontairement illisible, l'objurguait en ces termes : « Roulez Würschen! « Sa rosserie et sa vantardise m'horripilent. Dis-

« tancez-le de tout ce que vous pourrez, sans mé-« nagements. » Et la personne, laissant entendre qu'elle était jolie, indiquait le numéro de sa loge au vélodrome et la garniture qu'elle aurait à son chapeau, — violettes et muguets.

Ce billet, qui corroborait si bien les présages du rêve, procura à son destinataire une indéfinissable satisfaction. Tout à coup, dans le tas d'enveloppes encore intactes, il aperçut le timbre de Lannion; il reconnut les grands jambages de l'écriture de Sibylle. Son cœur se contracta comme d'un remords pour n'avoir point deviné, cherché et ouvert cette enveloppe la première. La jeune fille, servant dans l'occasion de secrétaire à son père, répondait au sujet du manager : « Évidemment et en « principe, non. Et cependant?... mais nous man-« quons de données certaines sur l'individu, quoi-« que les journaux parlent de lui très souvent et « avec éloges. Le plus sage semblerait d'attendre, « de prendre des informations, des garanties. Vous « savez combien mon père vous est dévoué. Il « peut se charger de traiter avec ce Ladurelle, au « mieux de vos intérêts. Retardez toute décision « jusqu'à nouvel avis. Quand vous recevrez cette « lettre, l'heure critique approchera. Déjà, les « comptes rendus m'ont remuée jusqu'au fond de « l'âme. Mais que sera-ce demain? Par quelles « transes passerai-je?... Mon père a dû employer « ce matin les grands arguments contre moi... Je « voulais partir, être là, voir de mes yeux l'illustre « Würschen, le terrible sprinter alsacien, devancé « au poteau par notre gars de Lannion. N'oubliez « pas de nous télégraphier aussitôt... »

Tandis qu'il terminait cette lecture, on frappa à sa porte, et, avant même qu'il eût pris le temps de répondre, un homme s'était introduit. Le champion reconnut aussitôt son visage. C'était M. David, le caissier principal du Vélodrome d'Été. M. David avait, malgré son nez d'oiseau et ses cheveux carotte, une physionomie avenante dans laquelle la persistance du sourire maintenait une heureuse harmonie.

— J'entre sans façon... Excusez-moi. L'affaire est de toute urgence... Voilà six cents francs de la part de M. Hill. C'est le montant du second prix que je viens vous prier d'accepter...

— Du second prix?... Déjà?... balbutia l'autre, intrigué, mais alléché aussi par la vue des billets de banque.

M. David posa son chapeau, s'assit, joignit ses mains osseuses, dégantées, dont il frottait les paumes l'une contre l'autre avec un petit bruit de rabot :

— Vous allez comprendre. Vous êtes un garçon honnête et intelligent. Würschen nous a fait recette plusieurs fois. Nous avons des engagements moraux envers lui... Cette épreuve est la dernière qu'il dispute à Paris... Il a un traité pour l'Amérique et s'embarquera dans huit jours. Le Vélodrome lui doit de clôturer sa carrière en France par une victoire. La course scratch n'a été orga-

nisée que dans cette intention. Ne courez pas ou
laissez-vous battre... d'un quart de roue, d'un cen-
timètre, ce sera suffisant. Votre réputation n'en
souffrira guère, et vous aurez mérité notre reconnaissance.

— Pourquoi m'engage-t-on, si on ne veut pas que
je gagne?

— On s'est trompé. Le jour où on dressa la liste
d'invitations, on savait d'avance Joë Jameson hors
de forme, mais on ne prévoyait pas vos records.
Aujourd'hui, votre supériorité sur Würschen semble
acquise. Il serait même de notre intérêt que le
vainqueur fût vous. Cela achèverait de vous mettre
en vedette. Votre victoire aiderait à la composition de nos programmes d'arrière-saison; cependant, je vous le répète, elle est impossible.

Le Breton rassembla toutes ses facultés pour
voir clair dans des combinaisons si décevantes. Sa
logique d'enfant du peuple, l'instinct pécuniaire lui
dictèrent la réplique.

— Alors, si vous me reconnaissez meilleur que
Würschen, et si vous ne voulez pas que je coure,
donnez-moi le premier prix.

Le caissier principal du Vélodrome de Courbevoie eut un sourire équivoque.

— Impraticable encore, mon pauvre ami!... bud-
gétairement impraticable!... Nous avons assuré le
premier prix à Würschen, par contrat régulier. Si
nous faisions un second contrat pour vous et
qu'un tiers, par suite de hasards ou d'accidents,
s'adjugeât la palme, nous aurions à payer trois
premiers prix, soit trois fois quinze cents francs.
Que diraient nos actionnaires?... »

Le Breton se gratta les cheveux au-dessus de
l'oreille, comme pour faire sortir de là quelque
idée. Le désir de vaincre et l'appât du gain se disputaient violemment son âme. Il pensa à Mlle Sibylle et la vanité l'emporta.

— Soit! dit-il... Je partirai, et, si je gagne, vous
ne me paierez tout de même que le second prix.

M. David, vraisemblablement, ne s'attendait pas
à cette solution-là. Il fronça le sourcil avec un
air de mécontentement.

— J'apprécie votre ambition à sa valeur. Mais
Würschen aussi est ambitieux, et nous lui avons
garanti non seulement l'argent, mais le succès.
Si nous lui manquions de parole, il pourrait,
avant de prendre le paquebot, nous causer de
gros désagréments... Il est un des préférés de la
foule. Sa qualité d'Alsacien lui vaut la sympathie
de tous les chauvins. Il a des amis puissants dans
la presse. Le public tient déjà les vélodromes en
suspicion. Pesez bien votre détermination avant
de la rendre définitive.

C'était tout pesé. Le Gallic voyait sur la cheminée la lettre de Bretagne. Les désirs de Sibylle
réfutaient l'argumentation de M. David. D'ailleurs
son intelligence, fatiguée par cinq minutes de réflexion, était incapable d'un nouvel effort. Il maintint sa dernière proposition : abandonner l'argent,

si on l'exigeait, mais non la gloire. Il courrait sur
son vrai mérite.

M. David reprit son chapeau. Un rictus singulier
plissait sa lèvre.

— Bonne chance, alors! fit-il avec une intonation intraduisible, et il sortit.

Resté seul, Le Gallic se reprocha d'avoir si facilement consenti au sacrifice pécuniaire. Il avisa
au moyen de réparer le préjudice. « Je vais aller,
songea-t-il, confier la chose à M. Tarral. Il m'a
déjà tiré d'affaire une fois. » C'était dimanche; les
bureaux de l'Atalante seraient fermés. Mais il eut,
par le patron de l'Espérance, l'adresse de M. Tarral, à Boulogne, et s'y transporta d'une traite sur
sa machine. M. Tarral allait se mettre à table. Il
avait des convives. Il reçut le visiteur dans son
jardin. Les invités causaient aux fenêtres du rez-
de-chaussée, toutes grandes ouvertes. Le Gallic
crut reconnaître, dans l'encoignure d'une croisée,
la silhouette mince de M. Hill.

M. Tarral laissa le Breton exposer sa requête,
n'y répondit qu'en paroles évasives et brèves. Visiblement, le directeur sportif de l'Atalante se sentait gêné. La physionomie demeurait bienveillante
et paternelle, mais la voix se posait à faux. On eût
dit qu'il parlait pour quelque mystérieux témoin,
aux écoutes à la fenêtre, derrière lui.

— Je ne puis pas me mêler de ça... car Würschen monte aussi pour ma maison et pour le
pneu Parisis. Je crois, en effet, qu'il y a une
convention passée entre Würschen, le Parisis et
M. Hill. Agissez comme vous l'entendrez. Ma situation est trop délicate pour que j'intervienne à présent. Nous verrons après la course, ce qu'il y aura
lieu de décider. Mais si j'avais eu un conseil à
vous donner ce matin, je vous aurais dit : « Accep-
tez les offres de M. David. »

Et, sans daigner en écouter davantage, il écon-
duisit le champion, d'un geste poli.

Quand, à deux heures, Le Gallic retrouva le vélodrome, avec ses gradins noirs de spectateurs sous
un ruissellement de soleil, quand il revit le disque
du but, le dé d'affichage où bientôt apparaîtrait
le numéro du triomphateur, quand il entendit le
bourdonnement de la multitude grossir en acclamations pour les fins de séries du handicap,
il sentit que rien au monde ne l'empêcherait
de vaincre. L'habituelle furie le prenait, le saou-
lait, comme une liqueur forte. Il n'avait point
remarqué, à son entrée dans le quartier des coureurs, l'étrangeté du salut que Würschen lui
adressa. Cinq minutes plus tard, en refermant à
clef sa cabine, il ne devina point ce qui pouvait se
tramer dans les conciliabules successifs que tenait
ce même Würschen avec les comparses les plus
obscurs de la course scratch. Lorsque Coquereau,
l'abordant en gouaillerie, murmura : « On en verra
de drôles aujourd'hui!... », il ne comprit pas le
double sens de l'avertissement. Il ne sut point lire
au passage sur la physionomie de Ladu... se tout
ce que la bouche retenait d'indécise iro... et le

regard de vague anxiété. Il oublia jusqu'aux conseils de ses correspondants anonymes du matin, pour n'écouter que la voix brutale qui lui criait de marcher et de faire tête aux adversaires.

Un carillon électrique, puis une fanfare de cuivres l'appelèrent devant le public. L'heure de la course avait sonné. Sa série comprenait quatre partants, dont aucun ne pouvait avoir de prétentions contre lui : Pisano, Court et Heurtevent. C'étaient de pauvres hères, à la mine renfrognée, qui couraient par routine et sans conviction. L'un d'eux, cependant, Court, s'était acquis une petite réputation, moins par ses exploits sportifs que par certains records spéciaux : il avait été condamné trois fois pour vol de bicyclettes. Pisano — souvenir ou présage! — portait une pelle de laine rouge cousue au dos de son maillot. Le Breton, qu'enhardissaient les trépignements de l'assistance, fit un tour de piste en inspectant les loges. Il y aperçut le chapeau garni de violettes et de muguets, ombrageant un visage aux lignes régulières, imperceptiblement fardé, mais qui, dans la chaleur des réfractions solaires, lui apparut comme une incarnation de jeunesse radieuse. La jeune femme battit des mains sur son passage et leurs sourires se rencontrèrent. Le signal du départ fut donné : « Allez Le Gallic! Va, mon garçon, ! » criaient ceux des tribunes.

Il mena le train à son habitude, d'une allure rapide qui fatiguait ses adversaires. Soudain, au dernier tour, comme il se préparait à démarrer, il sentit deux hommes venir à ses côtés, l'un en dessus, l'autre en dessous, et, avant même qu'il ait eu le temps de les reconnaître, un double heurt fit osciller sa machine. Le pneu dérapa, et, dans un cliquetis de ferrailles, trois masses humaines s'abîmèrent sur le sol. Une clameur formidable ébranla tout l'amphithéâtre. Quelques-uns sifflaient Heurtevent, resté seul debout, qui achevait prestement le parcours.

De tous les points de la pelouse on accourait vers l'endroit de l'accident. D'un pêle-mêle de roues tordues, de rayons enchevêtrés, de guidons faussés, deux des hommes s'étaient déjà relevés, le maillot déchiré, mais avec de simples ecchymoses au poignet ou au flanc. Le Gallic demeurait inanimé, le front sur le ciment. La pédale de Court avait labouré la face et, dans une dernière rotation, décollé la peau de la joue gauche sur toute sa longueur. Des sergents de ville l'emportèrent, évanoui. La tête, dans son capuchon de sang flamboyant au soleil, était hideuse à voir.

Quelques femmes poussèrent des cris d'horreur, cependant que Court et Pisano regagnaient leur cabine en boitillant, un presque sourire sur les lèvres. Ils n'avaient pas gagné la série, mais du moins leur journée portait quelque bénéfice certain.

Au moment où Le Gallic rouvrit les yeux, la plaie était déjà suturée par un praticien expéditif, et le public, remis de sa précédente émotion, saluait de hurlements enthousiastes le Strasbourgeois Würschen, vainqueur de la finale.

## VII

Maintenant, c'était l'hôpital, — la salle de chirurgie, — avec ses successions de lits blancs, tous pareils sous leurs rideaux symétriques. Les infirmières au tablier neuf et au béguin empesé s'empressaient sur le parquet ciré, quelques-unes jolies, avec une mine furtive de coquetterie pour le malade jeune et qu'elles savaient devoir bientôt guérir. Un groupe, en l'absence de la surveillante, s'invectivait autour du poêle : « Tu as pris mon vin... Je l'avais vendu au numéro neuf »... Et ailleurs : « Le quatorze vient de mourir, il faut un drap... Poil-de-Brique! un drap tout de suite, avant les visites! Il choisit bien son heure, celui-là! Justement que j'allais faire mon piquet avec l'interne! »

Dans cette atmosphère d'humanitarisme cruel, où les décès, après des soins réguliers, survenaient indifférents, comme inaperçus, le petit Breton souffrait pis que la mort : la solitude, le découragement. Tout ce qu'il avait d'intelligence s'associait à ces angoisses du cœur. Il regrettait la mansarde de Lannion, où la vieille Gaud, la servante du patron Ruello, lui eût apporté un bouillon chaud, quelques paroles de compassion et les nouvelles de la boulangerie. Mlle Jézéquel — qui sait? — serait peut-être montée près de lui, à son tour. Il pensait à la bicyclette brisée qu'il faudrait remplacer de ses deniers, au long chômage que le médecin ne manquerait pas de lui prescrire, au triomphe de Würschen, au désabusement de Sibylle. Depuis deux jours qu'il était là, étendu, la tête bandée, sans autre consolation qu'un sourire passager des infirmières, sans autre conversation que celle du garçon de salle, son âme s'empoisonnait de fiel... Et cependant!... quelque chose lui annonçait que l'épreuve n'aurait qu'un temps, qu'après les déboires répétés, la période de veine continue reviendrait... Il voyait, dans ses yeux clos par la somnolence des après-midi d'ennui, défiler un à un tous les heureux du jour, avec les diverses caractéristiques de leur fortune : Josserin, dans un tilbury d'occasion, attelé d'un cheval blanc, qu'il conduisait lui-même au Bois, promenant le ténor Gaudy, son conseiller et son ami; Würschen, escorté des sisters Harrisson, les étoiles des Folies-Bergères, toutes quatre habillées de même, avec leurs figures de keepsake sous d'extravagantes capotes de tulle rose. Luc Morel et Marmandier remontaient l'avenue de la Grande-Armée sur des tricycles à pétrole... Et une rage sourde l'étreignait, étouffait sa respiration de fiévreux... Combien de temps encore cette malechance durerait-elle? Quand deviendrait-il enfin l'égal en tout de ces hommes?

*(A suivre).*

Ladurelle.

Ce que Le Gallic connaissait déjà de Paris et de la vie cycliste, en ouvrant à son ambition des horizons nouveaux, aggravait la torture présente.

C'était le jour des visites, le jour où les parents et amis ont accès au lit des malades. Son voisin de gauche, le « dix-huit », un cocher de fiacre, tombé la veille de son siège, avait déjà deux collègues à son chevet. Il les écoutait discourir en blague sur le directeur de la Compagnie des petites voitures que le Syndicat actionnait en justice. Le « seize », un mécanicien des Ternes, « espérait sa bourgeoise et ses gosses ». Lui, le « dix-sept » — un chiffre fatidique, celui de son âge! — il n'attendait personne.

Soudain, il crut entendre son numéro prononcé par le garçon de salle, l'homme qu'on surnommait Poil-de-Brique, à cause de ses cheveux rouges. Il ouvrit les yeux et vit en face de lui Ladurelle. La stupeur arrêta dans son gosier l'exclamation prête à sortir.

— Ma Doué! Est-ce bien vous, monsieur Ladurelle? fit-il enfin.

— Oui, mon ami, c'est moi. Je suis têtu, quoique nullement rancunier. Comment vas-tu?

— Mieux, à ce que m'a dit le médecin. Je ne sens plus rien à cette heure qu'un peu de fièvre. Il paraît que demain je pourrai me lever.

— Mais qu'on t'interdira l'entraînement avant quinze jours. J'avais dès hier de tes nouvelles par un interne en pharmacie qui est de mes camarades. C'est grâce à lui que j'ai pu pénétrer jusqu'à toi. Commences-tu à te rendre compte de ce qu'est la lutte pour la vie dans les vélodromes?... Si tu avais sollicité mon conseil, tu serais présentement rue Brunel, avec six cents francs de plus dans ta poche. Qu'en penses-tu?...

— Je n'en pense rien du tout, monsieur Ladurelle, sinon que je suis bien malheureux.

— Au moins, que la leçon te profite! Tiens! je t'apporte les journaux cyclistes. J'y ai   insérer des notes sympathiques pour toi. Voici en outre deux livres de lecture qui t'amuseront : les Aven-

IV — Le Recordman, par Remy Saint-Maurice.

tures de Tyl l'Espiègle et les Mémoires d'un Terre-Neuve. Dans ce papier est un pâté d'alouettes. Prends encore cette petite fiole... Fais-y bien attention et cache-la sous ton traversin. Je suis maître herboriste à mes heures. Tu boiras une demi-gorgée le matin, une autre le soir, et tu ne connaîtras plus ni douleur ni fièvre.

— Grand merci, monsieur Ladurelle! Je n'y manquerai pas.

Ils se turent un moment; Le Gallic dissimula le flacon derrière l'oreiller. Ladurelle reprit sur un ton de soliloque :

— Würschen est content, M. Hill est content, Court et Pisano font la fête à l'Espérance... M. Tarral se lave les mains comme Ponce-Pilate. Car tout cela, vois-tu, n'est point le simple fait du hasard. Ah! mon pauvre Le Gallic! mon pauvre Le Gallic!

L'œil pers du manager s'aiguisait pour surveiller l'effet de chaque mot. Il crut sentir que la résistance faiblissait. Alors, il changea de voix, le prit à la camaraderie ouverte et convaincante :

— C'est entendu... Sitôt que tu auras ton exeat, tu viendras chez moi, à mon training-school de Billancourt, le premier établissement du monde. Je t'y garderai toute la durée de ta convalescence... Et, après, je me charge du reste.

Le Breton hésita d'abord, puis murmura :

— Je n'ose point encore vous dire oui, monsieur Ladurelle... Je sens que vous êtes un bon cœur... Ce n'est pas que le désir me manque... mais espérez encore quelques jours...

— Il n'y a pas de « mais », répliqua l'autre avec un juron.

Et croisant les bras, le sourcil froncé, l'œil prenant dans cet encavement un éclat presque menaçant, Ladurelle fascinait; ordonnait.

Le blessé ne put soutenir la lueur pénétrante de ce regard; il laissa retomber son front sur l'oreiller, l'âme agitée par mille pensées confuses. Pour lui, le Celte, esclave de toute parole donnée, cette désobéissance au père de Sibylle prenait les proportions d'une félonie et d'un sacrilège. Sibylle, dans sa dernière lettre, laissait prévoir moins d'intransigeance pour l'avenir!... L'ascendant mystérieux que Ladurelle exerçait sur lui, une reconnaissance croissante pour les services rendus, le vague sentiment, inhérent à la race, d'une fatalité qui voulait lui imposer ce manager, une appréhension soudaine de soi, l'impatience des victoires décisives, le laissaient tout à coup sans force de résistance devant cet homme. Sa paresse d'esprit lui conseillait d'abdiquer intelligence et volonté tout de suite au profit de celui qui lui promettait tant de sécurité et tant de gloire. Pourquoi M. Jézéquel était-il si loin?... Ainsi, ce que le garçon de salle, instruit sans doute par des bruits du dehors ou par l'expérience de cas semblables, lui avait déjà laissé entendre, c'était bien la vérité. Son accident, on l'avait voulu,... machiné. Oh! la méchante vie! et les mauvais hommes!

Comme le manager, le torse rigide sous ses

épaules trop hautes, l'œil en arrêt, sans un battement des cils, continuait son attitude de domination et de silence, toutes sortes de perceptions apeurées emplirent l'âme inquiète du petit Breton. La vanité de l'avant-veille s'enveloppait maintenant d'imprécisables frayeurs. Il perçut plus nettement ce qu'il était en réalité, le fils d'un peuple auquel l'initiative a toujours manqué, un être moins volontaire qu'obstiné, incapable d'utiliser seul même sa force musculaire, un enfant, sans intelligence et sans savoir, qui n'avait eu jusqu'ici la notion de son individualité que par l'effet d'une tutelle factice, et qui aspirait à la subordination immédiate et continue.

Ladurelle, las d'attendre, mais dans la même immobilité d'hypnotiseur, sifflait du bout des dents un air de marche, — un air que l'orchestre du Vélodrome jouait à Levallois, à l'ouverture des réunions.

Mais des pas souples ont glissé sur le parquet de la salle de l'hôpital... Une infirmière, qui précède sans doute quelque visiteuse, a dit :

— Le dix-sept?.... Ici, mademoiselle!

Le Gallic pousse un cri. D'abord il s'est cru le jouet d'un rêve! Il soulève sa tête emmaillottée de linges, et la surprise, la joie sont si violentes que chacune des syllabes râle dans sa gorge comme un sanglot :

— Mam'zelle Sibylle!

C'est elle, en effet! C'est Sibylle qui, bravant toutes les médisances provinciales, a obtenu de son père, dès la première nouvelle de l'accident, qu'il la laisserait partir seule pour Paris. Elle accourt entre deux trains, du fond de la Bretagne; elle veut se rassurer elle-même et aussi le réconforter. Il ne faut pas qu'une telle carrière soit entravée dès son début, ou que la vigueur de ce tempérament d'athlète s'étiole dans l'air pernicieux des hôpitaux. Ladurelle la rassure d'une phrase brève, où sonnent des terminologies de clinique. Elle le remercie par un regard qui l'a contraint, lui, à baisser les yeux. Ladurelle, alors, se recule jusqu'au pied du lit, pour les laisser plus libres de leurs paroles; mais on voit bien qu'il ne veut pas abandonner la place. Avec sa prompte sagacité de manieur d'hommes, il a tout deviné. Le Gallic désormais ne lui échappera plus.

La visiteuse n'a que dix minutes à demeurer, car on va faire évacuer la salle. Ce soir même, elle reprendra l'express de Brest. Mais Le Gallic, auparavant si embarrassé de sa langue, par la défiance instinctive qu'il a du français, trouve moyen de tout lui raconter... Quand les phrases ne vont pas assez vite à son gré, ou qu'il craint d'être compris par Ladurelle, il emploie les mots bretons. Parfois elle lui répond dans le même idiome, dont la phonétique rude prend sur lèvres une douceur chantante...

Ladurelle examinait cette fille bizarre, toute vibrante d'audace et de santé, si garçonnière et en même temps si séduisante sous le costume cycliste qu'elle avait gardé pour le voyage. De leurs yeux, de leurs gestes, il déduisait l'état exact de ces deux âmes, le point précis des relations, la quantité d'amour et de vanité qui pouvait rapprocher, pour de mêmes projets d'avenir, cette petite marchande de cycles, intrigante et coquette, et ce grand gars candide, aux biceps de lutteur. Il connaissait à présent le secret des résistances...

Aussi, quand sonna l'heure des adieux, en accompagnant l'extraordinaire visiteuse le long des vastes escaliers cirés jusqu'à la sortie de l'hôpital, savait-il sans danger d'erreur qu'une association nécessaire allait se conclure entre cette jeune fille et lui. Elle avait trop d'intelligence et d'ambition pour ne pas se résigner à l'indispensable auxiliaire. Tous deux, avec des intérêts différents, poursuivaient un même but. Leur conception de l'avenir de l'homme était la même. Sans doute, comme dans toute alliance, on se devrait des concessions réciproques. Mais cette incomparable machine de vitesse qu'était Le Gallic et qu'il n'avait pu encore s'approprier du simple consentement de l'homme, il la tiendrait dorénavant d'un mandat de la femme aimée, et, au besoin, l'occasion survenant, il saurait la manœuvrer par l'amour.

VIII

On naît manager comme on naît rôtisseur. Ce sont talents spéciaux que la nature crée et que l'âge développe. Dès l'enfance, Edouard Ladurelle dressa des geais, des barbets, des écureuils. A l'école primaire supérieure, chez les frères de Saint-Anselme en Beauvaisis, il dut se contenter d'élever dans son pupitre des hannetons et des cerfs-volants; mais il obtenait d'eux, disent les biographes récents, des résultats incroyables d'obéissance. Apprenti comptable à seize ans chez un gros fabricant de couveuses artificielles, il fut congédié pour avoir soustrait quelques poussins mâles qu'il préparait en chambre, sitôt adultes, aux combats de coqs. Déjà l'idée de soins se complétait pour lui d'une préoccupation sportive. Bien qu'il parût de tempérament plutôt vigoureux, le service militaire ne le prit pas, à cause d'une certaine déviation de l'épaule. Après avoir végété quelques années sans profession durable, — aide pharmacien, commis de bibliothèque, agent de la sûreté, reporter d'entraînement pour des follicules hippiques, ornant son esprit dans ces avatars successifs de mille et une connaissances utiles, — il lia conversation dans un wagon de ceinture avec Joseph Saarlinger, qui entrait alors en pleine célébrité parisienne.

C'était l'époque où les premières courses vélocipédiques révolutionnaient le monde; où, avec une soudaineté sans exemple dans les annales des sports, la bicyclette, née de la veille, s'imposait au public, à la presse, à force d'agitation et de tapage. L'attente des résultats pour une grande course sur route faisait déjà veiller toute une nuit cinq cents curieux devant un entresol de rédaction où des transparents lumineux annonçaient, de quart d'heure en quart d'heure, la situation des coureurs de tête. Des réputations surgissaient, bruyantes, claironnées par le camelot, par la chanson, par l'affiche. La foule s'emballait pour ces héros, issus d'elle et qu'un coup de pédale portait d'un jour à l'autre aux cimes de la renommée. Jamais les jockeys en veine n'avaient connu cette popularité ni ces enthousiasmes; les étoiles de café-concert pâlissaient elles-mêmes devant l'éclat de ces soleils filants. C'était l'âge d'or de la vélocipédie, la période heureuse où, sans être complètement indépendante du négoce, la gloire travaillait surtout pour elle-même. Or, de tous ces demi-dieux de l'Iliade cycliste, Saarlinger était l'Agamemnon. On le surnommait « le Vieux », à cause de sa moustache épaisse et des trente-cinq ans qu'il ne cachait pas. Ses façons de beau parleur, son âge d'aîné, ses succès de piste ou d'alcôve lui avaient fait une sorte de suprématie universellement consentie sur tous les princes de la pédale.

Donc, Edouard Ladurelle, une après-midi qu'il prenait le train d'Auteuil, reconnut à la portière d'un compartiment la tête du champion, popularisé par les réclames cyclistes, monta dans le wagon, s'assit en face de lui, prit sujet de la pluie qui tombait pour entamer un dialogue, vite dégénéré en interview. Il obtint l'adresse de Saarlinger, fit passer dans une feuille obscure des notes flatteuses, les lui communiqua à domicile, s'acquit ainsi sa gratitude et sa confiance. Fut-ce simple impulsion d'affamé, en quête du premier gagnepain venu ?... Ou bien l'intelligence très vive d'Edouard Ladurelle s'éclairait-elle tout à coup sur sa véritable vocation ?... Il vint un matin se proposer à Saarlinger comme masseur et fut agréé. Il avait la main grasse, élastique, toutes les aptitudes physiques requises pour l'emploi. Ses services, dès le début, charmèrent le « Vieux », qui les rémunérait avec largesse. Ladurelle apportait dans ses fonctions un zèle toujours grandissant qui devint vite passionné. Cet être si souvent hésitant sur sa destinée semblait, dans ces longues manipulations de chair et de muscles, avoir enfin trouvé la vraie formule de ses activités. Il accompagnait Saarlinger partout, en province, à l'étranger. Dans ce commerce continuel, une intimité chaque jour plus confiante s'établissait entre les deux hommes. Le masseur devenait l'ami, le conseiller. Il avait acquis, au cours de sa jeunesse tourmentée, des notions précieuses sur mille choses. Il possédait à fond l'anglais, l'allemand et l'italien. Sans cesse le champion recourait à lui comme à un *vade-mecum* parlant. Saarlinger l'entretenait de ses bonnes fortunes, le consultait, l'employait au besoin à des besognes d'audace ou de rouerie dont il sortait toujours à son honneur. Il y avait du Crispin et du Figaro dans cet ancien dresseur de coqs.

Perpétuellement mêlé au monde cycliste, Edouard Ladurelle en connut bientôt tous les se-

crets. Un don d'observation très intense, une extraordinaire facilité à s'assimiler rapidement toutes choses firent de lui l'homme le mieux informé, le compagnon le plus avisé qu'on pût souhaiter. Sans se négliger dans les soins qu'il donnait à Saarlinger, il augmentait ses profits par le jeu. Il tenait un livre de cote clandestin. Sa merveilleuse sagacité de physiologiste et de policier lui permettait de prévoir à peu près sûrement l'issue des courses en apparence les plus ouvertes. Cette sûreté de pronostiqueur accrut son pécule de bookmaker.

Cependant, la vogue des tournois vélocipédiques, qu'on aurait crue avoir atteint du premier coup son apogée, se développait toujours, dépassant les prévisions des plus optimistes. Des coureurs yankees traversaient l'Atlantique, étonnaient le Vieux Monde par une série de victoires sans lutte, puis s'en retournaient, après trois mois d'exhibition, plus chargés d'or qu'une diva en tournée. Tous les champions européens devaient baisser pied devant eux. L'évidence de leur supériorité frappa l'esprit d'Edouard Ladurelle. Il les étudia de près, s'assura que leur constant avantage ne provenait ni d'un organisme meilleur, ni de machines mieux construites. Ils se présentaient escortés chacun d'un homme plus âgé qui leur parlait avec autorité, ne les quittait ni de jour ni de nuit, et qui, sous couleur de n'être qu'un barnum, se qualifiait d'un nom nouveau, correspondant sans doute à quelque profession très spéciale et très moderne : « manager ».

Ladurelle tourna autour de ces personnages mystérieux, étudia leurs actes, leurs manières, les fit causer. L'appellation de « manager » ne représentait pas seulement un fondé de pouvoirs, surveillant les intérêts financiers du coureur; les attributions du « manager » s'étendaient à toute la vie matérielle et bestiale. Le « manager », c'était l'entraîneur, dans l'expression la plus hippique du terme. Le champion, entre ses mains, cessait d'être une individualité libre et pensante; il devenait un « poulain », dont les mouvements, l'alimentation, le sommeil même, seraient réglés par des disciplines vigilantes, inflexibles. Grâce à une hygiène raisonnée, à un dosage méthodique du travail, à une sujétion d'animal domestique, les professionnels d'outre-mer acquéraient et conservaient cette forme qui, à muscles égaux, leur assurait partout la victoire.

Edouard Ladurelle s'appropria par de longues observations la méthode et le procédé de ces régisseurs d'hommes. Ancien commis d'apothicaire, assez versé dans la pharmacopée pour reconnaître, à la vue ou à l'odorat, la composition d'une liqueur, il pénétra le secret des breuvages qu'ils composaient pour leurs poulains.

Dès lors, une obsession le hanta, obsession qui, confirmée par des instincts latents, longtemps indécis, domina sa vie. Lui aussi, il serait un pasteur d'athlètes. Il n'en aurait point un seul, mais cinq, dix, avec lesquels il révolutionnerait l'Europe cycliste.

Un soir circula dans Paris, colportée en gros caractères à la manchette des journaux, étalée aux vitres des agences, expliquée et commentée par les propos de café, cette étonnante nouvelle : « Saarlinger venait d'être tué. Deux balles au cœur... Vengeance de femme !... » Survenu quelques mois plus tôt, l'événement eût rejeté Ladurelle dans les vicissitudes et les misères de la bohème. Maintenant, il percevait nettement l'orientation de sa destinée. La cote lui avait valu des profits appréciables qui constitueraient un fond de réserve long à épuiser. Déjà, dans les derniers temps de son bail avec Saarlinger, il s'irritait, sans toutefois le laisser paraître, contre l'exclusivisme du « Vieux », qui ne lui permettait pas de louer ses soins à d'autres. Libre, il trouva partout à s'employer, s'attachant de préférence à ceux dont la notoriété, encore indécise, ne tarderait pas, selon lui, à s'affirmer. Il élargit ses attributions, et, de masseur, il devint tout de suite aspirant manager. Une façon d'imposer son avis sans discussion, un air de supériorité impérative, copié sur la manière de ses confrères yankees, beaucoup de hardiesse et de volonté le confirmèrent dans le titre de ses fonctions nouvelles. Le succès des premiers hommes soignés par lui acheva de le mettre en vedette. Par la force des circonstances et de son ambition, il fut vraiment et nommément ce qu'il voulait être : le manager Ladurelle, le grand maître national d'entraînement, le couveur de champions.

Une légende déjà se formait autour de lui. D'adolescents chétifs, il avait fait des stayers très résistants. Tels autres, invaincus sous sa direction, perdaient leur forme en le quittant. Tout ce qui subsiste dans le peuple parisien des superstitions de l'âge passé se concentrait pour mettre au-dessus de cet homme une auréole de mystère. D'étranges frissons parcouraient la foule, quand on le voyait, au départ des épreuves de longue haleine, porter lui-même aux lèvres des poulains de minuscules flacons remplis d'un philtre inconnu. Son agitation pendant la course, l'ardeur excitative qu'il semblait communiquer à ses hommes, ses gestes de moulin à vent, le coup de sifflet aigu avec lequel il donnait le signal d'emballer, tout cela impressionnait et amusait le peuple. Naturellement enclin à un certain art de cabotinage, ancien journaliste lui-même, il se servait de la presse, par l'or ou par la persuasion, comme d'un porte-voix, toujours à sa disposition pour théâtraliser devant le public sa personne et celle de ses champions. Il avait fait Luc Morel, Josserin, Marmandier, Hutin, Lepvrier, les trois frères Thomson, ou du moins ces hommes lui devaient le meilleur de leur carrière.

La fortune se décidant en sa faveur, il épousa la fille d'un marchand de selles vélocipédiques et s'installa au fond de Billancourt, dans une habitation spacieuse, aussitôt aménagée en école athlétique : salles de douches et de bains, large préau de foot-ball, allées planes pour la bicyclette, canots et périssoires amarrés à proximité, à la berge de la Seine, rien ne manquait pour en faire un établissement de choix, unique dans le genre. Quelques-uns de ses élèves, les coureurs de fond, dont l'entraînement est soumis à un régime plus sévère, logeaient là comme pensionnaires. Les autres, sans cesser d'être sous sa main, habitaient des garnis bien surveillés, à Passy ou aux Ternes. Cet homme prompt et fiévreux se multipliait, se montrait partout à l'heure utile, hélé sur les grandes voies que dévorait la roue de sa machine par les quolibets sympathiques ou les applaudissements blagueurs du populaire.

Le Gallic vécut à Billancourt une existence inconnue, que sa rusticité native ne soupçonnait point. Les premiers jours de convalescence passés, il dut se livrer au masseur dès le réveil, subir des manipulations prolongées, courir jusqu'à l'essoufflement par les allées, pousser du pied le lourd ballon sur le préau, dans des parties disputées violemment, ramer en Seine durant des matinées entières, le jeudi et le dimanche. Ses compagnons, parlant peu, semblaient des bêtes uniquement préoccupées de leurs jambes. Cependant la vie était supportable, et même gaie avec eux, à cause du peu de place qu'on y laissait à l'oisiveté. Dès qu'il interrompait son propre travail, le Breton devait aider son manager dans les soins qu'exigeaient certains de ses camarades. Il y avait, à ce training-school de Billancourt, un garçon de quinze ans nommé Héros, d'apparence pourtant malingre, mais que Ladurelle se vantait de rendre un jour digne de son nom. On le préparait aux courses de demi-fond, dont la distance varie de dix à cent kilomètres. Pendant des heures consécutives, avec des pauses très rares, ils le faisaient sauter à la corde, comme une petite fille. Ladurelle et Le Gallic tenaient chacun leur bout de filin, activant le mouvement selon des progressions calculées qui donnaient aux jarrets de l'élève tout le ressort exigé. Les repas étaient à la fois copieux et frugaux, avec un menu scientifiquement réglé ; le regard du manager épiait à tout moment l'assiette ou le verre de ses commensaux. Ni tabac, ni alcool... M<sup>me</sup> Ladurelle traitait ses hôtes en grande sœur, très aimée et très respectée. On la chérissait sans le lui dire, pour son visage gracieux, pour son humeur toujours égale.

Le Gallic se laissait vivre sans pensée. L'épanouissement graduel, inconscient, de sa musculature lui communiquait comme un bien-être d'animalité sereine. Il ne souffrait ni de la mémoire, ni de l'ambition. Les souvenirs n'étaient plus que des sensations tranquilles où la couleur des choses seule restait. Ladurelle lui suggérait une vision si calme de l'avenir qu'il l'attendait sans hâte, comme une évolution de l'être certaine et nécessaire. Il ne savait plus rien de Paris que les triomphes hebdomadaires de ses commensaux. Chaque jour, à son

Pendant des heures consécutives, ils le faisaient sauter à la corde...

coucher, il voyait Ladurelle entrer dans sa chambre, abaisser vers le lit ses yeux d'acier que bridait un sourire, prendre le bout du drap et le border, dans un mouvement presque maternel, et lui souhaiter bonne nuit avec deux mots qui orientaient le prochain rêve. Cet enveloppement de sollicitudes continues, une vague sensation d'impersonnalité acquise, l'affirmation mille fois répétée que le manager désormais veillerait à tout, pourvoirait à tout, que ses espérances de gloire se réaliseraient au centuple, l'entretenaient dans un état d'assoupissement moral inconnu depuis des mois. Ladurelle rédigea le texte d'une procuration qui lui donnait pleins pouvoirs envers les vélodromes pour les engagements et les dédits : Yves étant mineur, on envoya le papier à la signature d'un vieil oncle, Jean Le Gallic, son tuteur, qui pêchait la sardine à Trebeurden. L'ancien mitron avait retrouvé sa quiétude de Lannion, accrue d'une sorte de vanité paisible, comme s'il eût été maintenant le propriétaire d'une belle boulangerie de province dont un gérant expérimenté se chargeait d'augmenter pour lui les bénéfices. Ses lettres à Sibylle reflétaient cet état d'âme. La blessure s'était tout à fait cicatrisée; elle ne laissait qu'une couture, à peine perceptible, sur la joue. Les fonctions pour lesquelles il était sans doute créé avaient accaparé son organisme; il savourait béatement la douceur de vivre.

Novembre approchait : les feuilles avaient jauni. L'automne dorait la vigne des espaliers, à la façade du cottage, et jonchait de branches mortes les allées d'entraînement. On venait de rouvrir le Vélodrome d'Hiver. Un matin, Ladurelle, sorti de bonne heure, revint avec une physionomie plus animée, l'épaule encore exhaussée d'un dandinement nerveux, comme cela lui arrivait dans les contrariétés ou dans les joies très vives. Il marcha droit vers le Breton.

— J'ai signé l'engagement pour toi. On inaugure la saison au Vel' d'Hiv' par une course en ligne. Tu la gagneras... Le dimanche suivant, nous te matchons avec Marmandier, et, quinze jours après, avec Morel.


<h3 style="text-align:center">IX</h3>


— Ah ! oui, tu en as fait de propres !... Quelque chose me disait bien d'empêcher ce voyage !...

Le béret sur le nez, les mains aux poches de son pantalon, le veston déboutonné et flottant, M. Jean-Marie Jézéquel arpente rageusement, dans ses espadrilles à fleurs, le rez-de-chaussée de son magasin. Il volte, pivote, tape du talon, mâche sa colère. Des tressautements saccadés soulèvent l'abdomen, au-dessus du ceinturon de laine, sous la chemisette de tussor, tendue par l'obésité. Les lèvres clapotent d'indignation.

Mlle Sibylle, assise au comptoir, mordille le manche d'un porte-plume en os ajouré.

— Que veux-tu, mon pauvre papa ?... Je pensais bien faire. Le vol d'argent, la bousculade en piste, tout un banditisme hypocrite acharné contre cet enfant isolé et sans défense... Il fallait un terme à cela. Je n'ai vu qu'un moyen de sauver la mise.

— Sauver la mise ! Tu appelles ça sauver la mise ?...

— Evidemment... Et je ne vois pas qu'il y ait là sujet à tant d'irritation de ta part. Pourquoi ? Parce qu'il serait présentement pensionnaire de Ladurelle ?... Parce que, dans l'impossibilité où vous vous trouvez de le faire vous-même, un autre très actif, très expert régirait quelque temps ses intérêts et sa carrière ? Ce Ladurelle est un habile homme; sa figure ne décèle pas une vilaine âme. Sans lui, Yvonnic aurait-il remporté le Grand Prix d'Ouverture au Vel' d'Hiv' ? Aurait-il gagné le match avec Marmandier ?...

— Il n'eût peut-être pas fait la même chose tout seul ?... Tais-toi, tiens, tu ne sais pas ce que tu dis !...

— Oui certes, je suis de votre avis... Le Gallic est intrinsèquement supérieur à tous ceux qu'il a battus. Je prétends seulement que, sans conseil, il n'aurait peut-être ni obtenu l'invitation dans la course scratch ni conclu et fait accepter son match avec Marmandier. Voilà.

M. Jézéquel hausse les épaules, évolue sur le bout de ses espadrilles ; dans la brusquerie du mouvement, il accroche et renverse deux bicyclettes. Un des guidons a heurté la vitrine et l'a fendue. Cet accident achève de l'exaspérer.

— Si tu continues à déraisonner de la sorte, je te ferai enfermer... Bonsoir !..

. . . . . . . . . . . . . . . . . . . . . . . . . . .

Sibylle avait tenu tête à l'orage sans céder ; pourtant les colères de l'ancien libraire étaient terribles. Elle le voyait souvent dans ces crises d'exaltation furieuse, quand il se croyait lésé par un fabricant ou par un client. Elle courbait alors le front jusqu'à l'accalmie qui ne tardait pas à survenir. Mais, cette fois, le mobile qui avait pu déchaîner une telle tempête échappait à sa connaissance comme à ses déductions de fille respectueuse. Elle savait son père très serré en affaires, un peu retors même, sans oser lui prêter des machinations trop compliquées. Le Gallic venait coup sur coup d'obtenir deux triomphes sensationnels : on en attendait un troisième. Dans ses lettres, il parlait avec ravissement de tout l'or mis en épargne. Quelque élevés que pussent être les prélèvements faits sur ces sommes par le manager, le jeune champion, moins surveillé, livré à lui-même n'eût-il pas dépensé le double ou le triple en plaisirs stériles ? Aussi, n'espérant plus comprendre le secret de ces fureurs débordantes, avait-elle résisté jusqu'au bout, au risque de prolonger et d'aggraver les ressentiments paternels. Dans cette petite cervelle aussi volontaire que lucide, l'obstination n'était jamais qu'une forme plus impérieuse de la logique. Au fond, elle se sentait prête à excuser son père, lui connaissant par autre part des motifs quotidiens d'agitation et d'agacement.

Des élections étaient imminentes. Le conseil municipal avait démissionné en masse, à la fin d'octobre, à la suite de cabales organisées par les péélistes. La réfection de l'allée de la gare, décidée depuis le printemps, n'avait pas été achevée, vu l'insuffisance du crédit voté. La P.-L.., par la voix de Jean-Marie Jézéquel, accusait le maire et la majorité cléricale du conseil d'avoir fait servir une partie des fonds à la restauration de l'église. D'où discussions violentes, manifestations tumultueuses dans la rue, apeurement et démission de tout le corps édilitaire.

M. Jézéquel, très soutenu par la sous-préfecture, figurait en tête de la liste de protestation habilement composée, avec laquelle on espérait forcer les portes de la mairie. Si cette liste prévalait, l'écharpe tricolore ceindrait bientôt les reins de l'ancien libraire. Mais on jouait gros jeu : la campagne électorale était menée, d'un camp comme de l'autre, avec une égale passion. Chaque jour suscitait sa polémique nouvelle, où la vie privée des hommes n'était même plus respectée. M. Libouban, notamment s'acharnait contre la personne même de M. Jézéquel. Sans articuler de faits précis, il émettait à mots couverts les suppositions les plus perfides sur les rapports financiers du marchand de cycles et de Le Gallic. Bien qu'aucune de ces calomnies ne fût encore revenue à l'oreille de Sibylle, la jeune fille savait son père en butte à de perpétuelles vexations. Mais cela même suffisait-il à légitimer ces colères, répétées dix fois chaque semaine, depuis la guérison du champion et sans qu'un prétexte nouveau, apparent, fût survenu dans l'intervalle? Au contraire, tous les dimanches apportaient l'annonce d'une victoire plus retentissante du petit Lannionnais dans les vélodromes de la capitale. Et d'ailleurs, est-ce que les succès de Le Gallic n'étaient pas, à Lannion même, tout au bénéfice du marchand de cycles? Les péélistes exploitaient le chauvinisme local avec cette gloire récente. Des hésitants, des abstentionnistes invétérés donneraient leur voix à M. Jézéquel, en raison du lustre que les hauts faits de son protégé avaient jeté sur le pays. Une dépêche, commandée à Paris, devait apporter avant la clôture des urnes le résultat du match « Le Gallic-Morel », qui se courait précisément le jour de l'élection. On comptait sur cette manœuvre télégraphique pour rallier les indécis de la dernière heure... Le Brestois battu par le Lannionnais, c'était sans doute un événement de nature à modifier les positions sur l'échiquier électoral.

Cependant, M. Jézéquel était parti promener sa mauvaise humeur vers la place du Marhallac'h; Sibylle restait seule sur ses livres comptables dont elle vérifiait machinalement les écritures. L'hiver venait, le mélancolique hiver armoricain, sans soleil et comme sans nuages. La brume uniforme s'appesantissait partout, baignant les choses d'une langueur lourde. Ni bruit, ni mouvement. On eût dit que la petite ville, où s'agitaient tant d'ardeurs batailleuses, continuait dans la journée son sommeil de la nuit. Dès quatre heures, certaines boutiques allumaient leurs lampes, mais la solitude de la chaussée laissait dans la rue l'illusion d'une déjà fin de soir. Plus de cyclistes au comptoir, plus de machines à louer ou à réparer. La boue des chemins décourageait les meilleures volontés. Engrisés de brouillard, ou suintant de pluie, les deux écussons tricolores du *Vélo-Club de France* et de la *Pédale Lannionnaise*, accrochés rue Geoffroy-de-Pontblanc au linteau de la devanture, semblaient les épaves oubliées d'une décoration de fête nationale. Oh! les longues après-midi sans clientèle, à côté de ces bicyclettes engourdies dont le nickel et l'émail ne renvoyaient plus de reflets! La boulangerie aussi dormait, et, des greniers de M. Ruello, ne descendaient plus, à la tombée du jour, les vieilles mélopées bretonnes qui annonçaient jadis le réveil d'Yvonnic...

L'aiguille de l'horloge marquait l'heure d'éclairer la boutique. Toutes ces petites besognes routinières, attendues chacune avec l'impatience que donne l'oisiveté, aidaient Mlle Sibylle à supporter la désespérante monotonie des jours. Elle essuya, par habitude de propreté, les boules de verre, les montures de cuivre, avec un chiffon de flanelle rouge, puis l'électricité jaillit partout, inondant le magasin de sa lumière blanche, rendant aux rayons et aux guidons leur scintillement de métal neuf. La disposition des portraits avait été modifiée depuis la veille. Une grande photographie en pied dominait toute la paroi : c'était Le Gallic appuyé sur sa machine, — Le Gallic avec son maillot à champ d'hermines et son bon sourire enfantin. Une écharpe tricolore drapait le cadre de chêne ciré. Tous les autres portraits, reculés à des places de second plan, semblaient commandés par celui-là. Sibylle donna un long regard attendri à l'image du champion. La réfraction des lampes électriques mettait sur la vernissure du papier comme l'éblouissement d'une auréole.

Tout à coup, une bande bruyante fit irruption de la rue. Les visiteurs devenaient si rares en ce morne hiver que Sibylle, désaccoutumée de leurs allées et venues, eut tout d'abord comme un effroi devant tant de monde. Ils entrèrent en bousculade, dix, puis vingt, puis trente, avec des exclamations désordonnées, des gesticulations de démence. Les premiers, dès la porte, avaient crié : « Kerjan! Kerjan! » Puis ce fut tout de suite un vacarme assourdissant où les sons ne se distinguaient plus les uns des autres. Mais déjà Jean Kerjan, soutenu par Ropers et par Bertrand Jégou, se laissait traîner jusqu'au comptoir. Le pauvre garçon n'était qu'une loque affalée, sans couleur humaine. Un masque gâcheux lui collait au visage, laissant voir seulement deux yeux inertes et une bouche livide, crispée d'épuisement. Des plaques de limon empâtaient les cheveux. Les habits, humides, maculés de sang et de tourbe, paraissaient ne plus revêtir qu'un cadavre. On eût pensé quelque noyé, repêché dans de la vase. Sur toute l'arête dorsale, la boue s'amassait plus dense, en une ligne droite qui montait des reins au cou, et qui provenait évidemment des éclaboussements de la roue d'arrière.

Jean Kerjan profitant d'une journée de vacances, avait pris la veille le train pour Brest. Il emportait sa vieille machine. Deux amis, — pas davantage — à Lannion, étaient dans le secret de sa tentative. Mais, sur tout le parcours entre les deux villes, il avait par lettres assuré son service de contrôleurs. Il s'agissait pour lui de battre le record de Lannion-Brest sur la route, sans entraîneurs, record établi par Pierre Guyomar, l'avant-dernier été, en cinq heures et quarante-six minutes.

Or, au coup de midi, ce jour-là, Jean Kerjan partait de l'arsenal de Brest, filant de toute la vitesse de ses pédales vers la campagne. La pluie tombait par ondées violentes, le vent soufflait en rafales. La route, par endroits, n'était qu'un marécage. Mais le vent, venant de l'Atlantique, le poussait; la pluie balayait la sueur sur sa nuque. La montre attachée par une boucle de cuir au guidon de sa machine, et les yeux en bas vers la montre, il allait, sans un regard vers les paysages, ne relevant la tête que pour lire au passage le chiffre des bornes kilométriques. Près de Landernau, heurtant une carriole, il tombait dans un fossé et s'ensanglantait. A Landivisiau, un de ses pneus, trop gonflé, crevait. Le temps de réparer l'avarie, d'avaler dans une auberge trois gorgées de cidre, et il repartait. Il voyait, au bout du chemin Lannion, la rue Geoffroy-de-Pontblanc, le nœud de satin ponceau au cou de Sibylle, et les fossettes folles creusées par un petit sourire admiratif!... Il voyait l'ovation des pédélistes, le dépit de Guyomar!... et au delà... au delà... Le Gallic!... Paris!... mille choses confuses, troublantes, qu'il n'osait qu'à demi concevoir.

Voici Saint-Thegonnec et son calvaire!... Déjà il a plus de dix minutes d'avance sur les temps de Guyomar. Il a soif, il a faim : des spasmes lui tenaillent l'estomac; la fatigue brûle ses tempes; un bourdonnement continu, insupportable, est dans ses oreilles. Il se raidit, dompte la défaillance, maintient l'allure. A Plestin, son pneumatique se dégonfle une seconde fois. Il a titubé comme un homme ivre en descendant de machine. Quand il y est remonté, ses jarrets s'ankylosaient. Pourtant il repart!... N'ayant point connu ni pratiqué les méthodes d'hygiène et d'entraînement qui permettent de prolonger l'effort sans briser les muscles, il ne marche plus maintenant qu'avec son cœur. Il veut, il va, il arrive!... Toute la P. L. l'attend sur le quai d'Aiguilon, car les deux confidents, autorisés par lui, avaient dès le matin divulgué à tous, Sibylle exceptée, l'essai de record. Le record est battu, et de loin. Les quatre-vingt-

quinze kilomètres couverts en cinq heures onze minutes...

Tout de suite, avant même d'accepter des soins ou de se débarbouiller, le petit clerc avait exigé qu'on le menât chez Sibylle. Il fallait qu'elle mesurât de ses yeux la force dépensée, les épreuves subies, qu'elle apprît de son silence même le vrai mobile d'une telle folie.

M⠀ Sibylle était passée de la surprise à la stupeur. Tandis que Ropers et Bertrand Jégou lui détaillaient en phrases sans fin les péripéties du voyage, elle hochait la tête avec une expression de commisération ou de douce gronderie.

— Peut-on s'abîmer de la sorte?... Par une saison où les plus enragés restent chez eux!.. Un gars qui a été ajourné deux fois au conseil de revision! A quoi bon cela, pauvre Janic!...

Jean Kerjan venait d'apercevoir au mur, dans son encadrement tricolore, la photographie d'Yves Le Gallic. Sous le masque de boue, une contraction douloureuse creusa ses narines, étira sa bouche :

— A quoi bon?... répondit-il, en mettant tout ce qui lui restait de vie dans l'articulation de chaque parole... A quoi bon? dites-vous, mamz'elle Sibylle?... Mais à devenir dans un autre genre meilleur que Le Gallic n'est dans le sien... Et ça ne tardera pas, vous m'entendez!... Moi aussi, je serai champion!... Champion de fond!

On le remmena. Ainsi, elle n'avait su lui témoigner, pour récompense de tant d'efforts, qu'une pitié presque ironique : sans doute, parce que les journaux ne parleraient pas de lui aussi pompeusement que de l'autre, — de ce privilégié pour lequel, le lendemain d'un accident, elle s'était enfuie, au su de tout Lannion! Oh! ce Le Gallic!... Son amoureux, son amant peut-être?... Mais si rustaud de langage et de manières!... Un mitron, c'est-à-dire un être sur lequel il se savait une indiscutable supériorité sociale!... Et elle! la plus jolie créature du pays, celle dont l'image, nuit et jour, persécutait sa mémoire, troublait sa chair vierge d'adolescent!... Même à Brest, où sont tant de filles avenantes, il n'en avait point rencontré la veille ou le matin de plus désirable, de plus complètement femme que Sibylle... Par quels sortilèges ce ci-devant porteur de cotte accaparait-il si vivement ses préférences?... Par ses succès de courses uniquement, bien sûr!... par le bruit grossissant qu'on faisait autour de son nom!...

Elle était ambitieuse et vaniteuse avant tout, la petite vendeuse de cycles! Mais si l'essence dynamique fait les coureurs de vitesse qui pédalent avec tous leurs muscles, comme ils boxeraient ou lèveraient des poids, c'est par un organisme bien mis à point, et par la force morale surtout, que se créent et se développent les vrais champions de fond. Parmi eux, beaucoup n'eurent jamais une silhouette d'athlète. Leurs victoires, moins fréquentes, durent davantage dans le souvenir populaire, parce que l'épreuve a retenu l'attention un laps de temps plus long, et que ses alternatives

successives ont mieux captivé l'âme des spectateurs. Il serait, lui, — le petit clerc chétif, mais si héroïquement énergique, — l'homme des cent et des deux cents lieues dont l'endurance et la tenue émerveilleraient le public plus sûrement qu'un sprint de dix secondes. Des billets de banque?... il en récolterait autant que Le Gallic, et on verrait alors, à gloires égales, lequel des deux, du boulanger ou du scribe, aurait le mieux, par l'éducation et le caractère, ce qu'il faut pour plaire à une jolie fille!...

Ainsi se consolait Jean Kerjan, le soir, dans le lit étroit de sa mansarde, tandis qu'en ses jambes surmenées des fibres irritées vibraient encore.

M<sup>lle</sup> Sibylle, de son côté, s'endormit moins tôt que de coutume. Mais ce n'était point, hélas! la vision tourmentée et suggestive du routier au masque de boue qui prolongeait sa veillée de la sorte. Elle se remémorait les colères de son père, s'ingéniait opiniâtrement à en discerner la cause et l'origine. Soudain, une lueur éclaira sa mémoire. Elle se rappela des phrases étranges échappées à M. Jézéquel dans la boutique, un matin, le lendemain de la première victoire remportée par Le Gallic sur la Levée-du-Tribunal : « Fillette, avant qu'il soit un an, j'aurai doublé ta dot. » Il l'avait embrassée, ce matin-là, avec un entrain inaccoutumé... Sur le comptoir était une lettre fraîchement écrite, à l'adresse de M. Tarral. L'entrepositaire de bicyclettes n'aurait-il pas spéculé sur le champion de si audacieuse façon que l'intrusion d'un manager dans leurs affaires pût compromettre dès à présent soit un intérêt financier, soit une sécurité morale? Et, dans l'oreiller de plume qui embaumait de fines essences achetées lors du dernier voyage à Paris,

M<sup>lle</sup> Sibylle se fit serment à elle-même de ne point avoir de répit que toute la vérité ne fût mise à jour.

<h2 style="text-align:center">X</h2>

Le Vélodrome d'Hiver s'était installé, jusqu'à l'ouverture des travaux de la future Exposition Universelle, dans un des locaux de l'ancienne. Il occupait la galerie dite des Arts Libéraux. Les bâtiments des kermesses internationales subissent souvent de ces ironies du sort dans leurs ultérieures destinations. Aux cartouches peints sous la corniche, on lisait encore en lettres d'or déteintes, sur le fond de brique pâlie, des inscriptions comme celles-ci : *Enseignement public — Enseignement libre — Enseignement du dessin — Papeterie.* En bas, tournaient des vélocipédistes incultes, à peine dignes de l'école primaire.

La piste était en bois, oblongue; elle mesurait 333 m. 333 de circuit. Le roulement des machines dans les virages y produisait, par la sonorité même des planches, un ronflement sourd, pareil à celui qu'on entend sous les ponts, au passage des voitures chargées. Tout autour de l'immense cuvet, courait une rampe de teinte saumonée, interrompue çà et là par des bandes en toile coloriée, portant réclames. Les loges étaient badigeonnées à l'indigo, avec appuie-mains en velours rouge. La disposition et l'accès des places donnaient ici, mieux encore que dans les vélodromes de plein air, l'illusion du cirque. Toutes les parois, comme là-bas, étaient envahies par un arlequinage de publicité. Les principaux commanditaires du lieu se trouvant être des industriels de spécialités très diverses, fabricants d'essences odoriférantes ou de produits pharmaceutiques, les affiches de pneus et de bicyclettes alternaient avec celles de parfumerie ou de quinquinas : les quinquinas surtout, toniques et reconstituants, recommandés aux gens du cycle, comme la plus infaillible des panacées ! Mais l'endroit, sous son plafond de verre, manquait de lumière et d'horizon. A peine, par la voussure vitrée, apercevait-on les tours du Trocadéro. L'atmosphère était imprégnée d'une indéfinissable mélancolie, que ni le mouvement de la foule ni ses acclamations ne parvenaient à chasser. La sensation foraine s'aggravait ici d'une idée de vétusté. Au-dessus de l'étage circulaire, affecté au public des petites bourses, des lambrissages, çà et là, se crevaient, pendillaient comme dans les grands baraquements de nomades. Et ce qu'on devinait d'éphémère dans cette vieillerie même du décor, contrastant avec l'agitation fébrile du spectacle, laissait une impression de découragement et de néant.

Ce jeudi-là, dernier jeudi d'avril, le vélodrome donnait une réunion de soir. On l'annonçait à coups de grosse caisse depuis un mois. En réalité la direction prêtait seulement son local au cercle cycliste le plus en vue, le Wheeling-Club, qui composait la salle et dispensait des prix. Ce tournement annuel du Wheeling-Club était, pour la galerie, un événement plus mondain que sportif, un prétexte à toilettes et à bijoux, auquel les échos de la presse boulevardière assuraient un heureux retentissement. Le programme, préalablement soumis aux exploitants à bail du vélodrome, était établi de façon à ménager l'intérêt de leurs spectacles futurs : aussi le sport pur, comme on dit en argot technique, n'y tenait-il qu'une place relativement restreinte, la plupart des numéros étant affectés à des joutes d'amusette ou de fantaisie. C'est ainsi qu'on y verrait en lice le géant Light-Pen, pesant deux cent quarante kilos contre le minuscule André Tonnelier qui avait cinq ans, et, après cela, des courses de femmes ou de quadruplettes mixtes, avec équipiers des deux sexes. Les bicycles préhistoriques et le tricycle déchu apparaîtraient en piste une dernière fois.

— Les dimanches, jours de luttes classiques, nous sommes Théâtre-Français, disait très sérieusement M. Latasse, régisseur habituel du lieu : le jeudi du Wheeling-Club, nous devenons Palais-Royal.

La principale attraction, le clou de la soirée, ce serait la lutte de Le Gallic contre un tandem, contre le meilleur des tandems européens, celui des frères Raab.

Le Gallic ! Le Breton, inconnu de Paris au début de l'automne, s'était élevé durant l'hiver au pinacle de la célébrité : vainqueur de toutes les courses en ligne, à Paris, à Milan, à Bruxelles, à Amsterdam, à Vienne, à Berlin même, ayant joué, dans des matchs renouvelés, avec les hommes les plus en renom, — Marmandier d'abord, puis Morel, puis Jaas Daal, — sans qu'une seule défaite eût terni l'éclat prestigieux de cette série, il devenait, dans les mondes les plus indifférents aux choses de la pédale, une gloire consacrée, indiscutée, comme le sont les ténors-prodiges ou les rois de la tauromachie.

Toute la semaine qui précédait chacune de ses exhibitions, des hommes-sandwichs promenaient sur les chaussées de la capitale des placards enluminés avec son nom et son portrait. Ce nom remplissait les gazettes sportives : la chronique boulevardière s'en était à son tour emparée. Rendu synonyme d'imprécisable vitesse, il venait naturellement sous la plume des humoristes, de ceux-là mêmes qui ignoraient peut-être encore la conformation d'un vélodrome. Le Gallic !... L'homme flèche !... L'homme éclair !... Le détenteur de tous les records de petite distance !... Le Vel' d'Hiv' doublait ses recettes grâce à lui. L'*Atalante* augmentait d'un tiers son chiffre d'affaires mensuel. Pour deux courses fournies par le Breton en Italie, les agents transalpins de la maison Tarral avaient vendu en quelques semaines plus de cinq mille machines. On parlait de sommes fabuleuses allouées à ce champion. Il ne chaussait jamais ses sandales de courses, disait-on, sans exiger, en sus des prix annoncés, deux ou trois mille francs de mise en piste. L'*Atalante* le rentait comme un ministre. Et, avec cela, honnête, rangé, vivant en chartreux, dans un cottage de Billancourt, sous la garde d'un manager modèle ! Son origine de mitron, colportée par la conversation ou par le journal, achevait de stimuler les curiosités et les sympathies. Le peuple l'adorait : les snobs souriaient, puis applaudissaient d'entrain avec le peuple.

Ainsi, dès neuf heures, ce soir-là, l'avenue Rapp et l'avenue de La Bourdonnais étaient-elles sillonnées de brillants équipages montant vers les palais du Champ de Mars. Les voitures devaient ralentir et prendre file pour accéder à l'entrée du vélodrome, où tous les ouvreurs de portières de la rive gauche s'étaient donné rendez-vous.

Soixante globes électriques, suspendus à six mètres du sol, illuminaient la vaste nef dont les hauteurs seules s'estompaient d'ombre. Les énormes piliers de fonte, à empâtement vert d'eau, où s'appuyaient les arceaux de la voûte vitrée, avançaient aux confins de la zone plus obscure les têtes de bœufs monstrueuses qui flanquaient leurs chapiteaux. Plus haut, les reflets des lampes tremblaient et mouraient dans la pénombre des verrières. Et l'on eût dit qu'au-dessus de soi une mer de mystère était suspendue, dont seules ces encolures de fer arrêtaient momentanément la chute.

Des toilettes de théâtre s'exhibaient aux loges : les clubmen, la boutonnière fleurie du gardénia ou de l'orchidée, s'empressaient à l'entour des demi-mondaines en vogue. Le vieux hall, pour un soir, dans cette lumière basse qui cachait un peu ses parties de misère, prenait un presque aspect d'élégance et de richesse.

Le spectacle s'ouvrit par le match annoncé du mastodonte contre le gosse. Le gosse gagna au milieu des rires émus de l'assistance. Son éléphantiaque antagoniste, sans doute pour ne pas laisser oublier le caractère, commercial quand même, de l'endroit, étalait, en capitales noires sur son maillot blanc, la marque de sa maison de cycles. La machine qui supporte un tel poids sans faiblir vaut au moins par la solidité de sa construction. Puis on vit les racers femelles, de tout petits êtres non formés, sans poitrine et sans hanches, asexués par l'entraînement, pitoyables avec leurs cheveux dans le dos, leur accoutrement de saltimbanque, leur tricotage de jambes exaspéré, et les mille cris d'oiseaux affolés qu'elles poussaient en se poursuivant. La plus jeune comptait déjà seize printemps, mais l'excès du coup de pédale semblait avoir fait avorter en chacune d'elles l'éclosion de la femme : « Ça, disait le prince d'Orbais en chassant d'un plissement de front son monocle, c'est des sapajous auvergnats! » La mieux conformée du lot, Mᵐᵉ Juliette, passa première le disque d'arrivée : quelques-unes des vaincues eurent, descendues de selle, des crises de nerfs et de larmes. On entendit même, du côté de leurs cabines, des bruits de voix aigus où sonnaient des injures de bouge. L'épreuve pour équipes mixtes obtint un succès d'hilarité; certains professionnels du sexe fort y figuraient sous le déguisement féminin. Coquereau, méconnaissable avec son chapeau d'Anglaise et sa voilette à gros pois, se tournait à la sortie des virages vers son coéquipier d'arrière et geignait en soprano : « Monsieur, vous êtes inconvenant!... Avez-vous fini, monsieur?... » Plusieurs dames se pâmaient. On applaudit beaucoup les membres du cercle, momentanément transformés en bateleurs cyclistes et qui se disputèrent une course en ligne. Il y avait 'à des noms de croisade. Les loges se passionnèrent, le demi-monde ouvrit des paris. Le vainqueur fut un Américain, battant un petit-fils de pair de France.

Enfin un signal de sonnerie annonça l'épreuve capitale de la séance et, aussitôt, s'éleva sur cette foule blasée le bourdonnement prolongé qui précède les émotions fortes, fiévreusement attendues : on susurrait, on chutait, d'un bout à l'autre de l'immense cirque. Tout un brûlassement de semelles traîna sur les planches craquetantes, chacun cherchant la mise d'aplomb pour l'immobilité... Soudain, des galeries hautes, envahies par le populaire, partit une exclamation énorme, assourdissante, émise simultanément par deux mille gosiers : « Ladurelle! Ladurelle! » C'était le fameux manager, presque aussi applaudi maintenant que son poulain. Édouard Ladurelle, dans ce dandinement faubourien qui rendait plus apparente la déviation de ses épaules, s'avança jusqu'au milieu du terre-plein. Il enleva son chapeau avec une grâce étudiée de cabotin et remercia l'assemblée par un grand salut circulaire. Les cris redoublaient, entrecoupés d'interpellations familières. L'orchestre attaqua un air de quadrille, aussitôt

étouffé dans un nouvel orage de clameurs. Le Gallic, à son tour, entrait en scène, dans son maillot à champ d'hermines, un foulard de soie rouge autour des reins, les bras et les mollets nus. Les dames braquèrent leur face-à-main. Cette ligne de muscles avait le galbe et la solidité d'une statuaire vivante. Lui, tranquillement, habitué désormais à ces salves de clameurs, pédalait avec une lenteur paresseuse, comme s'il n'eût exécuté qu'une promenade de flânerie. Arrivé au virage que dominent les loges, il monta jusqu'en haut, longeant les balustrades, comme pour se montrer de plus près à tant de nobles admiratrices. De jolies lèvres lui murmuraient au passage quelque banalité flatteuse ou stimulante. Les yeux sur sa roue d'avant, il affectait de ne rien voir, de ne rien entendre, et cependant une vague sensualité enflait sa narine, dans cette atmosphère de senteurs suggestives, et faisait palpiter l'extrémité des cils sous le miroitement aveuglant des élégances féminines.

Les frères Raab maintenant accaparaient tous les regards. Vêtus pareillement, d'un maillot noir à pois blancs, petits, mais râblés, et presque jumeaux de silhouette, ils poussaient leur tandem d'un coup de pédale égal, toujours concordant. On eût dit, à la parfaite symétrie des mouvements, un corps unique aux membres dédoublés et commandé par une seule volonté. Les équipes si parfaitement homogènes défient d'ordinaire le champion le plus rapide. Les meilleurs sprinters jusqu'ici avaient échoué dans cette lutte contre une vitesse de deux hommes unis. Aucun record de machine simple ne tenait contre ceux du tandem. Cependant, et quelle que fût la renommée de ces frères Raab, imbattus jusqu'alors, l'homme qu'on leur opposait paraissait d'une essence athlétique assez exceptionnelle pour rompre la série et déjouer les lois de la nature. Ladurelle venait de vider entre les lèvres de son poulain la fiole de liqueur arséniquée. Le coup de pistolet retentit au milieu d'un silence ému. Dès le départ, ce fut une poursuite folle, vertigineuse. Les frères Raab, certains de leur souffle et de leur endurance, filèrent à une allure endiablée qui eût épuisé en moins de deux tours un autre athlète que Le Gallic. Mais lui, le corps ramassé sur son guidon, ne lâchait pas la roue d'arrière des tandémistes, comme si quelque fil invisible eût retenu sa machine à la leur. Tout à coup, avant le dernier tournant, tandis que la foule haletante, se levait tout entière, dans un grand murmure d'anxiété, le champion donna une secousse de reins formidable qui obliqua sa ligne et le mit à la hauteur du premier équipier. Le murmure s'enflait, devenait vacarme. « Le Gallic ! Le Gallic ! » et des femmes exsangues d'émotion se cramponnaient à l'appui-main des loges. Cependant, sous la violence de l'effort, une embardée s'était produite qui poussait la bicyclette trop haut dans le virage. De ce fait, les tandémistes, placés à la corde, regagnaient leur avance et apparaissaient en tête dans

la ligne droite. Mais Le Gallic dans un second
bond, plus irrésistible que le premier, revenait sur
eux en dehors, remontait en moins de trente mètres
toute la longueur du tandem, et, finalement, ga-
gnait d'un quart de roue.

Les chapeaux, les cannes s'agitèrent dans un pêle-
mêle indescriptible. Les plus flegmatiques, électri-
sés par le courant d'enthousiasme, oubliaient leur
correction d'étiquette, se dégantaient pour un
applaudissement plus sonore. En moins de dix
secondes, toutes les fleurs des corsages jonchaient
la piste, faisant au vainqueur un tapis de pétales
effeuillées. Des camarades ramassaient les roses
par brassées, en bombardaient le Breton dans le
dos. Ailleurs, d'autres, ayant dérobé le chapeau
rond de Ladurelle, y fixaient sous la ganse, une
couronne de violettes de Parme. Un chasseur, à la
livrée du Wheeling-Club, descendit au milieu de
l'arène. Il portait dans ses bras une gerbe géante
de lilas blancs ; un nœud de satin crème, à impression d'or s'enroulait aux tiges. Il souleva sa casquette, tendit la gerbe à Le Gallic. La bicyclette
du victorieux ne semblait plus qu'une corbeille
de fleurs mouvante.

Le Gallic avait fui l'enivrement de ce tumulte ;
il s'était soumis, dans sa cabine, aux frictions
d'usage. Tandis qu'il vérifiait, seul, devant un mi-
roir, l'ajustement de son veston avec la coquetterie de l'homme qui sait devoir être regardé par
tout le monde, à la sortie, quelqu'un vint frapper
à sa porte. Il ouvrit. Un valet de pied, à cocarde,
lui tendit une petite enveloppe mauve, légèrement
froissée sur laquelle son nom était griffonné au
crayon. Avant même que le champion surpris eût
pu demander l'origine du message, le messager
avait disparu. Alors, le Breton déchira l'enveloppe
et lut ces lignes, également crayonnées en hâte :

« Une amie inconnue, riche et jolie, et que vos
succès passionnent plus que tout, depuis six mois,
désirerait vous prouver de vive voix sa sollicitude
et son admiration. Vous souvenez-vous du billet
énigmatique qu'elle vous envoya l'été dernier, le
jour où vous deviez lutter contre Würschen (violettes et muguets ? Si vous pouvez tromper quelques minutes la vigilance de vos cerbères, faites-
lui la joie de vous rendre demain, à cinq heures, au
Bois de Boulogne, aux Chalets du Cycle.

« FARMINIA. »

Il entendit derrière la cloison, dans le couloir, le
timbre impérieux de Ladurelle. Il dissimula prestement le billet sous son veston.

— Qu'as-tu? fit en entrant le manager qui, du
premier coup d'œil, avait remarqué le trouble de
son poulain.

— Rien, balbutia le Breton. Je n'ai rien !...

— Ah ?... répliqua l'autre avec une insistance par-
ticulière du regard. En ce cas, prépare-toi à me
suivre, après la réunion, chez Jones, rue Royale. Le
prince d'Orbais et ces messieurs du Wheeling-
Club veulent t'offrir un champagne d'honneur.

XI

Le Gallic avait soupé dans le restaurant à la
mode avec la fleur de la noblesse cycliste. On tirait vanité de sa compagnie : il avait écouté sans
trop de rougeur toutes les litanies de l'adulation
parisienne. Ce n'était point la première fois qu'il
se trouvait en belle société. Déjà, à Amsterdam et
à Milan, les meilleurs clubs avaient pris occasion
de son passage pour des invitations de cette nature. Mais ce soir-là, pourtant, la présence de personnalités princières, celle de femmes universellement réputées, le trouble où le jetait l'énigmatique
missive, et la pensée que peut-être sa correspon-
dante ignorée figurait à cette table de soupeurs ou
ressemblait à quelqu'une de ces grisantes demi-
mondaines, lui mettait dans tout l'être une sorte
d'enfiévrante griserie. A peine osait-il lever les yeux
ou répondre aux mille questions dont on le pres-
sait. Pourtant, bien soutenu par Ladurelle dont il
s'efforçait de copier les bonnes manières, il sut
ne point paraître gauche à l'excès. On lui laissa
même entendre que sa simplicité avait charmé.

Dans tout le trajet de la rue Royale à Billancourt, qu'il fit en tandem avec son manager, il
revit ces figures lumineuses, si merveilleusement
engageantes. Il se remémora les termes du billet
dont l'épaisse enveloppe craquait au toucher sous
le drap de son veston. Il se souvint d'un rêve
ancien qu'il avait fait, dans les premiers temps
de son arrivée à Paris, rêve où défilaient devant
lui, avec des salutations et des sourires, des
femmes presques pareilles, moins tentantes cependant, car sa faible imagination d'alors n'aurait
jamais pu concevoir de visions aussi troublantes.
Le manager, plus loquace d'ordinaire, pédalait
silencieusement derrière lui. Après avoir suivi
de longs boulevards presque déserts, ils venaient
de franchir la grille d'octroi. A cet instant seulement, le Breton s'aperçut du mutisme obstiné de
son compagnon de machine : il eut la frayeur et
la honte de l'enfant qui a menti et qui se sent pris
en faute. Il songea à la bonté de cet homme, à la
perpétuelle confiance dans laquelle ils avaient vécu
jusqu'ici. Il songea aussi à Sibylle, à M. Jézéquel,
au patron Ruello, à Lannion, à tout ce qu'il avait
aimé, à tous ceux dont il voulait continuer de mé-
riter l'estime et l'affection. Un remords bizarre lui
tenaillait le cœur et le cerveau. A trois reprises il
fut sur le point de se retourner vers son manager,
de tout lui avouer en implorant le pardon. Des
larmes déjà lui brûlaient les yeux. Et pourtant il
se tut, la honte était-elle donc plus forte que le
remords?

Mme Ladurelle veillait dans la salle à manger du
cottage, elle les attendait. Elle avait eu l'idée de
préparer un souper froid, et commençait à s'inquiéter de leur long retard. Le Breton s'excusa en
racontant l'invitation chez Jones. Cette attention
délicate de Mme Ladurelle, l'atmosphère de tranquil-

lité familiale qu'on respirait dans cette maison achevèrent son désarroi de conscience.

Malgré les potions soporifiques, il ne put fermer l'œil. Le champagne, auquel il ne s'était pas encore accoutumé, lui mettait chaque fois les nerfs dans cet état d'irritation aiguë. La solitude et l'obscurité ramenèrent autour de lui les images de femmes. Elles se pressaient à son chevet, souriantes, affolantes, rivalisant toutes de grâce et de séduction, avec des chevelures d'or, comme les fées des contes bretons, et des bijoux — les bijoux surtout! — dont la transparence aveuglante brûlait

en dedans ses yeux clos. Et il se souvint que Luc Morel, et Jaas Daal, et Marmandier avaient passé déjà sur sa route, escortés de dames à grands panaches et dont le rire sonnait clair.

Le lendemain, il s'ingénia pour tourner un prétexte à Ladurelle, puis, pédala vivement à travers le Bois. Les Chalets du Cycle, cités quotidiennement par les journaux sportifs, attirent chaque après-midi une clientèle spéciale et choisie. Situés près de la porte de Suresnes, sur la berge de la Seine, au fond de la pelouse de Bagatelle, on ne reconnaît de loin leur emplacement que par la cohue cycliste qui afflue vers eux de toutes les routes. Des marronniers et des platanes points les enveloppent et les écrasent sous une frondaison dense. La nature, ici, a su faire plus grandiose que l'homme.

Des bâtisses exiguës, figurant par leur situation

les trois extrémités d'un triangle, composent toute la partie architecturale. Les deux premières, qui commandent l'entrée, sont d'un style suisse, bâtard et sans aspect. Une simple galerie de bois longe l'unique étage de la façade briquée. On dirait les communs d'une villa de bains de mer. Mais un orchestre est installé dans le bâtiment de gauche qui accède à la galerie, et, tout à côté, une échope de mécanicien-réparateur étale ses rangées symétriques d'outils.

Le chalet central, aménagé en buffet et en bureau de tabac, est dominé par un système de verres colorés, imitant des orchidées dont le cœur serait fait d'une lampe électrique. La violence des tons tire l'œil en plein jour. Des faïences grossières, de nuances crues, forment frises. Le reste de la construction, sous son badigeon brou de noix et café au lait, semblerait du carton-pâte. Partout où le cyclisme passe et veut chercher l'élégance, c'est cette même absence de conception artistique. On sent l'entreprise bâclée dans un but de spéculation hâtive, comme si ces industriels pratiques présageaient le discrédit prochain de la mode qu'ils exploitent. Quand l'automobile aura prévalu partout, il faudra modifier le style et l'ordonnance de tout cela. Sur l'emplacement découvert, laissé libre entre les trois corps de chalet, des tables et des chaises peintes en vert, ainsi que dans quelque buvette bien achalandée d'Asnières ou de Robinson. Des écussons suspendus au tronc verdi des marronniers, indiquent le prix des consommations. Un enclos, attenant au pavillon de droite, sert de garage pour les machines. Elles s'y entassent par rangs compacts, enlaidies de boue ou de poussière, écœurantes d'uniformité. Et, d'un bout à l'autre de ce campement bruyant, c'est un tohu-bohu pressé d'hommes et de femmes qui s'attablent, causent, rient, exhibent leurs mollets, dans une frénésie de paraître heureux et bien portants. Des dynamomètres disposés de proche en proche dans le pourtour de l'enceinte figurent comme l'emblème de la force et de la santé, auxquelles l'endroit servirait d'asile. Et, de tous ces promeneurs qui entrent, s'attardent, puis repartent, aucun ne regardera derrière lui vers l'échappée de feuillages, dans laquelle le fleuve, ainsi qu'en un décor de rêve, déroule ses eaux irisées, tout ensoleillées des paysages qu'elles mirent.

Il était l'heure exacte fixée par le billet de la veille. Le Gallic avait confié sa machine aux soins du gareur. Il pénétra dans le préau central réservé aux consommateurs. Deux femmes, assises à une table isolée, près de l'orchestre, se levèrent à son approche et l'appelèrent d'un geste bref. Le contraste de leurs toilettes dénonçait entre elles deux une certaine différence sociale. La plus grande et la plus jolie était vêtue d'une robe de printemps en foulard Louis XV, une robe aurore, à broderies Pompadour. Le chapeau de paille rouge, couronné de fleurs de cerisier formant aigrette, projetait sur son visage un reflet enflammé dans lequel s'avivaient l'éclat des yeux, le carmin humide des lèvres. Très brune, de type espagnol ou italien, elle avait pris à l'approche du jeune homme une pose demi-théâtrale, un coude rejeté sur le dossier de sa chaise. L'autre main, reportée un peu en arrière de la ligne du corps, se campait à plat sur la poignée de l'ombrelle. Elle faisait valoir ainsi la souplesse et le galbe de sa taille.

— Je suis venue avec ma camériste, dit-elle en désignant sa voisine.

La voix était mélodieuse et comme perlée. Un imperceptible accent étranger qui chantait très légèrement sur les dernières syllabes, ajoutait à cette harmonie de l'organe un charme plus engageant.

Le Gallic retrouvait devant elle toute sa timidité native. Il se sentit aussi rougissant, aussi embarrassé qu'à son arrivée à Lannion, comme mitron, la première fois qu'il avait vu Sibylle. En outre, il devinait tous les regards sur lui. Dès son entrée dans cette enceinte, son nom avait couru de bouche en bouche, énoncé par certains à voix haute. Des gens se haussaient par-dessus les groupes assis, d'autres se penchaient sur leur siège pour contempler à l'aise le grand champion populaire que jamais il ne leur avait été donné sans doute d'observer en dehors des pistes. L'élégance de la femme, sa beauté, son attitude, le trouble du jeune athlète, l'évidence d'un rendez-vous avaient fait succéder au premier mouvement de surprise les longs sourires, les murmures blagueurs. Dans un retrait, près du chalet central, Le Gallic avait reconnu Coquereau.

— Asseyez-vous à côté de moi, fit l'inconnue, que cette insistance des curiosités publiques ne semblait nullement gêner.

Il obéit. Elle exigea qu'il prît un rafraîchissement, commanda elle-même pour lui une boisson anglaise compliquée dont il ne parvint pas à saisir le nom. Le garçon, en le servant, avait une physionomie gouailleuse, pleine de mystérieux sous-entendus.

Elle raconta, toujours avec sa voix psalmodiante de sirène, qu'elle l'avait vu pour la première fois, en septembre, au Vélodrome d'Été : c'était elle l'auteur du petit billet anonyme qu'il reçut alors, le jour de sa rencontre avec Würmchen ; elle l'avait suivi plus tard, pendant l'hiver, à Milan, où il disputait un match contre Jaas Daal. Depuis lors, une force de sympathie irrésistible l'avait attirée vers lui. Il était son dieu, son héros. Bien que Milanaise d'origine, elle passait les trois quarts de l'année à Paris. Elle s'appelait la comtesse Farminia. Veuve à vingt ans, sans ressources, elle avait dû entrer au théâtre, mais s'en était retirée après trois ans, sa fortune faite. Elle lui parla de ses triomphes dans toutes les capitales du monde. Elle avait été « une sublime cantatrice ». Leurs deux gloires si différentes en apparence, se rapprochaient l'une de l'autre, par la frénésie des enthousiasmes suscités. Elle lui demandait en grâce son amitié. Lui, souriait ingénument, ému cependant par le charme de ce visage et par cette voix si persuasive.

— Venez jusqu'à ma maison, disait-elle, vous me prouverez ainsi que vous ne dédaignez pas tout à fait mon affection.

Elle habitait un petit hôtel rue Spontini, à deux pas du Bois de Boulogne.

Son coupé était là qui les conduirait. Le Gallic s'excusa, à cause de la bicyclette qu'il faudrait abandonner au garage. Puis ne devait-il pas être rentré avant sept heures précises à Billancourt?

— Avec des jarrets comme les vôtres, répliqua-t-elle dans une moue délicieuse d'adulation, on se moque du temps et de la distance.

Pour la bicyclette, il n'avait pas à s'inquiéter. Il lui suffirait de fournir son numéro de garage, elle se chargeait du reste. Il se laissa convaincre. La comtesse donna des ordres en italien à la dame de compagnie qui s'éloigna.

A leur tour, ils se levèrent et contournèrent, pour gagner la sortie, des groupes de curieux attablés. Alors, comme l'Italienne était élégante et belle, comme il comprit que, dans tous les regards, il y avait autant d'admiration que d'envie, la vanité acheva l'œuvre de la séduction et, d'une enjambée délibérée, il sauta derrière elle, dans le coupé...

## XII

Sept heures sonnaient; Le Gallic n'avait pas reparu. Tous les hôtes du phalanstère cycliste, réunis pour le repas du soir, s'entre-regardaient, étonnés. Ladurelle, nerveusement, allait et venait, de la salle à manger à la grille, inspectant la route, le visage contracté d'inquiétude, silencieux. Il monta jusqu'à la chambre du Breton, dans cette espérance que Le Gallic aurait pu rentrer par la petite porte de derrière et s'endormir sur son lit, sans entendre la cloche du dîner. La petite chambre, tapissée sur toutes ses murailles des photographies du recordman, était déserte, bien déserte. Mᵐᵉ Ladurelle partageait les angoisses de son mari.

— Il a dit, balbutia-t-elle, qu'il irait voir à cinq heures M. Tarral. Peut-être celui-ci l'aura-t-il gardé pour la soirée.

— Le Gallic nous a menti, répondit douloureusement le manager. Je me suis informé moi-même à l'*Atalante*, en revenant.

— Il aura laissé sa montre sur sa table de nuit, — cela lui arrive quelquefois — et il aura oublié l'heure...

— Non, non, le chronomètre n'est pas là-haut; et puis on trouve l'heure partout dans Paris...

— Mettons-nous à table, en l'attendant. On prétend que c'est le meilleur moyen de faire venir les retardataires.

Ladurelle hocha la tête avec une expression de tristesse dubitative.

— Il y a autre chose, murmurait-il. Il y a sûrement autre chose.

Autour de la soupière fumante, les visages s'étaient faits graves et recueillis. Chacun avait deviné l'allusion du maître et en présageait les conséquences: malgré les jalousies latentes, les calculs secrets, une solidarité effective, impérieuse, unissait tous ces commensaux. Ladurelle ne toucha aux mets que du bout des lèvres. Le repas, promptement expédié, se termina sans nouvelles de Le Gallic. Sept heures et demie!... La sonnette de la grille tinta. Tout le monde courut aux fenêtres. C'était un facteur des télégraphes. Sans doute apportait-il quelque dépêche du Breton. Ladurelle déchira fébrilement le pli bleuté. Hélas! la dépêche venait de Belgique. Elle émanait de la direction du vélodrome d'Anvers qui accédait définitivement aux conditions du champion pour un match à courir le surlendemain.

Ladurelle patienta cinq minutes encore. Puis, n'y tenant plus :

— Suis-moi! dit-il à Héros, le petit coureur de demi-fond, qui avait la seconde place dans ses affections demanager.

Ils filèrent sur Paris, de toute la vitesse de leurs pédales. Ladurelle baissait la tête sur son guidon, absorbé par d'obscures pensées.

La brasserie de l'*Espérance* serait la première étape de leurs recherches. La plupart des coureurs prenaient là leur pension. Quelqu'un d'entre eux fournirait sans doute un renseignement ou un indice. Le restaurant regorgeait de monde. Des entraîneurs s'attardaient à l'apéritif, en manillant. Jusqu'au fond des arrière-salles, c'était un grouillement d'hommes assis, gesticulant, parlant haut. Ladurelle et son compagnon firent le tour des banquettes, ils cherchèrent en vain le fugitif. Des éclats de rire aigus sortirent d'un cabinet de dîneurs. Le manager s'approcha, regarda qui était là : il reconnut Coquereau et sa bande, tous mus par une même hilarité, les yeux sur lui. Luc Morel, un des rieurs, l'interpella le premier.

— Voilà Edouard en peine de son poulain.

— L'as-tu vu? Où est-il? répliqua rudement Ladurelle.

Coquereau intervint, avec une gravité bouffonne, se leva, sa serviette au cou.

— Il est quelque part, bien sûr!

— Où?... Où?... Fumistes! Au moins, parlez vite!..

La hâte de savoir avait convulsé le visage de l'ancien agent de la sûreté. Il était laid ainsi, vraiment, mais d'une laideur souffrante qui fit taire tous les rires. Seul, Coquereau gardait son flegme.

— La galanterie française me commande le secret!

Mais déjà Ladurelle était sur lui, demi-fou, suant la rage, avec le geste de le prendre à la gorge. Coquereau comprit que la plaisanterie devait cesser. C'était une tête brûlée, mais un bon cœur :

— Oui, fit-il, devenu tout à fait sérieux, assez de

blague! Je te raconterai ce que je sais... Je me trouvais aux Chalets du Cycle tantôt, à cinq heures!..

Il y était?

Évidemment.

Avec une femme?

Ça va de soi.

— Quelle femme?

— Ah! tu m'en demandes trop, mon pauvre Édouard! Une horizontale de la haute, pour sûr! Nippée et jolie à souhait. Voilà tout ce que je puis t'en dire. Ils sont partis ensemble en coupé.

Alors, ces hommes, accoutumés à ne trouver dans celui qu'ils avaient en face d'eux qu'un être autoritaire, dur, incompressible, fait de métal plutôt que de chair, âme de bronze et œil d'acier, virent une chose inoubliable. Ladurelle s'était effondré sur une chaise, le front entre ses deux mains, secoué de sanglots. Tous les consommateurs présents dans la brasserie s'approchèrent, intéressés, émus, commentant l'événement.

Lui, râlait, à demi inconscient.

— La gueuse!... La gueuse!

Le petit Héros, gagné par la contagion des larmes, les paupières toutes rouges, avait pris le manager par l'épaule, penchait sur lui sa jeune tête blonde avec des paroles réconfortantes.

— Mon bon maître!... ne vous désolez pas... Nous le retrouverons... j'en suis sûr. Nous le ramènerons!...

Par un ressaut violent d'énergie, Ladurelle se leva. Ses yeux aussitôt s'étaient séchés. Les pleurs semblaient en avoir seulement attisé la flamme. Il toisa tous ces indiscrets, témoins de sa défaillance.

— Viens, dit-il, à son élève... Et en route!...

La moitié des habitués de l'*Espérance* les escorta jusqu'au trottoir. Ladurelle et son élève n'avaient pas franchi la Porte-Maillot que vingt cyclistes se lançaient à leurs trousses, puis trente, puis cinquante. Quand ils passèrent devant le pavillon d'Armenonville, toute cette bande les avait rejoints, faisait masse, et c'était un spectacle étrange, fantastique que cette pédalée compacte de cinquante hommes dans le Bois, la nuit. Avec les tintements de grelots et les lanternes balancées, on eût dit une armée de feux follets en marche.

Ils arrivèrent à la pelouse de Bagatelle. Là-bas, devant eux, dans la muraille de verdure qui fermait l'horizon crépusculaire, des lumières blanches étincelaient en grappes, argentant le feuillage des platanes. Le vent qui soufflait de l'ouest apportait des flonflons joyeux de trombones, des grincements pleurards d'instruments à cordes, et, dans ce charivari de café-concert, les cuivres disaient à Ladurelle l'insolence du coupable, et, sous les plaintes du violoncelle, il entendit gémir son âme incorruptible de pasteur d'hommes.

Coquereau l'avait accompagné.

— Où étaient-ils assis au juste? montre-nous l'endroit!... Parle, toi qui les as vus!...

Les tables commençaient à peine à se garnir; on n'arrive guère aux Chalets, le soir, avant neuf heures.

— Des consommations pour tout ce monde! fit Ladurelle au garçon, en désignant ceux qui le suivaient, et un louis de pourboire pour vous si vous pouvez m'indiquer le nom de la femme qui était ici, cette après-midi, avec Yves Le Gallic, mon poulain!... Moi, je suis son manager, par conséquent presque son père.

Le garçon s'excusa... Il avait bien entendu dire que le jeune homme auquel il servait un mint julep cocktail était le fameux champion de vitesse, mais il ignorait le nom de l'autre personne. Le chasseur peut-être en saurait plus long. Il aurait remarqué sûrement la dame à cause de sa toilette et sans doute entendu l'adresse qu'elle donnait à son cocher.

— Un second louis pour le chasseur, s'il me procure un renseignement utile!

(*A suivre.*)

— Polisson, râla-t-il en reconnaissant son homme... (Voir page 10.

V — Le Recordman, par Remy Saint-Maurice.

Le chasseur fut interrogé. Il se souvenait bien d'avoir tenu la portière du coupé, mais la femme n'avait lancé au cocher que les trois mots : « A la maison! ».

Cependant, ajoutait cet homme, le préposé aux garages vous donnerait peut-être le fin mot de l'affaire. On est venu lui réclamer une bicyclette qui appartenait à M. Le Gallic... Même, il a montré la bécane à plusieurs clients, comme quelque chose de tout à fait sensationnel.

Un troisième louis pour le gareur! cria Ladurelle.

Le gareur enfin parla. Le valet de chambre auquel il avait remis la fameuse machine venait de la rue Spontini.

Cette fois on tenait une piste.

Ladurelle, toujours escorté par son escadron cycliste, regagna la brasserie de l'*Espérance*. Jusqu'à minuit, il arpenta les trottoirs de la rue Spontini, s'arrêtant sous les fenêtres éclairées, attendant d'y surprendre une silhouette connue. Après que toutes les lumières furent éteintes, il continua sa faction, si vaine qu'elle parût devoir être désormais, rivé à cette chaussée de malheur par une volonté plus forte que sa raison. Les importuns, un à un, s'éloignèrent. C'était une nuit tout étoilée, presque tiède, une vraie nuit de printemps méridional, suggestive d'amour.

Les arbres des jardins en fleurs imprégnaient l'atmosphère d'aromes subtils. Le petit Héros, accroupi sur un parapet de clôture, cédait à la fatigue et s'assoupissait. Ladurelle, un moment, pensa renvoyer l'enfant à Billancourt. Mais il eut peur de rester seul. La présence d'un compagnon, même endormi, l'aidait à supporter l'atroce souffrance morale :

—J'aurais dû me méfier du coup jeudi soir, pensait-il. Il y avait trop de femmes autour de nous. Il a pris, quand je suis rentré dans sa cabine, après la course, le visage d'un homme qui dissimule quelque chose. J'ai flairé cela tout de suite. Mon tort est de ne pas avoir persévéré dans la suspicion. Il ne fallait pas accepter pour lui ce souper chez Jones. Qui sait si tout le mal ne vient pas de là? Quelle calamité, mon Dieu! quelle calamité!...

L'ancien policier ressuscitait en lui.

Il scrutait toutes ces façades muettes, cherchait à pénétrer leur secret, réduisant par éliminations successives son champ d'hypothèses. Déjà, à l'*Espérance*, il avait rapidement compulsé les annuaires d'adresses et pris des notes. Telle maison qu'on n'y citait point devait n'abriter que des ménages bourgeois. Telle autre appartenait plus probablement à un homme de finance. Il en vint à fixer ses doutes sur un minuscule hôtel, enfoui sous un amoncellement de verdure, au fond d'une allée fermée de grilles, et dont l'aspect mystérieux l'avait frappé tout de suite. Une femme de chambre était venue deux fois jusqu'à la grille; elle semblait épier elle-même des guetteurs.

— Ça pourrait bien être ici! C'est ici! murait-il. Oh! exécrable créature qui joues ainsi avec la fortune et avec la gloire! Sais-tu quel trésor tu m'as ravi?... Jamais manager n'eut dans son écurie poulain de cette valeur. Je l'avais tenu jusqu'ici à l'abri des tentations débilitantes. Sa naïveté faisait le meilleur de sa force. Des excès violents, de quelque nature qu'ils soient, peuvent briser à jamais la carrière d'un sprinter. Résistera-t-il à pareille épreuve? En admettant qu'il la surmonte, les aspirations nouvelles que tu lui auras données ne reviendront-elles pas sans cesse entraver ou stériliser mes soins. Il avait plus de cent mille francs encore à gagner dans sa saison. Le Championnat de France, le Grand Prix de Paris étaient à sa merci; j'en aurais fait d'ici là un champion du monde. Et le match à Anvers, dimanche avec Van Walle! Cinq mille francs! S'il allait se laisser battre! Et ma réputation à moi! Mille dieux! Penser qu'il n'y a pas de police pour prévenir ces crimes-là, ni de tribunaux ensuite pour les punir!

Le soleil allait se lever. Héros, réveillé par la fraîcheur de l'aube, s'étirait les bras frileusement. Ladurelle eut pitié de l'enfant et le congédia. Maintenant que ses déductions aboutissaient à des probabilités mieux raisonnées, il se sentait enfin le courage de la solitude. Vers six heures, un débit de vins s'ouvrit dans une rue voisine. Des gaziers, des balayeurs y faisaient halte. Ladurelle entra, s'attabla. Un porteur de journaux jeta, pour prendre un demi-setier, son ballot devant le comptoir. Le manager reconnut dans le tas les feuilles cyclistes, rose et verte. Il acheta l'une et l'autre. Des entrefilets très transparents, bien qu'ils ne nommassent personne, relataient l'aventure de la soirée. Cette constatation acheva sa douleur intime. Il eut la force, pourtant, de plaisanter, d'émettre des quolibets vulgaires pour amorcer le débitant. Celui-ci, vite apprivoisé, se laissa délier la langue par les petits verres. L'hôtel aux grillages discrets appartenait à une demi-mondaine; elle se faisait appeler la comtesse Farminia. Elle donnait des soirées, recevait beaucoup de monde, des acteurs, des journalistes, voire même des acrobates en vogue, mais payait mal ses fournisseurs. Le signalement correspondait de tous points aux indications précédemment accueillies.

— Il suffit! dit Ladurelle. Il remercia le limonadier d'un clignement d'yeux et sortit.

Il médita encore, deux heures durant, le long des trottoirs, sur les conséquences possibles de l'accident. Il avait la mine hâve et tirée de l'homme qui a passé sa nuit dans un tripot, et qui, décavé, attardé dehors après l'aube, chasse la fièvre en arpentant les rues et discute les moyens de réparer sa perte. De temps à autre, il frappait le bitume d'un coup de semelle furieux qui faisait détourner la tête aux passants matineux, ou bien il s'arrêtait devant la maison maudite, tapie au fond de son allée de lierre, et où tout encore paraissait dormir.

A sept heures, un domestique apparut sur le perron, et se mit en mesure d'astiquer les cuivres de la porte.

Ladurelle tira la sonnette de la première entrée.

— Qu'est-ce que vous voulez? demanda le larbin au travers de la grille, rudement...

— Je veux voir M. Le Gallic...

— Ce n'est pas ici... je ne connais pas... Vous feriez bien de regarder d'abord où vous sonnez...

Là-dessus, l'homme volta insolemment sur ses talons.

— Je sais que je sonne chez la comtesse Farminia, dont Yves Le Gallic est l'hôte depuis hier...

Le larbin toisa l'intrus, d'un regard dédaigneux et méfiant :

— Je vous répète que vous vous trompez... Passez votre chemin, mon ami. On ne dérange pas les gens à huit heures du matin.

— Je sais sûrement que Le Gallic est ici. Tenez! c'est vous-même qui avez ramené sa bécane, hier, des Chalets du Cycle.

— Au fait! qu'est-ce que vous lui voulez? répliqua l'homme, frappé par la précision de l'argument.

— Je suis son meilleur camarade... J'apporte une dépêche pour lui... Elle est arrivée hier soir, très tard... Il faut qu'il en ait connaissance immédiatement...

L'ancien policier tira de la pochette d'un calepin le télégramme d'Anvers.

— Vous pouvez contrôler... c'est son adresse à Billancourt : M. Le Gallic... J'ai décacheté... parce qu'il m'y avait autorisé.

A la vue du papier bleu, le maître Jacques parut hésiter. Ladurelle chercha dans son gousset une pincée de pièces d'or.

— Allez sans retard, je vous en supplie... Réveillez-le au besoin. Remettez-lui ce télégramme... il y a urgence... et dites-lui que j'attends en bas sa réponse.

L'homme, qui avait déjà consenti à ouvrir la grille, acheva de se laisser convaincre par l'or sonnant; l'idée ne lui vint pas un instant que ce messager, au gousset si bien garni, pût être autre chose qu'un camarade, un collègue en professionnalisme cycliste.

Il introduisit Ladurelle dans une antichambre luxueuse, encombrée de tentures japonaises et d'ivoireries moyen-âge. Un grand Discobole en bronze vert, juché dans une sorte de cage à miroirs, y réfléchissait sous vingt aspects la musculature classique de son torse.

— Le nom de monsieur? interrogea le valet de chambre en essuyant un plateau d'argent, sur lequel il posa le télégramme.

— Edouard!... Annoncez-lui simplement son ami Edouard!... Il comprendra.

L'homme avait disparu par un escalier en colimaçon, à rampe de fer forgé, où le bruit des pas s'assourdissait dans la profondeur des moquettes.

Ladurelle attendit deux minutes, deux interminables minutes, pendant lesquelles son cœur battait à lui faire croire que la poitrine elle-même allait se rompre. Enfin, à l'étage supérieur, une serrure grinça. Il entendit un craquement d'escarpins du côté de l'escalier. C'était le coupable. Le manager prit une attitude.

— Polisson! râla-t-il, en reconnaissant son homme.

A vrai dire, Le Gallic n'était guère reconnaissable. Vêtu de son pantalon de cycliste et d'une chemisette de lustror mauve, chaussé de babouches algériennes, il s'avançait piteusement, l'échine déprimée, le front bas, l'œil atone. La lèvre inférieure, légèrement affaissée, tremblait de contrariété ou d'émoi.

— Polisson! répéta l'autre, en aiguisant davantage son regard.

Le Gallic flageolait sur ses jambes, médusé par l'acuité de ces prunelles métalliques. Il cherchait un échappatoire, un mot de supplication ou d'excuse. Il ne lui vint que des larmes, des larmes silencieuses d'enfant fautif, qui, ruisselant le long des joues, allaient se perdre aux deux coins de la bouche. Ladurelle, les bras croisés, le buste en arrêt, continuait de le fasciner.

— Tu as honte de toi, maintenant, misérable! Voilà donc toute la reconnaissance que tu as su trouver à mes soins... Ta forme! Ta forme que j'avais si minutieusement parachevée, voilà ce que tu en fais! Tiens, je n'ose plus te regarder... Je voudrais que tu te voies toi-même dans une glace... Tu me fais pitié...

Il y eut un silence... Le Breton pleurait, toujours immobile, comme si les ressorts vitaux s'étaient d'un seul coup brisés en lui.

— Ah! tu seras propre pour courir à Anvers!... Allons! habille-toi... Suis-moi!... Sinon, je préviendrai M<sup>lle</sup> Sibylle.

Le Gallic ne bougea pas... A une contraction plus violente des lèvres, le manager crut comprendre qu'il résistait.

— Ah! tu dis non?... Tu oses dire non?... Oublies-tu qui je suis?... Sais-tu quels droits j'ai sur toi?... Plus que ceux d'un père ou d'un tuteur... Je suis ta propre volonté, je suis ton âme.

Une tête de femme brune, les cheveux dénoués, apparut sur la rampe de l'escalier, derrière une portière qui abritait son corps dévêtu.

— Yvette! Yvonetto! appela doucement la voix chantante de Farminia.

Ladurelle comprit qu'il fallait brusquer les choses, éviter la scène à trois où le courage de son poulain serait mis à une trop rude épreuve. D'un geste de décision rapide, il enleva son veston, le fit endosser à Le Gallic.

— En route! ordonna-t-il, et il poussa l'infortuné devant lui par les épaules.

L'Italienne appelait ses gens.

— Mon Yvonetto! Mon mignon!... qu'on me vole! *Ladrone!... Agarra!...* A l'assassin!...

Mais déjà les deux hommes étaient au bout de l'allée, et un fiacre qui passait les emporta.

## XIII

A Anvers, le surlendemain, Yves Le Gallic ne figura pas dans les deux manches de son match contre un coureur brabançon qui ne le valait pas. Ce fut, pour tout le monde du cycle, une stupeur indescriptible, un de ces affolements universels qui suivent dans les capitales l'annonce d'un désastre à la frontière. Les feuilles vélocipédiques parurent avec de grandes manchettes, en lettres hautes de cinq centimètres : LE GALLIC BATTU ! Mais un mot d'ordre avait été donné partout. La presse attribuait bienveillamment cet échec à un soi-disant commencement d'angine dont le champion aurait été atteint dans la semaine.

Aux bureaux de l'*Atalante*, tout le personnel semblait consterné. M. Tarral allait et venait, affairé, bilieux : tel un armateur qui vient d'apprendre la perte de ses vaisseaux. A l'*Espérance*, le dimanche soir, dès l'affichage de la dépêche, les parties de manille avaient cessé. On ne s'occupait que de cette nouvelle, on la commentait de cent façons. Les jaloux disaient : « C'était une réputation surfaite. Il a bénéficié d'un moment de forme extraordinaire, voilà tout. » Et des ambitions, depuis longtemps découragées, se réveillaient : on établissait des pronostics nouveaux sur les résultats possibles du Grand Prix de Paris dont la date approchait. Cependant, les plus perspicaces, se souvenant de l'escapade récente, répondaient que la défaite avait paru trop complète pour être exacte, qu'il fallait voir là non une déchéance définitive, mais simplement une de ces éclipses accidentelles comme il s'en produit dans la carrière des plus brillants sprinters. « Il retrouvera bien vite sa forme. Qu'on recoure le match après demain et il réglera son adversaire aussi facilement qu'il l'eût fait jadis. »

D'ailleurs, quand on les revit le mardi, Ladurelle et lui, à la séance d'entraînement, la physionomie du manager, les explications qu'il fournit à tout venant, corroborèrent cette favorable opinion.

— Je le savais battu d'avance... La dernière *galette* aurait eu raison de lui ce jour-là. Nous sommes allés courir pour tenir un engagement... Aujourd'hui, regardez comme il marche ! Dans quarante-huit heures, je l'aurai remis à point.

Au fond, Ladurelle se consolait aisément de l'insuccès. Il y avait peut-être même contribué, le diable d'homme, avec un de ces philtres mystérieux qu'il composait selon les nécessités. Cette défaite était une leçon salutaire pour son élève. Vainqueur, ne serait-il pas retourné bien vite à ses errements ? En outre, l'incertitude que l'événement laissait dans le public des vélodromes facilitait des matchs fructueux. Les directeurs exploitaient la chose savamment dans leurs communiqués à la presse. Ils grossissaient l'importance de la défaite pour souligner l'aléa des futures rencontres. Le Gallic vaincu à Anvers, c'est sa suprématie sur tous nos concurrents de tête remise en question. Marmandier qui vient de triompher, en se jouant, à Lyon et à Bordeaux, est dans une forme admirable. Il espère prendre sa revanche sur le « terrible Lannionnais ». Les connaisseurs qui ont vu les deux hommes à l'exercice, cette semaine, les estiment actuellement très près l'un de l'autre. Beaucoup penchent même pour Marmandier. Le match de dimanche sera le spectacle le plus émouvant de l'année : il donnera une indication définitive pour le Grand Prix, etc.

Le temps fut magnifique le dimanche, et l'affluence énorme. On refusa deux mille personnes aux guichets du vélodrome. Le Gallic lâcha Marmandier dans la ligne d'arrivée avec sa maëstria des beaux jours, et comme Ladurelle avait fait assurer par traité un tiers de la recette à son poulain, comme les choses se répétèrent exactement de la même façon, la semaine suivante, pour un nouveau match Le Gallic-Jaas Daal, l'échec d'Anvers devenait une excellente spéculation.

Le Breton, pour bien confirmer sa réhabilitation, battit en piste quelques-uns de ses anciens records. Il empochait ainsi en quinze jours près de vingt mille francs. Et le chiffre d'affaires de l'*Atalante* montait, montait toujours, et M. Tarral, ayant oublié les angoisses de la veille, prodiguait à son entourage ses sourires d'homme heureux.

## XIV

Jamais, de mémoire de Lannionnais, on n'avait vu telle physionomie à la ville. Les fenêtres étaient pavoisées ; les côtres et les bricks amarrés aux quais du Guer arboraient à leur mâture banderolles et pavillons. Bien que le calendrier n'attribuât à ce dimanche-là aucune désignation de grande fête, les femmes exhibaient, dès sept heures du matin, leurs plus beaux atours, comme pour quelque jour de Pâques, de Pentecôte ou de pardon. Toutes les auberges avaient leurs chambres retenues depuis huitaine ; on avait dû même, chez certains hôteliers, improviser des lits sur des tables de billard. Partout, dès le soleil levé, des cyclistes circulaient, s'interpellaient avec un air d'importance et d'affairement, comme à l'attente de quelque événement considérable. Il en sortait de chaque venelle, de chaque porte. On s'en montrait sur les bancs du mail qui avaient dormi là, à la belle étoile, un bras passé sous le guidon de leur machine. D'autres, arrivés avec l'aube de Tréguier, de Lézardrieux ou de Paimpol, s'agenouillaient dans les coins de rue, pour essuyer une chaîne, polir un cadre. Tous portaient à la boutonnière ou à la casquette l'insigne des pédalistes. La P. L. avait progressé depuis un an. Elle comptait maintenant plus de six cents adhérents, répartis sur toute la surface de l'arrondissement. De ces six cents et plus, aucun n'avait voulu manquer à l'appel, ce jour-là. Lannion célé-

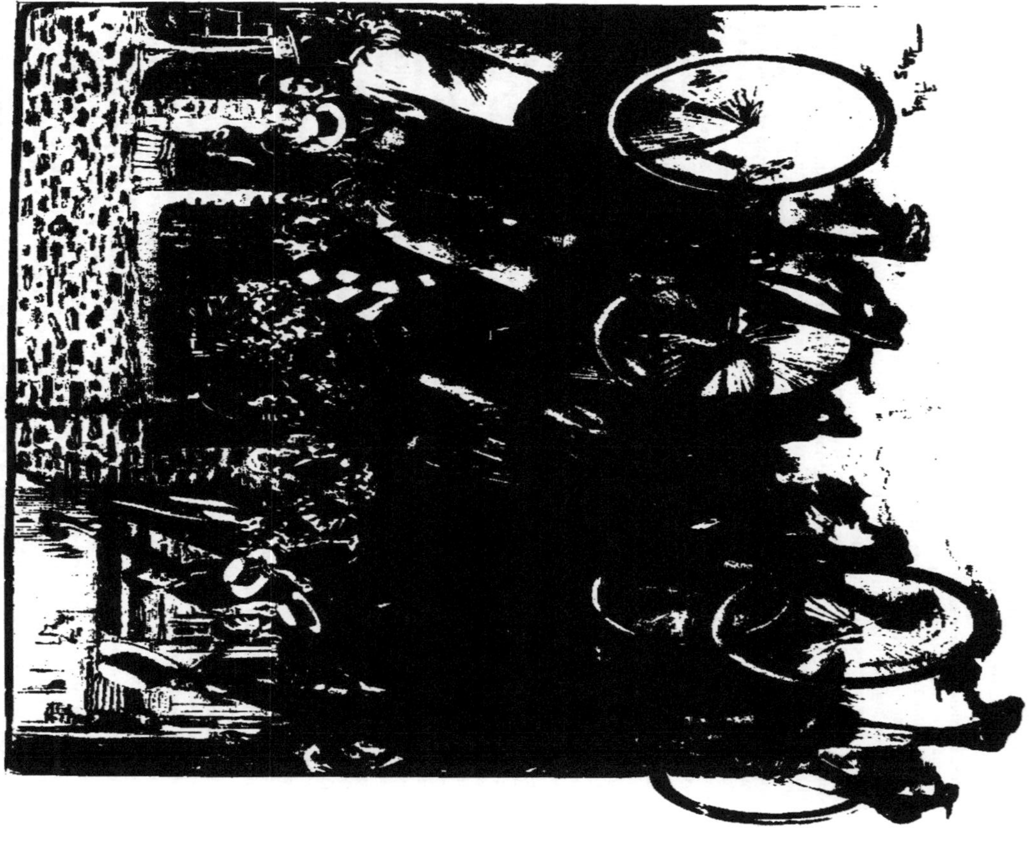

brait mieux qu'une fête patronale ou qu'une solennité de centenaire ; Lannion donnait une réunion de courses vélocipédiques sur les quais du Guer, et, du train de Paris, devaient descendre, à huit heures, Yves Le Gallic, champion du monde, et son manager Edouard Ladurelle.

La popularité de Le Gallic dans son pays natal s'était singulièrement accrue depuis quelques mois. D'abord un de ses grands succès parisiens, survenu le jour même des élections municipales et annoncé aux Lannionnais par télégramme dans l'après-midi du vote, avait assuré au dernier moment le triomphe de la liste Jézéquel ; un certain nombre d'abstentionnistes s'étaient en effet décidés, sur le coup de cinq heures et demie, à jeter un bulletin dans l'urne pour des candidats dont l'un, tout au moins, devait avoir contribué efficacement à l'éclosion de cette gloire locale. M. Jézéquel, de ce fait, devenait maire. Son premier acte d'autorité fut la révocation de M. Libouban. Il y avait entre eux des rancunes personnelles. D'ailleurs, le mépris que Libouban professait ouvertement pour la bicyclette n'eût permis en aucun cas de le maintenir dans ses fonctions près d'une assemblée municipale élue par les péélistes. Le Championnat du Monde, gagné quatre mois plus tard par Le Gallic à Birmingham, avait achevé l'effervescence générale. On a gardé la haine de l'Anglais, en Bretagne. Cette victoire de Le Gallic, sur le territoire même de l'ennemi, semblait quelque chose comme la revanche de Trafalgar. Aussi, toute la population s'était-elle concertée pour faire à son héros une réception digne de lui...

Huit heures ont sonné à l'horloge de la mairie, puis à celle du Palais de Justice. Le train est annoncé avec dix minutes de retard. Sur toute sa longueur, l'allée de la Gare est envahie par le flot cycliste. Quelques-uns se sont nissés sur les barrières, ont grimpé aux arbres, pour mieux voir. Deux orphéons, bannière en tête, sont massés à gauche et à droite du quai d'arrivée. Dans l'espace intermédiaire, le conseil municipal a pris place, mêlé aux grands dignitaires de la P. L. ; M. Jézéquel est ceint de son écharpe. Des petites filles, vêtues de bleu, de blanc ou de rouge, portant des bouquets aux trois couleurs, forment un peu plus loin un groupe charmant et animé. Les pompiers en tenue font haie devant la sortie des voyageurs. M. le sous-préfet a cru pouvoir s'associer officieusement à la manifestation, à cause de l'intérêt républicain qu'elle comporte. Il se promène en feutre mou dans le jardin du chef de gare avec M. le juge d'instruction, chaque jour plus épris du cyclisme, et deux ou trois autres fonctionnaires importants. On a corné dans le lointain... Attention !... Une locomotive a sifflé... Le roulement du train se rapproche !... Toutes les poitrines sont haletantes ! « Les voici ! Les voici ! » Quand la locomotive ralentie parvient à hauteur du premier orphéon, sur un signal échangé entre les chefs d'orchestre, quarante instrumentistes, aux deux extrémités du quai

attaquent la *Marseillaise*. Dehors la foule s'entasse, piétine et crie.

Le train s'est arrêté. A la portière d'un wagon-salon, on a reconnu la tête brune du champion. Le Gallic, maintenant, est frisé au petit fer, il porte monocle. Il y a un moment d'hésitation, et presque de déception. Mais vite tout le monde a fait cette réflexion que le champion désormais est une sorte de personnage d'Etat ; M. le Président de la République, qui a visité la Bretagne, une de ces dernières années, jouait du monocle pareillement. Le premier mouvement de surprise ne sert qu'à fomenter ensuite l'enthousiasme. C'est un vacarme d'acclamations étouffant le bruit des cuivres. Deux officiels se sont précipités vers le marchepied. Ils aident Le Gallic à descendre. Le Conseil municipal, d'après un protocole minutieusement réglé, s'avance sur deux rangs. M. Jean-Marie Jézéquel étreint violemment le jeune et illustre voyageur, s'essuie les yeux, tire de sa poche une feuille de papier qu'il déplie, et, repris par la dignité de ses fonctions, tandis que le papier tremble entre ses doigts, lit un petit speech de bienvenue qu'a composé l'instituteur. Les mots « gloire, renommée, fierté nationale » y sonnent aux fins de phrase. Il y a aussi une longue période à la louange du manager. M. Jean-Marie Jézéquel la débite avec une intonation plus sourde et un regard d'instinctive méfiance vers le destinataire.

Toute l'assistance pousse des vivats. Puis un nouveau silence se fait et cent regards sollicitent la réponse de Le Gallic. Mais Le Gallic est aphone d'émotion. Il peut à peine sourire. Et puis, pendant l'allocution de son ancien mentor, il a reconnu là-haut, à la fenêtre de madame la cheffesse de gare, Sibylle, qui lui envoyait des signaux attendrissants, et le patron Ruello qui pleurait. En raison de ses opinions notoirement réactionnaires et du caractère plus républicain que sportif de la cérémonie, M. Ruello avait cru devoir s'isoler des officiels. Le Gallic ne fait que serrer les mains tendues, embrasser les fillettes qui lui offrent leurs bouquets, ou manier gauchement le cordon de son monocle. Mais Ladurelle a tout prévu ; d'un geste discret, il a laissé comprendre que le soin de répondre lui incombait. Avec une netteté d'organe parfaite, une admirable précision de termes, en homme accoutumé à ces sortes de représentations, il remercie la municipalité et la population lannionnaises. Il termine sur une vibration vraiment oratoire que soulignent des salves formidables de bravos, et M. le sous-préfet, qui s'est rapproché pour écouter, échange avec M. le juge d'instruction un petit hochement de tête, approbatif et convaincu. La vélocipédie possède en ce Ladurelle un homme précieux, évidemment très supérieur à la moyenne des fonctionnaires républicains.

On sort. Une calèche de louage attend derrière la gare. La capote en est aussitôt chargée de fleurs et de palmes. Au milieu d'un enthousiasme désordonné, M. Jean Jézéquel monte dans la voiture avec le champion. Ladurelle et le premier adjoint prennent place vis-à-vis d'eux sur la banquette. Les fanfares, à présent, jouent l'*Ann hini goz*, l'air populaire de l'Armorique. Le cortège va se mettre en route pour la mairie où une collation est préparée, mais déjà le coch r n'est plus maître de ses chevaux. Les péélistes se sont précipités sur l'attelage : en moins d'une minute, les harnais sont enlevés, des bras robustes s'accrochent au timon, d'autres pèsent aux rayons des roues ; partout où une main peut se poser, elle coopère à la poussée, et c'est traîné par un peuple en délire que le lourd véhicule s'achemine vers la ville. Yves Le Gallic rit à chacun, de ses dents blanches, cependant que M. Jean-Marie Jézéquel et le manager Édouard Ladurelle saluent à droite et à gauche, avec la gravité bienveillante de monarques en tournée.

Devant l'auberge Guyomar, un incident se produit. Le cortège est contraint de faire halte. C'est un premier accroc au programme. Mais Pierre Guyomar, institué par la mort de son père propriétaire de l'auberge du pont, avait improvisé le matin même, devant sa porte, une estrade agréablement ornée de feuillages, de banderolles et d'écussons cyclistes. Une grande toile peinte, accrochée au premier étage de l'immeuble, représentait Yves Le Gallic, d'après ses photographies les plus répandues, avec le maillot aux armes nationales. Un vin d'honneur était servi. Le recordman dut descendre de voiture, et porta lui-même, au milieu de l'indescriptible brouhaha, la santé de l'ancien professionnel Guyomar, devenu limonadier et conseiller municipal de Lannion : Guyomar lui étreignit les mains impétueusement devant la foule. Ce vin d'honneur consacrait la réputation de sa maison dans le monde de la P. L. Quand le cortège eut repris sa marche vers la mairie, précédé par les orphéons, un adolescent grêle, portant à sa visière l'insigne des péélistes, se glissa jusqu'à l'estrade. Il recherche le verre où Le Gallic avait posé ses lèvres, et, mu sans doute par quelque reste de superstition celtique, acheva de le vider d'une gorgée rapide : puis, profitant de l'inattention générale, il brisa le pied du verre, avec un coup sec, donné du pouce, horizontalement, et dissimula les deux tronçons dans une touffe de feuillages. Cela fait, Jean Kerjan rejoignit le gros de la foule ; elle s'écoulait lentement par la rue des Augustins. Il se prodigua en hilarité tapageuse, comme si réellement ces deux gouttes de vin blanc, dérobées au fond d'un verre, l'avaient enivré pour tout le jour.

Les courses, commencées à deux heures précises, furent terminées à cinq. Le Gallic, personne n'osant affronter le ridicule de se mesurer avec lui, effectua ce que les Américains appellent une course « exhibition », c'est-à-dire qu'il couvrit seul, au meilleur train que la conformation du terrain pouvait permettre, une distance déterminée, en battant, bien entendu, les records locaux. Une tribune avait

été dressée sur la Levée-du-Tribunal, pour les officiels. Les assistants se rappelèrent une cérémonie déjà ancienne, moins brillamment organisée que celle-ci et pourtant par bien des détails presque identique, en fin de laquelle un gars au pantalon de treillis, le torse moulé dans son maillot de mitron, avait reçu après la lutte la première poignée de main édilitaire. En revoyant aujourd'hui le pauvre hère d'antan, devenu célèbre, faire son cavalier seul au milieu de cette cohue contemplative et recueillie, les plus sceptiques ne pouvaient réprimer un petit frisson religieux. Sans doute aussi le champion, en poussant sa resplendissante *Atalante* dans les tournants défectueux du pont de Kermaria et du pont Sainte-Anne, se souvint-il de la vieille bécane aux maigres pneus et d'autres choses encore dont l'évocation soudaine émouvait sa mémoire, car dans l'effort même de sa vitesse, sur sa physionomie d'abord souriante d'aise et de vanité, une expression de mélancolie rêveuse s'était peu à peu répandue. L'*Ann hini goz* et la *Marseillaise* résonnèrent une seconde fois, puis on disputa les diverses épreuves du programme : le petit Kerjan se les adjugea toutes successivement avec une facilité dérisoire.

On arrivait au terme de la réunion. Le Gallic, assis au premier rang de la tribune, à droite de M. Jézéquel, suivait silencieusement, d'un regard noyé, les luttes qui se déroulaient devant lui. Tout à coup, un remous se fit dans la foule, du côté de l'allée de la Gare et du pont Sainte-Anne. Un prêtre à barbe noire, jeune encore, la douillette au vent, franchit le cordeau qui contenait le public et, sans que les commissaires préposés à l'évacuation de la piste crussent devoir donner un ordre pour le retenir, s'avança d'un pas délibéré vers la tribune. Il avait une soutane maculée de poussière, sur laquelle s'étalait le ruban violet d'une décoration académique. Son bréviaire sous le bras droit, il prodiguait de la main gauche des saluts amicaux. De toutes les bouches, sur son passage, sortait une exclamation, familière ou goguenarde. Ceux-ci l'appelaient : le chanoine Marzin, ceux-là, plus camarades : « Ludovic » tout court. Lui, s'arrêtait à chaque pas, attardé par un besoin de paroles, un souci évident de popularité.

— Je suis en retard... J'arrive de Brest, où je souhaitais la bienvenue à mes amis de l'escadre russe qui y ont fait escale ce matin. Mais, quoique franco-russe, ajoutait-il, et malgré mes sentiments personnels pour Sa Majesté Nicolas II, je me suis souvenu que j'étais Lannionnais avant tout et j'apporte ma bénédiction sacerdotale au plus glorieux enfant de notre arrondissement.

Un murmure d'acquiescement presque général couvrit les quolibets de quelques incrédules. Le prêtre barbu parvint enfin devant la tribune, se présenta lui-même au recordman ; tête nue, obséquieux, prolixe, dans un fatras d'hyperboles, avec de perpétuelles digressions vers M. Jézéquel ou vers le grand manager national, Edouard Ladu-relle, il parla... il parla. Le Gallic écoutait. Une imperceptible ironie tenait plissées les lèvres du manager. L'abbé bavardait encore, quand une sonnerie de départ annonça la clôture du meeting. L'abbé prit alors sous son bras celui de l'ancien mitron, et, acceptant sa part des acclamations péélistes, le reconduisit jusqu'à la maison Ruello où il logeait.

Le lendemain, des cérémonies plus intimes, mais non moins flatteuses pour son orgueil, attendaient Yves Le Gallic. Les péélistes organisèrent une façon de pèlerinage à Pleumeur-Bodou, à la chaumière qui vit naître le jeune héros. On vint le prendre au lit à son réveil, et on l'emmena.

Le trajet se fit gaiement. Il existait depuis peu, à Lannion, un hymne pééliste, sur l'air connu de la *Paimpolaise*. Après chaque couplet chanté par Ropers, les excursionnistes reprenaient en chœur le refrain :

> Sur notre *Atalante* légère,
> Le Gallic et moi, nous pilons.
> La vitesse qu'il me suggère
> Rendrait jaloux les aquilons !

A vrai dire, l'aquilon, ce matin-là, n'eût guère pu jalouser l'allure plutôt somnolente des péélistes, mais il porta jusqu'à la rade de Perros l'écho scandé de cinquante voix puissantes.

> Sur notre *Atalante* légère...

Le Gallic, orphelin de bonne heure, ne possédait plus de famille à Pleumeur-Bodou. La chaumière de ses parents, achetée par des étrangers et réchampie à neuf, abritait maintenant un débit de tabac. Mais on rechercha partout quiconque avait pu connaître son enfance. Une vieille femme fut découverte qui lui avait prêté le sein pendant quinze jours. Elle était sordide et repoussante, avec un goître et un bec-de-lièvre. Cette difformité labiale lui valait dans le pays le surnom de *la Gueno*. On la contraignit d'embrasser son ancien nourrisson ; on lui fit raconter des anecdotes sur les premiers ébats du marmot. Yvonnic avait été un enfant tardif. A vingt mois il ne savait pas encore marcher. Mais il s'était bien rattrapé depuis avec ses pédales !... On les porta tous deux en triomphe dans la grande rue du bourg, vers le bureau de tabac, qui avait été jadis l'habitation des Le Gallic. Là, une pièce de vers de circonstance fut dite par le poète Allan-Soisbault, une autre notabilité lannionnaise.

— J'avais, dit Allan-Soisbault, sollicité pour la circonstance le concours de mon ami Pierre Monet, qui doit créer, le mois prochain, le premier rôle de mon drame au Théâtre-Français. Il me télégraphie qu'il est souffrant. Je lirai donc la pièce moi-même.

Et, avec une suffisance emphatique, le poète Allan-Soisbault récita son ode. Elle était écrite en vers médiocres et d'une déplorable indigence de rimes ; mais l'intention sauvait tout. On applaudit avec émotion, et le champion, bien que peu versé dans les choses littéraires, se montra touché jusqu'aux larmes.

Rien ne ressemble plus à un Provençal qu'un Lannionnais. Ce caractère pourrait se retrouver dans d'autres petites villes bretonnes, mais, à Lannion, l'analogie est particulièrement saisissante. L'immigration espagnole du seizième siècle, au temps de Mercœur et de la Ligue, — immigration qui a laissé dans toute la région, surtout vers Tréguier, des traces si durables, — n'est peut-être pas étrangère à ces manifestations aiguës de méridionalisme mental. Peut-être aussi doit-on chercher une cause plus générale dans certaine évolution très intéressante de la nature celtique. Les Bretons sont et demeureront, quoi que l'on fasse, un peuple de simples et de primitifs. Ceux de la campagne ou de la côte, le laboureur et le marin, indemnes encore de notre gangrène moderne, ont conservé l'âme bonne, naïve et religieuse de leurs pères. Cette âme, le service militaire obligatoire, le séjour sur les bateaux de l'Etat ou dans les agglomérations populeuses n'est pas parvenu à l'entamer efficacement ; au retour, la Bretagne les a repris tout entiers. Mais les gens des petites villes, les demi-citadins, les demi-instruits, mis en contact trop prompt avec une civilisation complète qu'ils n'étaient même pas aptes à recevoir par fragment, subissent d'étranges altérations dans leurs qualités natives. Avec l'orgueil des races paresseuses, chez lesquelles la contemplation intérieure supplée à l'initiative pratique, mille germes néfastes se sont développés dans l'individu.

Les croyances religieuses entamées ou disparues ont fait place très fréquemment à un anti-cléricalisme farouche ; pourtant l'âme idéaliste subsiste quand même. Le mysticisme, cet aliment nécessaire à l'intelligence bretonne, devient, dans l'oisiveté perverse des chefs-lieux, une absorption plus complète de l'être par sa propre vanité. Ceux chez lesquels l'imagination prédomine ne tardent pas à s'isoler du monde réel pour vivre dans une atmosphère d'auto-suggestion et de mégalomanie convaincue. La bonne foi candide de leur entourage, ou même seulement une exaspération générale des glorioles de clocher se fait complice de ces vantardises privées, attise ces petits foyers de folie.

*(A suivre).*

Un homme comme le poète Allan-Soisbault affir-
mera qu'il a une pièce en répétition au Théâtre-
Français, trois romans attendant leur tour dans
les plus grandes revues de la capitale, que l'Aca-
démie sollicite sa candidature ; un autre, comme
le chanoine Ludovic Marzin, pourra répéter à dix
mille personnes qu'il a été présenté au Czar à Paris
par le Président de la République, et que, depuis,
toutes les frégates russes en escale à Brest lui font
fête, ils se le persuadent et le persuadent aux autres
sans provoquer, la plupart du temps, un seul sourire d'incrédulité. C'est à croire qu'un peu de mis-
tral souffle sur les rives du Guer. Mais, à la différence de ceux du Midi, qui au fond se savent des
menteurs, les Tarasconais de Lannion, blagueurs
ou gobeurs, sont sincères, intimement sincères, et
leur apparente déséquilibration cérébrale ne pro-
vient sans doute que d'une âme restée fruste, avec
cette étrange déviation de la mysticité vers l'orgueil.

Dès qu'un voyageur de marque était signalé dans
l'arrondissement, Allan-Soisbault et le chanoine
Marzin (chanoine honoraire de la cathédrale d'Erzeroum), chacun de son côté, se mettaient en route,
le joignaient à une table d'hôte, le forçaient à la
conversation, extorquaient même au besoin une
carte de visite, dont l'exhibition leur valait ensuite
à Lannion une recrudescence de prestige. Le chanoine Marzin produisait ainsi des autographes
d'actrices ou de demi-mondaines, en villégiature
dans ces parages, et dont il avait quêté l'offrande,
disait-il, pour ses bonnes œuvres. Lorsqu'il en rencontrait une, en public, il affectait de l'escorter
avec le plus humble respect. Cette absence de
préjugés plaisait aux radicaux du cru, qui le pro-
posaient à l'exemple du clergé dans leur journal,
comme le type du « prêtre de l'avenir ».

Malheureusement, quoique aucune interdiction
définitive n'eût encore été formulée contre lui par
l'évêché, un mot d'ordre échangé entre les recteurs
de paroisse lui défendait presque partout l'accès
des autels, dès qu'il s'y présentait pour officier.

De telles gens ne devaient pas perdre l'occasion qui leur était offerte par Le Gallic de se
mettre en évidence. N'ayant pu — M. Jézéquel était
un maire d'esprit à ses heures — obtenir de figurer
officiellement dans les fêtes, l'un et l'autre, et à
l'insu l'un de l'autre, s'y étaient ménagé une intrusion théâtrale. L'abbé Marzin débarquait de
Brest, au milieu des courses « tout chaud encore
— selon sa propre expression — de l'accolade de
ses frères les popes aumôniers ». Le poète Allan-
Soisbault avait habilement suggéré aux péélistes
l'idée, tenue secrète jusqu'à la dernière minute, de
la cérémonie privée à Pleumeur-Bodou : elle lui
permettrait le placement d'une ode dont les typo-
graphes de l'*Echo de Lannion* possédaient le texte
depuis quinze jours.

Les applaudissements qui avaient accueilli les
dernières redondances du barde venaient de cesser.
Bertrand Jégou et Pierre Guyomer, s'instituant les
interprètes du comité, invitaient tous les péélistes
à les suivre dans l'église, pour saluer les fonts sur
lesquels le grand homme avait été tenu à son bap-
tême, lorsqu'un nouveau manifestant apparut à
l'entrée du bourg. Il arrivait sur une bécane de
rebut, dont la roue d'avant mal dirigée décrivait,
parmi les cahots de la route, une succession d'S
inquiétante. La soutane noire, gonflée par le vent
d'ouest, battait l'arrière de la machine, comme
une voile dont l'écoute aurait cassé. C'était le
chanoine Ludovic Marzin. Il avait appris au
Mar'hallac'h le projet des péélistes, cinq minutes
après leur départ ; mais le temps de louer une bicyclette rue Geoffroy-de-Pontblanc, et il était déjà à
leur poursuite. Les lauriers d'Allan-Soisbault fouet-
taient sa verve envieuse. Pédaleur novice, il avait
mis une heure et quart à franchir la distance qui
sépare Lannion de Pleumeur. On lui fit un succès.
Il montait justement cette vieille marque *Abadie*,
sur laquelle Le Gallic s'était, la première fois,
illustré : en raison de son inexpérience visible,
M. Jean-Marie Jézéquel n'avait point cru devoir
lui louer une autre machine, certain qu'un accident, même grave, ne diminuerait pas la valeur
historique de celle-ci. Le chanoine, au départ, ignorait sa bonne fortune. Mais quand Bertrand Jegou,
premier clerc de notaire maintenant, Le Hir, Ropers et Le Gallic lui-même eurent vérifié devant
lui l'identité du « clou », il se confondit en grandi-
loquences filandreuses. « C'était, avec la poignée
de main de S. M. Nicolas II, le plus bel événement
de sa vie. Jamais pareil souvenir ne s'effacerait. »

Dès qu'on fut sorti de l'église, M. l'abbé Marzin,
de sa main levée, arrêta les péélistes et leur signifia
de faire cercle autour de lui, sous le porche. Lui
aussi, l'homme universel, il avait des vers à réciter.
Il venait de les composer sur la route, tout en pédalant. C'étaient des vers russes !... Les méchantes
langues — et il y en a partout, même à Lannion —

prétendent que le chanoine honoraire d'Erzeroum ne connaît de russe que trois mots : *Bojé Tsara Krani*. Peut-être tout son vocabulaire n'était-il fait que de cette demi-douzaine de syllabes, diversement juxtaposées : — Nitsa bora krajé, rakra jéni tsabo... Les Lannionnais crurent comprendre que Le Gallic avait du génie dans ses sabots de courses, et ils s'exaltèrent à cet énigmatique débit.

Seul, Ladurelle clignait de l'œil avec sa malice de faubourien.

— A présent, fit Pierre Guyomar, qui dirigeait l'expédition, si nous allions déjeuner à la grève !

La grève n'est éloignée que d'une lieue et demie environ. Du plateau que domine Pleumeur-Bodou, on peut descendre à l'ouest, vers Trebeurden, ou au nord, vers Trégastel. A la majorité des suffrages la seconde plage fut choisie. Trégastel est le pays des mégalithes, des entassements de roches surprenants. Les masses monstrueuses de granit affectent des formes d'animaux fabuleux accroupis sous l'embrun, ou bien se superposent les unes aux autres avec des points de support si fragiles en apparence qu'elles semblent défier toutes les lois de l'équilibre. On avisa une guinguette en planches dont la toiture goudronnée faisait une tache noire sur la dune. On eût dit plutôt une sardinerie qu'un restaurant. D'ailleurs, les innombrables détritus de cuisine amoncelés tout autour, depuis de longues saisons, maintenaient aux abords de la cabane une atmosphère d'exhalaisons fortes, — poissons gâtés ou légumes pourris. Mais il faut se contenter de peu, dans ces régions de la Bretagne pétrée.

— Zules, avait opiné Guyomar, saura bien nous improviser un déjeuner somptueux.

« Zules » était le prénom du Vatel zézayeur qui allumait chaque été ses fourneaux dans cette baraque. Il y traitait, côte à côte, à des tables en plein air, touristes et postillons. Zules, comme le chanoine Marzin, comme le poète Allan-Soisbault, était une des gloires du pays. On vantait ses crabes à l'américaine, ses homards farcis, et sa façon d'orner un plat de galantine avec des rondelles de carottes ou de navets, découpées en forme de camélias.

On appela le gâte-sauce, un homme jeune et bedonnant qui affectait une certaine coquetterie dans le port de la toque et dans le retroussis du tablier ; il avait la physionomie souriante et grassouillette, une légère moustache brune, des yeux ronds très noirs, — des yeux d'andalou, à fleur de tête. On pouvait lire sur ce visage autant de bonhomie que de prétention, et l'on sentait que, sous ses dehors d'affable humilité, l'homme gardait une conscience très nette de sa valeur culinaire, comme de sa beauté physique.

Quand il sut quels personnages illustres il était appelé à servir, il s'extasia, la bouche en cœur, protesta du grand honneur qu'on lui faisait, demanda un délai de trois quarts d'heure pour préparer un déjeuner digne de tels hôtes.

Le repas fut prêt à la minute dite. Une grande table avait été dressée, devant la mer, pour les vingt-cinq excursionnistes. Zules dans la circonstance se surpassa. Le crabe à l'américaine, le homard farci furent tout à fait du goût de Ladurelle, qui témoigna à plusieurs reprises de sa profonde satisfaction.

Au dessert, on échangea des toasts. Le chanoine Marzin et Allan-Soisbault en prononcèrent au moins quatre chacun, très appréciés.

L'extraordinaire faconde de ceux-ci, l'orgueilleuse naïveté de tous, égayaient et déconcertaient Ladurelle, quelque habitué qu'il pût être aux exagérations du monde vélomane. Depuis la veille, il voulait « se payer la tête » d'un Lannionnais. Zules se présenta à point. Le cuisinier, roulant l'une dans l'autre ses mains chargées de bagues, s'était approché de lui, le repas terminé, avec un petit air confit et satisfait.

— Ze suis flatté, oh ! ainsi ze peux pas dire comme ze suis flatté ! Une personne tellement célèbre honorer ma pauvre cabane ! Monsieur Edouard a-t-il été content du déjeuner ?

— Comment donc, mon ami ! absolument enchanté !

— Alors monsieur, quand il sera à Paris, m'enverra des clients. Ze les soignerai bien comme il faut. Ze fais aussi de la bicyclette, moi, monsieur Edouard.

Le manager prit un visage grave et une pose de réflexion. Il avait remarqué, durant le repas, un certain coup d'œil envieux, décoché par le cuisinier vers le chanoine Marzin. Ces deux renommées se portaient-elles ombrage l'une à l'autre ? Le chanoine exhibait à sa boutonnière, comme toujours, un ruban violet, éclatant et neuf, aussi large qu'une rosette. Ladurelle se leva, appuya ses deux mains sur les épaules de Zules.

— Monsieur Zules, dit-il, en forçant sa voix de manière à être bien entendu de tous, je prétends faire mieux que cela pour vous. Ma situation m'a valu quelque influence près du gouvernement. Il y a des hommes éminents dans toutes les professions, monsieur Zules. Votre crabe à l'américaine pourrait être classé parmi les chefs-d'œuvre de l'art culinaire. Dès mon retour à Paris, je m'occuperai de vous faire décerner les palmes académiques. Elles ne seront pas plus mal placées sur votre poitrine que sur telle autre.

Zules joignit les mains sur son cœur, écarquilla les yeux, et, dans cet accent des Côtes-du-Nord qui rappelle si étrangement l'accent du Midi, il zézaya :

— Vraiment ! monsieur Edouard ! ze serais fier alors... si vous obteniez ça. Oui, ma Doué ! ze serais fier !...

Puis, du revers de sa manche en toile, Zules essuya une larme de vanité heureuse. Ils pleurent si facilement à Lannion !.. Il avait cru !... Et tous les péélistes, en le félicitant, croyaient déjà comme lui !...

LE RECORDMAN

## XV

Cette âme lannionnaise des Allan-Soisbault, des Ludovic Marzin ou des « Zules », âme simple, béate, mais si facilement accessible aux pires démences de la vanité, Yves Le Gallic aussi la portait en lui. Le souvenir de son infériorité première, cette sorte de dépression morale qu'un brusque dépaysement produit sur des natures craintives et incultes, l'état de presque sujétion dans lequel le maintenait la main de fer de Ladurelle, avaient retardé longtemps l'éclosion du mal d'orgueil.

S'il s'était manifesté quelquefois, dès les débuts, ce n'avait été que sous la forme de crise passagère, vite corrigée par des appréhensions instinctives ou par les retours de la timidité originelle. Mais de plus forts que lui ont-ils résisté à cette tentation que le public et la presse apportent chaque jour aux lutteurs du cycle! Pour un Luc Morel qui restera simple et judicieux, pesant l'inanité de sa propre gloire, combien d'autres ont laissé leur âme dériver sans frein sous l'affolante poussée des éloges immodérés!

Jamais dans les théâtres, pour les acteurs en vogue, ni dans la rue, aux époques d'effervescence, sur le passage des hommes populaires, il n'avait entendu ces furieux applaudissements qui, d'un bout à l'autre des vélodromes, saluaient, dans toute l'Europe, son coup de pédale final. Des princes authentiques l'avaient traité presque de pair. Son portrait figurait aux vitrines du boulevard. Les journaux consignaient avec admiration chacun de ses actes : sans cesse un reporter était dans ses pas, et quand, une après-midi, à l'entraînement, il avait dit à Luc Morel qui sprintait à côté de lui : « Vois si j'ai le sourire en emballant! » le mot, surpris à la volée par un échotier sportif, fut commenté pendant quinze jours comme quelque chose de prodigieux, digne de l'âge héroïque. En première colonne des feuilles roses et vertes, les « compétences » publiaient de longues études où son mécanisme musculaire était décrit avec le même sérieux et le même soin qu'eût mis un phrénologue à l'examen du crâne de Napoléon ou de Victor Hugo.

On disait de son coup de pédale qu'il était intraduisible, comme le génie. On n'imprimait même plus son nom dans certains comptes rendus : on le remplaçait par un pronom en capitales. « A la sortie du dernier virage, un maillot clair apparaît en tête du peloton... C'est LUI...Tout le vélodrome est debout!... IL passe... IL gagne!... etc. » Il était à la fois le « Recordman » et le « Champion », celui qui, courant seul, crée des vitesses et qui, à la lutte, bat tout le monde.

Un jour, au vélodrome d'Auteuil, comme l'exaltation montait à son paroxysme et qu'on semblait chercher des formules d'acclamation, un spectateur fanatique lança : « Vive l'Empereur! » et vingt mille voix, dans la folie d'engouement, répétèrent ce cri. Cependant, la sagesse de Ladurelle savait presque toujours ramener ces démonstrations à leur vraie portée dans l'esprit de son élève et tempérait à point le sentiment qu'il en pouvait concevoir.

La fugue chez la comtesse Farminia marqua le début d'une évolution décisive dans l'âme d'Yves Le Gallic. Cette sensation d'indépendance qu'il avait eue si complète pendant quelques heures, les flatteries de l'Italienne, la révélation de tant de nouveautés troublantes, ce luxe et ces raffinements inconnus de lui jusque-là, tout fit œuvre pour mettre dans sa conscience un irréparable désarroi. Nulle part les germes ne se développent plus rapidement que dans l'âme celtique. Dès qu'une première idée malsaine a pénétré la cervelle d'un Breton, convaincu de son impuissance à la chasser, il la subit jusqu'au bout en fataliste.

Dès lors, Le Gallic considéra sa vie de plus haut. Toutes les griseries qui sommeillaient au fond de son être lui remontèrent à l'imagination et l'aveuglèrent. Il porta monocle, coiffa des chapeaux extravagants. Le manager n'avait plus puissance pour contenir ces fantaisies. En diplomate avisé, il laissa aller, fit sa part au mal, réservant le veto pour des circonstances plus graves : les feutres à grands bords ou les culottes trop bouffantes ne compromettent pas la forme d'un poulain.

Lannion acheva ce que la rue Spontini avait commencé. Certes, l'enthousiasme de six mille provinciaux pouvait paraître peu de chose après celui des foules triples et quadruples qui, chaque dimanche, encombrent les vélodromes parisiens. Déjà, dans les premiers temps de sa vie de champion, Le Gallic avait connu les ovations lannionaises; mais, cette fois, l'événement comportait un effet plus considérable, tant par le caractère même des manifestations que par les prédispositions nouvelles de celui qui en était l'objet. Jamais la différence entre sa condition passée et la vie présente ne s'était faite plus directement sensible pour lui. Des gens qu'autrefois il estimait socialement ou intellectuellement ses supérieurs — à ce point supérieurs qu'il eût à peine osé leur adresser la parole — s'étaient inclinés devant lui, dans une sorte d'humilité consentie. M. le juge d'instruction, sur la Levée, l'avait salué très bas. Des avocats, comme M. Coadou, le premier orateur de Lannion, des avoués, des notaires, qui figuraient dans le corps d'édilité, un poète, — Allan-Soisbault, — un chanoine, — M. Marzin, — s'affirmaient ses dévôts serviteurs ou s'instituaient ses panégyristes. Une victoire de lui avait suffi pour modifier l'échiquier électoral et porter son ancien bienfaiteur à la mairie. Il sentait vraiment ce peuple, dans toutes ses classes, assujetti à sa royauté musculaire.

Aussi quand, au retour de la grève, il se retrouva rue Geoffroy-de-Pontblanc, seul pour la première fois depuis son arrivée en tête à tête avec Sibylle, la jeune vendeuse de cycles comprit-elle, tout de suite, rien qu'à ses façons et à sa voix, qu'il n'était plus le bon Le Gallic de jadis.

Les péélistes, fatigués de pédaler ou de boire,

avaient regagné leurs domiciles. Ladurelle parcourait en flâneur qui se documente les venelles les plus curieuses de la ville haute. M. Jean-Marie Jézéquel, ayant marié le matin la fille de son premier adjoint, était, comme on dit, « de noce ».

Les mains dans sa ceinture, les jambes bien moulées par les bas de laine cachou à grosses côtes, sous la culotte de drap beige, sa casquette de piqué blanc penchant sur l'oreille, Yves Le Gallic, avec l'aisance de l'homme qui sait ce qu'on lui doit dans la maison, passait la revue des photographies ou héliogravures qui lambrissaient les cloisons du magasin. Par instants, il s'arrêtait, affermissait son monocle avec un geste de demi-bravade pour conter à la jeune fille quelque anecdote désobligeante sur Josserin, sur Marmandier, sur Hutin, sur tel directeur d'entreprises cyclistes.

Mlle Sibylle répondait par monosyllabes, distraitement, avec des sourires presque contraints qui dissimulaient mal une arrière-pensée. Assise à son comptoir, accoudée dans une pose d'abandon, qui faisait saillir délicieusement sa gorge sous la chemisette, la lèvre plus rouge, l'œil plus brillant, comme si quelque fièvre imaginative en eût avivé soudain l'éclat, elle semblait fascinée moins par la présence de l'homme que par une contemplation intérieure et meilleure sans doute. Le Gallic s'était tu. Il continuait son manège de va-et-vient dans la boutique, en sifflant entre ses dents une musique nouvelle, la *Polka du Champion*, qu'un compositeur parisien lui avait dédiée.

— C'est tout ce que vous trouvez d'affectueux à me dire? soupira Mlle Sibylle.

Le Gallic s'arrêta, rougit. Le monocle, en descendant brusquement du sourcil, vint choquer l'agrafe en cuivre de la ceinture. L'orgueil n'avait pas encore suffisamment obscurci chez lui la conscience morale pour qu'il ne se rendît point compte immédiatement de ses torts. Pendant quelques secondes, il se retrouva le mitron gauche et peureux qui, le soir, après avoir boulonné les contrevents, hésitait, en ses velléités d'aveux, devant la « demoiselle du marchand de cycles ». Mais il y avait dans l'intonation et dans la physionomie de Sibylle moins de reproche que de tendresse.

Elle vit son trouble et en eut pitié.

— Approchez un peu que je vous confesse!

— Oh! mam'zelle Sibylle, balbutia-t-il, ne croyez pas que j'aie rien oublié de vos bienfaits. Je sais que sans vous je moisirais encore dans les huches du patron Ruello.

Elle le dévisagea longuement, pour s'assurer qu'il exprimait bien là sa pensée. Sans doute, le mot qu'elle attendait — mieux qu'une affirmation de reconnaissance et d'amitié — n'était pas tombé de ses lèvres. Elle fit glisser d'un doigt agile son ruban de cou en soie ponceau, ramena jusque sous le menton le nœud, dont elle étala les plis. Elle lui découvrit ainsi une minuscule broche en or, fixant le nœud, et qui figurait un caniche, avec une ombrelle dans la gueule.

— Vous souvenez-vous de ceci? fit-elle. C'est le cadeau que vous m'avez envoyé de Paris après votre première victoire.

Il signifia par un « oui » qu'en effet il se souvenait. Elle riait, du rire troubleur qui encadrait sa bouche de trois fossettes :

— Vous rappelez-vous aussi ce que vous m'écriviez à cette époque-là?

Pour toute réponse, il se précipita sur elle, lui saisit d'abord les mains qu'il baisa fébrilement. Le sang lui cuisait les joues. Une lueur inquiétante s'allumait dans le regard. Il voulut la prendre au corps, et lui ploya les reins sur la table de palissandre. Elle se défendit, en désespérée, lui lacéra les poignets avec ses ongles, le rejeta, morfondu, hors du comptoir.

— Est-ce que je suis la femme des Chalets du Cycle?...

Elle avait scandé les mots, rageusement. Il perdit contenance et baissa le front tout d'abord, puis, quand la notion des choses lui fut revenue avec le sens des mots prononcés, il s'avança de nouveau, presque insolent cette fois.

— Qu'est-ce que vous avez voulu dire là, mam'zelle Sibylle?...

Elle ouvrit le tiroir de sa caisse, en tira des bouts de journaux verts et roses qu'elle lui tendit. Il y avait comme une volonté féroce dans ce visage de jeune fille. Yves parcourut les papiers d'un regard rapide. C'étaient les découpures des feuilles sportives qui, sans le nommer, et pourtant en le désignant clairement, racontaient son aventure de la rue Spontini; il feignit de ne pas comprendre, tenta la négation.

— Votre inconvenance présente ne devait pas m'étonner après de tels faits. Ah! où est-il, mon brave Le Gallic d'autrefois?

Elle se tenait devant lui, toute droite, avec un air de fierté et de commandement qui le confondit. Le fond de simplicité celtique reparut un moment sous cette décontenance de l'homme. Il tomba aux genoux de la jeune marchande de cycles et murmura :

— Je vous demande pardon!... je vous demande pardon!... Je ne savais pas, à l'époque, ce que je faisais. Ma Doué! c'est ce Paris qui me tournait la tête... Je vous aime bien quand même, allez, mam'zelle Sibylle!

— En Bretagne, d'ordinaire, quand on s'aime, on se le prouve autrement. Relevez-vous, Yvonnic! J'ai l'âme grande et je sais oublier... Mais il faudra que vous m'y aidiez.... et longtemps... et beaucoup!...

Il fit mille serments, gémit, s'accusa. Oh! il comprenait, bien sûr, qu'elle lui tînt grief, elle, son initiatrice au sport, d'avoir connu pour la première fois la défaite, à la suite de cette regrettable équipée... Mais la leçon lui profiterait... Il ne recommencerait jamais, jamais!...

Elle espérait mieux peut-être, une réponse plus directe qui confirmât les sentiments exprimés jadis.

Il semblait qu'un obscurcissement subit fût descendu sur cette conscience désormais hantée par l'égoïste vanité. Il ne faisait pas même allusion au chagrin plus personnel que sa faute aurait causé à Sibylle; sans doute des visées très supérieures occupaient maintenant son cœur et son imagination. Il n'avait la notion que du préjudice matériel et moral, du mal d'amour-propre qu'il s'était fait à lui-même et dont, en sa qualité de très fervente admiratrice, elle aurait subi le contre-coup.

Sibylle mesura l'étendue des changements survenus dans cette âme. Autant que l'insuffisance des excuses, la brutalité de l'étreinte, dans laquelle elle s'était meurtrie, lui révélait un Le Gallic nouveau, sous lequel l'ancien garçon de boulangerie, avec ses ingénuités timorées et ses ambitions candides, avait peu à peu disparu. Après avoir dit : « Où est-il, mon brave Le Gallic d'autrefois?... » elle eût pu ajouter : « Où est-elle maintenant dans son cœur, la Sibylle de ce temps-là?... »

La cruauté de l'évidence l'angoissa au fond de son être. Elle se tut, craignant de proférer un reproche trop cruel. A son comptoir, les deux poings fermés sous le menton, elle s'hypnotisa sur des miroitements de soleil qui jouaient, au travers des vitres, dans le guidon nickelé des *Atalante*.

XVI

Pendant ce temps, de rues en rues et de circuits en circuits, Ladurelle revenait sur la place du Centre. Des groupes discouraient devant une maison dont les fenêtres de premier étage apparaissaient décorées de feuillages et de fleurs. Le principal locataire de cette maison était M. Landouar, le quincaillier, adjoint au maire, dont le magasin, fermé ce jour-là et transformé intérieurement en salle de festin, occupait le rez-de-chaussée de l'immeuble. M. Landouar avait marié sa fille le matin même avec l'aîné des jeunes Salaün. Tout le commerce lannionnais se trouvait en liesse. M. Jean-Marie Jézéquel, après de copieuses agapes, prenait l'air sur la chaussée en compagnie de M. Salaün père, de M. Ruello, du cordier Ropers, et de M. le receveur des contributions indirectes. Quelqu'un, survenu par derrière, lui tapa sur l'épaule bruyamment. M. Jézéquel se retourna, tandis que ses interlocuteurs enlevaient leur chapeau avec déférence; il reconnut Ladurelle, se composa un air de bonhomie dans la surprise.

— Mon cher monsieur Ladurelle! que puis-je pour votre service?

L'autre affectait de son côté le plus parfait détachement.

— Rien du tout, mon cher monsieur Jézéquel! Je viens de parcourir vos vieux quartiers. Ils abondent en constructions curieuses... Mais comme en voici de plus bizarres encore !

Et, ce disant, le manager désignait les maisons qui bordent la place du côté nord. La plus caractéristique, appelée « maison du chapelier », est revêtue d'ardoises sur toute sa hauteur.

M. le receveur des contributions indirectes, qui se targuait d'érudition, donna l'âge et l'historique de la bâtisse. Le maire, un peu allumé par les petits vins du quincaillier Landouar, le visage en coup de sang, échauffait la discussion, avec un souci évident que la conversation ne déviât point. Mais ce diable de Ladurelle avait d'autres idées en tête. Inopinément, il coupa la parole aux discoureurs, en s'excusant pour une brusque réminiscence.

— Faites-moi donc penser, mon cher monsieur Jézéquel, à vous entretenir de quelque chose en particulier, tout à l'heure... de quelque chose qui concerne notre champion!...

M. Jézéquel tourna du cramoisi au violet noir. Ses compagnons, se sentant indiscrets, s'effaçaient poliment. L'occasion était trop bonne pour Ladurelle de tenir le marchand de cycles seul à seul, hors de sa boutique, loin des oreilles de Sibylle que, par un sentiment de délicatesse, il persistait à écarter du différend. Il emmena M. Jézéquel à cent pas plus loin, derrière l'église, et fixa sur lui cet œil scrutateur qui, d'un regard, met une conscience à nu.

M. Jézéquel avait répété, de son même ton d'affabilité et d'insouciance : « Que puis-je pour votre service, mon cher monsieur? » Mais il y avait un imperceptible tremblement au fond de la voix et le bouleversement de la physionomie démentait cette apparente sérénité.

Le manager prit une pause, puis, en badinage, le sourire aux lèvres, et comme un juge d'instruction qui aurait convoqué un témoin de marque, il commença son interrogatoire :

— Voici la chose, mon bon monsieur Jézéquel, et vous serez plus apte que personne à m'en fournir l'explication. Vous n'ignorez pas que du fait de mes fonctions et surtout de son ignorance en affaires, c'est moi qui gère les intérêts financiers de Le Gallic, tant vis-à-vis des vélodromes que vis-à-vis des maisons de cycles. Ces intérêts sont considérables : nous avons eu des mois de dix-huit et de vingt mille francs. Dès le début, je m'étonnais de trouver chez M. Tarral, directeur sportif de la *Société anonyme des bicyclettes Atalante*, une certaine résistance à des prétentions que justifiait la valeur de mon élève. La moindre demande d'augmentation dans nos émoluments ou dans nos tarifs de gratifications soulevait de sa part des objections sans fin. Ayant eu à traiter antérieurement avec lui d'affaires similaires pour d'autres poulains, je l'avais toujours trouvé plus coulant. Je fus donc étonné de cette attitude. L'*Atalante* traversait une période de prospérité exceptionnelle : elle la devait aux triomphes répétés de Le Gallic. Certainement bien des billets de mille francs supplémentaires nous auraient été comptés sans ces mystérieux calculs par lesquels, sans cesse, en face de moi, M. Tarral semblait obsédé. Or, vous savez que mes intérêts dans l'espèce sont absolument solidaires de ceux de mon poulain, puisque, en dehors des cent cinquante francs prélevés chaque mois pour sa pension, je retiens comme indemnité personnelle, selon l'usage admis, un dixième des sommes que j'encaisse.

Edouard Ladurelle se tut un moment pour examiner le visage de l'ancien libraire. La face glabre continuait d'être atrocement congestionnée, mais, pour se donner une contenance ou affirmer sa sécurité, M. Jézéquel hochait la tête en signe d'approbation, et faisait claquer ses lèvres, comme il en avait l'habitude aux heures d'intime contentement. Ladurelle continua la promenade autour de l'église :

— J'avais à cœur, dans ces conditions, de connaître le mot de l'énigme. Je ne vous dirai pas comment je m'y suis pris pour obtenir un relevé du livre de caisse de l'*Atalante*. Je sais aujourd'hui, de la manière la plus précise, qu'une tierce personne se trouvait secrètement participante dans toutes les allocations versées à Le Gallic, et cela pour la bagatelle de 25 0/0. Ainsi, chaque fois que je donnais à M. Tarral un reçu de quatre mille francs, le tiers, à mon insu, s'inscrivait pour mille. De là, les perpétuelles hésitations du directeur.

— C'est une infâme calomnie! protesta l'entrepositaire de cycles en s'arrêtant net, chancelant sur ses jarrets.

— Je ne vous ai pas nommé, mon cher monsieur Jézéquel!... Attendez!... Je sais bien, parbleu! que la chose est admise; M. Tarral lui-même, pour faciliter le recrutement de ses athlètes, adressa jadis une circulaire à tous ses correspondants de province ; il leur garantissait vingt-cinq pour cent sur le gain des hommes qu'ils lui indiqueraient. Mais jamais, avant ni après vous, les indicateurs ne signalèrent un poulain avec lequel le chiffre d'affaires atteignit aux sommes que touche aujourd'hui Le Gallic. Vous avez reçu depuis un an, par l'entremise de votre mandataire, — car tout se passe avec la régularité la plus notariée, — le total assez rondelet de vingt-neuf mille huit cent trente-cinq francs. Me trompé-je?

— Vous êtes un drôle et un menteur! gronda le marchand de cycles... Et il fit un geste de menace.

— Pas de gros mots, monsieur Jézéquel! je vous en prie. Vous voyez que, moi, je ne m'emporte guère. J'ai ici d'ailleurs — il tira de son portefeuille un papier plié — le détail de la somme avec la date des reçus partiels libellés par votre mandataire. Vous pouvez vérifier vous-même l'exactitude du compte. Vous avouerez que ces vingt-cinq pour cent qui frustrent Le Gallic d'autant, et peut-être même de plus, représentent, lorsque moi je n'émarge que pour dix, une rémunération excessive, en disproportion évidente avec le service rendu. Cette rémunération ne saurait plus s'expliquer actuellement. J'ai donc préparé une petite formule que vous voudrez bien signer devant moi dans un café, en acceptant la chartreuse de l'amitié, formule par laquelle vous renoncez dorénavant à votre avantage.

— En français, monsieur Ladurelle, on appelle cela un vol !

—Je n'osais pas prononcer le mot tout à l'heure, monsieur Jézéquel !

— Pensez-vous que je sois assez naïf pour me dépouiller à votre profit de ce qui m'a été légalement octroyé?... A d'autres, mon garçon !...

— Cependant vous signerez.

— Je préférerais vous faire arrêter par les gendarmes. Je suis le maître ici.

— Vous cesseriez de l'être demain si un scandale éclatait. Lannion ne vous a élu, vous et tous ceux de votre liste, que sur la foi d'une protection désintéressée dont vous couvriez son plus illustre enfant. On vous conspuera, dès que l'on vous saura son exploiteur.

Il y avait tant de décision et d'énergie dans l'accent du manager que M. Jézéquel sentit aussitôt l'inutilité de la lutte. Au travers d'une hallucination rapide il vit défiler devant lui tous ses ennemis politiques, en tête desquels, insolent et plein de menaces, l'ancien secrétaire de la mairie, M. Charles Libouban. Néanmoins, il voulut faire tête encore.

— Voilà, ou je me trompe fort, qui pourrait être assimilé à un essai de chantage. Les maîtres chanteurs relèvent de la correctionnelle: prenez-y garde, monsieur le manager!

— Je n'ai pas peur. Allons! soyez raisonnable. Vous joueriez trop gros jeu à vous obstiner. Votre situation politique et morale à Lannion vaut bien ce léger sacrifice. Vous avez gagné près de trente mille francs sur Le Gallic, sans compter l'accroissement de vos affaires commerciales dans la région. Que cela vous suffise! Le Gallic ignore tout ce que je vous ai dit là : le secret, si vous le voulez, restera à jamais entre nous deux.

Le marchand de cycles, le gras des joues affaissé, la lèvre pendante, fixait dans le vide des yeux atones et comme noyés d'épouvante. Toute son arrogance tombait : ce fut avec un tremblement pitoyable dans la voix qu'il répondit :

— Au moins, faites-moi grâce de quelques semaines! En postdatant, ce sera peut-être facile. J'ai acheté à mon voisin Ruello deux maisons rue Duguesclin ; le prix n'en est pas encore intégralement payé... Ne me ruinez pas d'un seul coup, monsieur Ladurelle!

— Vous voyez bien qu'on peut s'entendre. Mais votre physionomie me fait de la peine. Entrez donc avec moi dans ce café. Un bon cordial vous remettra tout de suite.

## XVII

Des placards bleu-ciel, étalés sur tous les murs ou promenés le long des grands boulevards par des hommes-sandwichs, annonçaient qu'à Courbevoie, le samedi soir, commencerait la grande épreuve de vingt-quatre heures, dite du Guidon d'Or. C'est le derby des stayers ou coureurs de fond. Le vainqueur détient pendant un an le précieux guidon. Neuf compétiteurs devaient s'y rencontrer, parmi lesquels Hutin, l'imbattable recordman de la spécialité, le vainqueur présumé de la course, dont le nom flamboyait en gros caractères au centre de l'affiche. Les autres, Maës le Hollandais, ou Pierre, l'ancien champion de boxe, — un élève de Billancourt, que Ladurelle avait progressivement préparé sur les grandes distances, — ne semblaient pas posséder de chance régulière contre lui. La présence de Hutin avait découragé beaucoup de vaillants. On trouvait en fin de la liste quelques noms d'obscurs comparses, destinés sans doute à claquer dès le premier tiers du parcours : des nouveaux venus, présomptueux ou téméraires, qui, trop pauvres pour se payer un service d'entraîneurs, se contenteraient évidemment de suivre tant bien que mal la roue des leaders. La direction les avait admis par dilettantisme, dans l'espoir d'une révélation, toujours possible. La Bretagne faisait prime dans le monde du cycle par les succès de ses champions. On se montrait sur les programmes un nom de désinence significative: Jean Kerjan. — « Qui est-ce, Jean Kerjan? » — Les plumitifs du sport s'étaient renvoyé la question pendant deux jours d'une feuille à l'autre. Au quartier des coureurs et à la brasserie de l'Espérance, on en faisait une scie pour s'aborder : — « As-tu vu Kerjan ?... » — Deux jours avant l'épreuve, un reporter annonça que ce Jean Kerjan venait de Lannion, comme Le Gallic, et que, dans son pays, on lui prêtait un certain mérite de routier. Cependant, aux séances d'entraînement, Kerjan demeurait toujours invisible : M. Hill et son secrétaire racontaient que ce coureur s'était fait inscrire par lettre, avec apostille de la P. L... *Pédale Lannionnaise* et de l'U. C. R. *Union Cycliste Rennaise*. Il avait promis formellement d'être exact, à six heures, au poteau de départ. Beaucoup croyaient encore à une mystification.

Le samedi, vers cinq heures, l'envahissement du vélodrome commença. Des fanatiques, décidés à passer la nuit, cherchaient la place la plus commode, retenaient leur table au buffet. La pelouse présentait un étrange aspect. Des quintuplettes, des quadruplettes, avec leurs cadres disparates, ceux-ci blancs, ceux-là noirs, d'autres rouges, d'autres bleus, étaient couchées par rangs, sur le gazon brûlé. Les équipiers allaient, venaient, affairés, se hélaient, vérifiaient les pneus, maniaient la pompe à air pour les regonfler. Tous les entraîneurs de Hutin étaient reconnaissables à un même maillot, mi-orange, mi-vert. Les autres portaient des couleurs qui variaient suivant l'équipe. Un peu plus loin c'était, autour de tentes improvisées, un grouillement plus intense encore. Les managers et leurs acolytes établissaient avec des tréteaux une table aussitôt chargée de victuailles : galantine, poularde, raisins... Les litres de café froid, de lait ou de limonade, y alternaient avec les goulots argentés du champagne. Chaque concurrent de marque avait ainsi son officine, d'où des servants à bicyclette se détacheraient pour lui porter en course, au gré des appétits du moment, la boisson et l'aliment demandé. Les directeurs de maison circulaient fiévreusement dans cette cohue; ils surveillaient l'installation des vivres, donnaient leurs dernières recommandations aux champions ou aux chefs d'équipe. Ces courses de longue haleine ont une importance exceptionnelle pour les constructeurs; elles démontrent d'une manière plus effective la résistance de leurs machines. Aussi n'est-il pas rare d'en voir qui sacrifient trois et quatre mille francs au *pacing* (service d'entraînement) de leur poulain. Dans les épreuves sur route, ces frais peuvent être portée à vingt mille. Çà et là, des conciliabules se formaient : les voix s'enflaient, on gesticulait. Des entraîneurs peu scrupuleux, ne se sentant liés que par un contrat verbal, marchandaient leur concours au dernier moment, menaçaient de faire grève: « Cent francs par homme! C'est notre dernier mot... Nous ne pouvons pas à moins. » Les officiels, les champions eux-mêmes intervenaient et des injures s'échangeaient, quelquefois des coups.

Dans ce fouillis d'aciers, dans ce bariolage de maillots, la pelouse du Vélodrome d'Été ressemblait vraiment à quelque vieux camp de mercenaires en révolution.

M. Tarral n'était pas le moins animé au milieu de tout ce vacarme. Hutin courait pour l'*Atalante*, et Hutin espérait bien doubler le cap des mille kilomètres en vingt-quatre heures. A cet effet, on lui avait affecté une formidable « artillerie » (c'était le nom sous lequel M. Tarral désignait ses lourdes machines d'entraînement. Une sextuplette, trois quintuplettes, dix quadruplettes et un tandem électrique — au total plus de soixante pacemakers — devaient tour à tour le tirer. La *Clyde*, l'éternelle rivale de l'*Atalante*, mettait en ligne Pierre et le Hollandais Maës. L' « Atalantien » devrait lutter contre cette coalition des deux « Clydistes ». M. Tarral examinait le ciel à tout instant, surveillait le flottement des oriflammes au sommet des mâts. Le moindre changement dans la température ou dans le vent pouvait influer sur le record en ralentissant l'allure des hommes.

Le ciel s'annonçait propice, à peine ouaté de quelques flocons blancs: la brise demeurait bénigne. La foule maintenant occupait toutes les places de l'amphithéâtre, s'amusait aux évolutions préparatoires des quadruplettes sur la piste. A six heures moins dix, les concurrents apparurent. Ils portaient tous un maillot de même laine blanche avec, dans le dos, un grand numéro noir qui correspondait à leur ordre d'inscription au programme; et c'était en vérité un spectacle suggestif, presque douloureux, que celui de ces hommes prêts à se mesurer dans des fonctions jadis abandonnées à l'animal, et immatriculés sur le corps, comme des bêtes de remonte. L'un d'eux, devant le poteau de départ, tendit le cou et hennit longuement. C'était Maës, le Frison, une brute aux cheveux plats et aux jarrets puissants. Par ce hennissement, émis avant le départ, à la minute physiologique, il s'imaginait devenir cheval et s'incitait à la vitesse. Il se trouva des gens pour l'applaudir. Aux loges, des cyclowomen ferventes, dans l'émotion de l'attente ou dans une admiration anticipée, avaient pâli.

Les coureurs se rangèrent sur deux lignes. Pas un ne manquait à l'appel. Le neuvième, entré en piste après tous les autres, était un petit gars d'aspect maladif et rabougri dont la présence dans ce lot d'hommes vigoureux surprit et égaya la foule. On chercha son nom sur les programmes : « Jean Kerjan! » et on se souvint des entrefilets lus dans les journaux de la veille. Ce Kerjan, c'était le petit Lannionnais, le compatriote du fameux sprinter. Un mauvais plaisant cria : « Hardi! le numéro neuf! Hardi! Le Gallic! » Jean Kerjan, au nom de Le Gallic, se mordit les lèvres sans tourner la tête. Dès le coup de pistolet, les neuf hommes démarrèrent ensemble. Dans la ligne opposée, les machines multiples, de leur côté, s'étaient mises en route. Ce fut d'abord une poursuite confuse, chacun des concurrents cherchant la roue de ses entraîneurs, puis, au second virage, la quadruplette qui tirait Hutin passa en tête à plein train, emmenant les autres en file indienne.

Aucun spectacle dans les vélodromes ne vaut celui de ces courses avec pacemakers, si pittoresques par l'intensité de mouvement et de couleurs qu'elles mettent sur la piste. Les longues machines, où quatre et cinq équipiers pédalent en mesure, s'ébranlent et glissent. On dirait autant de gondoles qui auraient pour rames des jambes mues frappant une mer de ciment. Elles penchent dans les virages comme des barques sous la rafale. Le coureur pour qui elles coupent le vent semble, derrière elles, aspiré par le vide. Au moment venu, s'écartant de leur trajectoire, elles le déposent sur la roue d'une machine nouvelle déjà actionnée et qui continue la même cadence d'allure. Ces reprises exigent beaucoup d'adresse et de sang-froid. Quand elles sont bien faites, — et les Français y excellent, — elles présentent pour le spectateur un attrait sans cesse renouvelé.

Hutin, apte à suivre tous les trains avec une égale aisance, avait crié à ses hommes, sitôt rejoints : « Marchez! » et, dans un déhanchement rythmé, balançant le torse et pesant sur les pédales, les équipiers lancèrent leur quadruplette à toute vitesse ; du coup, le peloton fut lâché. Le public s'enthousiasmait. En quelques tours Hutin, souriant, paraissant peiner aussi peu que pour une ballade au Bois de Boulogne, avait doublé sept concurrents. Il prenait un second kilomètre d'avance, puis un troisième, dans la même dérisoire facilité. Cependant par moments, d'un mouvement de tête rapide, comme le lion à la croupe duquel bourdonnerait un moustique, Hutin regardait en arrière. Depuis le départ, un homme était là qui ne le lâchait pas, qui se cramponnait dans son sillage, avec une ténacité désespérante. Quel était cet audacieux dont il ne parvenait point à découvrir le visage, tant le front demeurait baissé sur le guidon? Des gens de la pelouse vinrent bientôt tout au bord de la piste et battirent des mains au ras du sol sur le passage du second coureur : « Bravo, Kerjan! » Des tribunes on criait aussi : « Bravo, Hutin!... Bravo, Kerjan!... » Au trentième kilomètre, Hutin avait déjà quatre tours sur Maës et sur Pierre, mais Kerjan résistait toujours. Il faut une forte somme d'énergie ou des poumons extraordinaires pour suivre ainsi, en seconde position, derrière des entraîneurs. La masse d'air

que la quadeuplette a déplacé au profit de son suivant immédiat, commence à revenir sur l'autre et s'essouffle vite. Pour avoir tenu si longtemps et dans des conditions à ce point défavorables, le Lannionnais, certainement, n'était pas le premier venu. M. Tarral s'agitait au milieu de la pelouse : « Voilà un garçon que je ne connaissais même pas de nom et qui monte une *Atalante!* C'est renversant! Si j'avais encore de l'artillerie disponible, je gage que je lui ferais faire une belle course... »

Au quarantième kilomètre, Hutin exaspéré, fit signe à M. Cordier, le grand maître de l'artillerie atalantienne : « Le tandem électrique! » et le tandem électrique, le plus rapide des engins du pacing, vint remplacer devant lui une sextuplette exténuée. Kerjan, surpris par l'accélération brusque, décolla enfin. Une bouffée d'air formidable lui frappa le visage... Il fut étourdi, suffoqué, désemparé par ce choc. Il marcha un moment comme dans les ténèbres.

Quand il revit clair, il lui sembla que sa bicyclette restait sur place. Tous les concurrents maintenant, l'un après l'autre, le passaient et repassaient sans lutte. Il sentait arriver dans son dos des trombes formidables, chaque fois qu'une de ces hydres de chair et d'acier s'approchait pour le doubler. Le gosier desséché, il descendit de machine, alla chercher une bouteille d'eau qu'il avait cachée près du kiosque de la musique, à la garde d'un sergent de ville. Il but quelques gorgées. On afficha les résultats de l'heure. Hutin était premier avec quarante-neuf kilomètres; lui, Kerjan, venait encore quatrième, avec quarante-cinq.

Maës et Pierre n'avaient que quelques centaines de mètres d'avance sur lui. Cette constatation lui rendit courage. Ces quarante-cinq kilomètres se présentaient en somme une belle performance dont, à Lannion, on parlerait. Ah! si Le Gallic avait pu le voir! Mais Le Gallic était en Allemagne : Le Gallic disputait, le lendemain dimanche, le Championnat Continental à Coblentz. Des inconnus vinrent féliciter le petit sauteruisseau, l'aidèrent à se remettre en selle. Il essaya de reprendre la suite de Hutin. L'allure était trop violente; il s'épuisait inutilement. Il colla alors à la roue de Maës, s'y maintint pendant plus de soixante tours. Cette nouvelle passe lui valut les acclamations du public, conquis par une telle manifestation de volonté. On se racontait de l'un à l'autre son aventure... On la tenait de l'agent qui gardait ses vivres :

— Ce Kerjan est un modeste clerc d'huissier de Lannion, passionné pour la pédale. Avec ses économies depuis un an et quelques menus prix qu'il a glanés là-bas, il s'est d'abord payé une *Atalante*, puis a réussi à se faire inscrire dans le Guidon d'Or. Comme il n'avait pas assez d'argent pour venir de Bretagne par le chemin de fer et se munir de pneumatiques neufs avant la course, il a fait le trajet depuis le Mans, la nuit dernière et ce matin, à bicyclette; puis il est allé à pied chercher ses pneus dans une usine d'Aubervilliers. Cela fait, il lui restait huit sous : il a acheté huit petits pains; avec ces huit petit pains et un peu d'eau, il espère se soutenir jusqu'à demain soir et se classer au moins cinquième.

Un sportman charitable commanda au buffet des viandes froides et une bouteille de bourgogne, qu'il fit porter sur la piste au garde-manger improvisé du Lannionnais.

A neuf heures du soir, après avoir suivi tantôt Maës, tantôt Pierre, et être descendu deux fois de machine, Kerjan n'avait encore que dix-sept kilomètres de retard sur Hutin, trois sur Pierre et sur Maës. La sensation d'évoluer en rond, indéfiniment, dans un même cercle, avait fini par endormir en lui la pensée : seule une sorte d'exaspération nerveuse subsistait, qui atténuait le vertige physique. Il ne comprenait plus rien, sinon qu'il roulait : cette torpeur mentale lui ôtait jusqu'à la perception de la fatigue musculaire. Il tournait comme un automate conduit par d'invisibles mécanismes...

On venait d'allumer les cordons de lampions. Les boules électriques montaient dans le ciel étoilé. Cette profusion de points lumineux qui semblaient courir perpétuellement autour de lui complèta l'étourdissement. Il se sentait mouvoir au milieu d'un cauchemar.

Les longues machines d'entraînement qui passaient au-dessus de sa tête dans les virages lui faisaient l'effet de bêtes fabuleuses, prêtes à s'abattre sur lui et à lui broyer les reins. Et il tournait !... il tournait !

Vers onze heures, subitement, l'atmosphère se modifia. D'abord forte bise, puis bourrasque. Tous les coureurs durent ralentir. Dans la ligne d'arrivée, le vent debout coupait la respiration. Des godets à huile, arrachés de leur armature en fil de fer, se brisaient sur le ciment, et les éclats tranchants du verre crevaient les pneus. Par un hasard miraculeux, Kerjan fut le seul à sauver les siens.

A minuit, Hutin interrogea du regard le tableau indicateur où, d'heure en heure, est affichée la distance couverte. Il s'aperçut que, malgré les trente-cinq kilomètres d'avance qu'il avait sur Maës et sur Pierre, il était tombé dans la cinquième heure au-dessous des records et que la prolongation de la bourrasque ne lui permettrait pas de réparer en temps utile ce désavantage. On le vit alors lâcher la roue de ses entraîneurs, se prendre les côtes avec une contraction douloureuse de tout le visage. Au public qui l'encourageait, il répondait par des hochements de tête négatifs. Arrivé à l'entrée du virage, il obliqua sa bicyclette vers la pelouse, se laissa choir comme un homme pris de syncope. On le transporta sous sa tente. Il prétendait souffrir de crampes intolérables dans l'estomac : on lui frictionna le ventre, on le massa. Dans les tribunes, la foule devenait houleuse et grondait. Ce qu'elle croyait le malaise réel de Hutin lui avait gâté le spectacle. On était venu moins pour le voir jouer avec des adversaires indignes de lui que pour assister à sa lutte contre le record, dans son allure endiablée de stayer prodige.

Chaque minute qui passait rendait le résultat plus aléatoire. M. Hill, M. Tarral s'étaient précipités sous la tente, interrogeaient le malade. Gustave Hutin leur fit comprendre d'un geste que la fièvre lui enlevait la parole. On appela le médecin. Celui-ci, après examen, déclara confidentiellement, dans l'oreille, au directeur du Vélodrome, que le pouls de l'homme était normal, que l'état général paraissait au contraire exceptionnellement bon, et que, par conséquent, il pouvait bien y avoir simulation. Hutin, pendant ce temps-là, faisait mentalement le calcul suivant : « Les reporters vont envoyer leur dernière copie à deux heures. M. Hill le sait comme moi. Si les journaux annoncent demain matin que j'ai abandonné, personne ne viendra voir la fin de la course. La recette de l'après-midi sera nulle. Je ne puis plus songer aux dix mille francs que l'*Atalante* et le *Parish* m'auraient alloués pour le record. Si M. Hill veut que je reparte, il me dédommagera de cette perte. J'ai encore trente kilomètres d'avance sur le second. Je puis me reposer trois quarts d'heure. »

Là-dessus, il demanda à son manager une tasse de lait chaud.

— La parole revient. Ça va donc mieux? fit discrètement M. Hill.

— Il n'y a pas moyen de lutter contre un tel vent. On a le corps coupé en deux.

— Allez moins vite tant que le vent durera. Vous vous rattraperez demain.

— Jamais! Maintenant je ne puis plus atteindre au record et comme je ne marchais que pour lui, je reste tranquille. Je ne peux pas me tuer, tout de même, pour les cent cinquante louis de votre premier prix.

— Vous oubliez que nous avons stipulé un déd't de mille francs.

— Je vous le paierni, si vous voulez, mais j'er ai assez. Je ne suis pas en forme, et puis je sens la guigne; j'ai crevé deux pneus. Je ne cours plus.

— Vous êtes au contraire dans une forme merveilleuse, à laquelle vos admirateurs ne se méprennent point... Et tenez! en ce moment, vous ne souffrez pas plus de l'estomac que moi-même.

Hutin eut un clignement d'yeux de petit paysan retors qui signifiait : « Ça se pourrait... mais je suis aussi malin que vous. » Il s'accouda sur le lit de massage où on l'avait déposé.

— Je vois bien ce qui vous inquiète... C'est votre recette de demain dimanche que mon absence va compromettre. Versez-moi les dix mille francs du record que cette f... bourrasque vient de m'enlever, et je repars!

— Vous êtes fou! dit M. Hill.

— Arrangez-vous comme vous pourrez avec M. Tarral. Il me faut ces dix mille francs-là, sinon...

— Je n'ai d'engagement vis-à-vis de vous, interrompit M. Tarral, qu'en cas de record battu. Ce n'est pas ma faute si, en voulant ruser et lanser vis-à-vis de nous, vous avez déjà perdu trois quarts d'heure.

— Soit!... Je vais dormir.

— Alors, vous vous imaginez que j'aurai déboursé de ma poche quatre mille cinq cents francs de frais d'entraineurs uniquement pour vous fournir prétexte à cette inqualifiable machination?...

Que voulez-vous, mon pauvre monsieur Tarral? vous savez que, dans ma situation, on ne marche plus pour les petites sommes. C'est au directeur du vélodrome que je réclame présentement, non à vous.

M. Hill rageait à froid.

— Ces coureurs sont tous les mêmes! déclara-t-il sèchement. On ne passe pas huit jours avec eux sans une extorsion de fonds ou une escroquerie.

— Si c'est là ce que vous pensez de nous, répondit le stayer sur un ton de parfaite sérénité, pourquoi nous choisissez-vous comme ouvriers de votre fortune?...

— Entendez bien, Hutin! vous n'aurez pas un sou de moi en dehors du prix que vous gagnerez. Il faut réformer ces mœurs-là. Vous servirez d'exemple. Si vous vous entêtez dans votre attitude, je fais promener dans le vélodrome un écriteau avec cette simple ligne : « Hutin refuse de continuer la course. » Le public vous a gâté jusqu'ici. Il se sentira le premier lésé par votre refus et pourra vous en tenir rancune. Les journaux, demain, le renseigneront. Ce n'est pas vous, coureurs, qui subventionnez la presse sportive!

— Les journaux! le public! répliqua Hutin qui avait l'outrecuidance de sa popularité, je suis bien sûr qu'ils reviendront à moi le jour où, chez votre concurrent d'Auteuil, j'aurai fourni mes mille kilomètres! Pour l'instant, ce qu'il me faut, c'est du petit papier bleu à images.

— Il suffit, vous êtes un insolent et un drôle! Adieu!

Et M. Hill tourna le dos au faux malade, pour aller donner des ordres.

— Je me suis solidarisé avec M. Hill, fit à son tour le directeur de l'*Atalante*. Vous venez de commettre une forfaiture. Considérez notre traité comme rompu.

— Il y a des tribunaux, monsieur Tarral.

— Vous n'avez rien à espérer d'eux.

— Il y a aussi d'autres maisons de cycles que l'*Atalante*. Quand on s'appelle Hutin, pour un pont d'argent que l'on quitte, on trouve à côté deux ponts d'or.

M. Tarral regagna la pelouse. Quelque pratique qu'il eût de l'indélicatesse des professionnels, celle-ci l'exaspérait davantage, pour la valeur de l'homme et l'importance des calculs commerciaux qu'elle détruisait. Depuis plus d'un an, toutes les grandes épreuves de fond semblaient devenues l'apanage de sa maison. La *Clyde* réussirait-elle à s'adjuger le Guidon d'Or avec Pierre ou avec Maës?

Les huit coureurs restants, stimulés par la défection de leur formidable antagoniste, continuaient l'évolution circulaire, par à-coups suivis de brusques défaillances. Kerjan collait toujours

à la roue de Maës qui ne parvenait plus à le lâcher.

M. Tarral eut une inspiration géniale. Ce débutant, obscur la veille, non pensionné par lui, mais si opiniâtre sous son aspect malingre, ne montait-il pas, comme Hutin, une *Atalante*? N'était-il pas en outre de cette race bien trempée d'où sortit déjà Le Gallic?... Il appela M. Cordier, le grand-maître de son artillerie.

— Hutin abandonne!... Que toutes nos équipes tirent Kerjan!...

Plus bas, il ajouta :

— Faites-lui promettre de ma part quinze cents francs pour la première place et cinq cents francs pour la seconde !

Puis il alla rejoindre M. Hill qui dictait des notes aux reporters.

.  .  .  .  .  .  .  .  .  .  .  .  .  .  .  .  .  .

Au moment où Hutin quittait la piste, les rumeurs de la foule avaient réveillé Kerjan. Il leva la tête, essaya de se rendre compte des événements : mais son cerveau se refusait aux perceptions nettes.

Il comprit seulement qu'un changement quelconque avait dû survenir, puisque maintenant malgré la tempête, tout le monde marchait de plus belle. Des cris lui parvenaient par intervalles : « Allez, Kerjan! Allez! » et il allait... Les globes électriques et les cordons de lampes avaient cessé de danser autour de lui : par un phénomène d'optique, dû sans doute au complet vertige, il ne voyait plus qu'une seule lumière, une énorme boule en ignition qui surplombait tout le vélodrome et qui s'abaissait, s'abaissait sans cesse, comme pour venir se poser sur son crâne.

Il s'entendit appeler par quelqu'un sur la piste et il sentit passer à son flanc droit le coup de vent d'une quintuplette en marche. En même temps, un homme, l'équipier d'arrière, se penchait vers lui et lui disait :

— Nous avons ordre de t'entraîner. Suis-nous. L'*Atalante* te donnera quinze cents francs pour premier et cinq cents pour second. Tu ne nous oublieras pas si tu gagnes. Bois ceci!

L'équipier lui tendit un gobelet plein. C'était une liqueur forte ; elle lui brûla le palais. Il fit une grimace à la première gorgée.

— Il faut boire tout! fit l'homme.

Kerjan, stoïquement, vida le gobelet. Il croyait rêver. Que signifiait cette intervention d'équipes?... Qu'arrivait-il?... Etait-on bien toujours sur la piste de Courbevoie?

Il mit sa roue derrière celle de la quintuplette et, tout de suite, il eut la sensation de rouler plus à l'aise, soit que la liqueur produisît déjà son effet, soit que sa position de suivant direct lui valût pour la première fois le bénéfice du coupe-vent.

Des chiffres chantaient dans son cerveau : « Quinze cents!... cinq cents!... » Des émissaires de l'*Atalante*, M. Cordier lui-même, vinrent pédaler auprès de lui durant des tours entiers. On lui répétait les propositions de M. Tarral, on l'égayait, on l'encourageait. A deux heures, on lui annonça que Maës avait claqué. Restait Pierre, tous les autres étant maintenant distancés de loin. Le vent diminuait, mais la fraîcheur pénétrante du matin com-

mençait à lui glacer les os. On lui apporta des boissons bouillantes. Il perdit de nouveau la conscience
des choses. De temps à autre, la main de l'équipier d'arrière descendait devant son guidon pour
indiquer la roue d'une machine de relai : il obéis-
sait à ce geste, moins par compréhension que par
instinct. Soudain, une détonation de bravos ébranla
tout le vélodrome, et une voix lui corna dans
l'oreille, au passage : « Tu es en tête !... »

Dès huit heures, les tribunes, un peu dégarnies
pendant la nuit, se remplirent à nouveau d'une
foule compacte, appelée par la réclame des journaux. N'avait-on pas assisté à ce spectacle invrai-
semblable d'un coureur complètement ignoré la
veille, venu à Paris les poches vides, entré en piste
sans pacemakers, avec huit pains d'un sou et un
litre d'eau pour tout approvisionnement, — adolescent de vingt et un ans au plus, payant peu de
mine, qui, son grand cœur et les circonstances
aidant, se trouvait bénéficier après Hutin de tout
le personnel entraîneur de l'*Atalante* et s'appré-
tait à gagner la course ! Chaque spectateur, en arrivant, consultait le tableau : le tableau indiquait
Kerjan premier, avec dix kilomètres d'avance sur
Pierre.

Toute la journée, on vit ainsi rouler derrière ses
quadruplettes un être osseux et demi rachitique,
affreusement livide. Le buste et les épaules n'avaient
plus les mouvements de la vie. C'était plutôt le
ballottement du cadavre que secouent les cahots
d'un véhicule. Les jambes seules pédalaient avec
une régularité mécanique, comme si quelque
rouage d'acier dissimulé sous la chair morte en
eût régi le fonctionnement. Un connaisseur, lar-
moyant d'admiration, opina : « Voilà un garçon
absolument vidé et qui n'avance plus que par la
volonté ! »

On criait : « Courage, Kerjan ! encore trois heures !..... encore deux heures !..... encore une
heure ! »

La tête cadavéreuse se souleva brusquement et
promena sur les gradins un regard de folie ; puis,
les deux mains, lâchant le guidon, battirent le vide
au-dessus de la tête : « Je suis Le Gallic ! je suis
le Champion du Monde ! »... râla une voix rauque,
terrifiante. Le médecin voulut intervenir, faire descendre de machine cet halluciné. La foule exigeait
bruyamment que Kerjan terminât la course. Il ne
restait plus que cinq minutes.

M. Spears, le starter, armait son pistolet pour
annoncer la fin des vingt-quatre heures.

— Combien de kilomètres au premier ? demanda-
t-on des tribunes.

Le pointeur répondit :

— Huit cent douze !

M. Spears pressa la détente. La course était ter-
minée. On se précipitait autour du vainqueur. Une
demi-douzaine de gaillards l'arrachèrent de sa
selle pour le porter en triomphe ; mais le torse du
petit Breton s'écroula inerte dans leurs bras, et,
au lieu de l'ovation préparée, ce fut presque un
convoi de mort qui regagna le quartier des coureurs.

## XVIII

La rue de Charenton, depuis l'avenue Daumesnil
jusqu'aux fortifications, présentait dès midi un aspect inaccoutumé. C'était, sur les deux trottoirs,
un long exode d'ouvriers endimanchés, de femmes
en cheveux, de petits employés et de camelots.
Tous allaient vers l'est, de cette même marche
lente mais régulière d'un peuple qui se déplace.
Au milieu de la chaussée, des fiacres, des chars-
à-bancs, des bicyclettes !... vers l'est, toujours vers
l'est !... A chaque fenêtre, des grappes humaines.
Certaines maisons avaient gardé leur pavoisement
de la dernière fête nationale. Le Président devait
suivre cette voie avec son escorte de cavalerie, au
coup de deux heures. Le Grand Prix cycliste se
disputait, ce dimanche 25 juillet, sur la piste municipale de Vincennes. Mais, en attendant le Président, on saluerait au passage les champions populaires. Et, en effet, de sourds bourdonnements
vinrent bientôt de la ville ; ils se rapprochaient,
s'enflaient, éclataient en vacarme. Des noms, trans-
mis par des milliers de bouches, retentissaient
d'un bout à l'autre du faubourg... D'abord « Morel ! », puis « Marmandier ! », puis « Le Gallic ! ».
L'ouvrier agitait sa casquette : « Vive Morel !... Vive
Le Gallic ! » et Morel, Marmandier, Le Gallic, demi-
gourmés, demi-souriants, fuyaient sous l'affolante
acclamation, au halètement scandé de leur tricycle
à pétrole. On reconnut Josserin dans une automobile et à côté de lui le ténor Gaudy, son habituel
barnum. Josserin, qui faisait son service militaire, avait obtenu de son colonel un congé d'un
mois pour se préparer au grand « event ». Il demeurait, malgré sa déjà longue absence, la coque-
luche des masses. On souhaitait au fond du cœur
son succès, sans trop y croire, parce qu'il était
« le peuple de Paris », parce qu'il était « l'armée »,
et Paris qui aime ses enfants raffole aussi de l'uniforme.

Déjà l'accueil que lui faisait Bercy eût pu rendre
jaloux l'Exécutif. Avec quel entrain, lui gagnant,
on crierait tout à l'heure : « Vive le pioupiou ! »
A son défaut, car lui-même s'avouait insuffisam-
ment entraîné, les vœux de la foule allaient à Le
Gallic. Il sortait d'une boulangerie, comme Hutin,
comme Josserin. Il avait remporté successivement
le Championnat du Monde et le Championnat Continental. Il avait battu l'Anglais et l'Allemand chez
eux : autant de titres en sa faveur devant le chauvinisme faubourien. D'ailleurs, la presque unanimité
des pronostics de presse le désignait comme le
vainqueur probable. La cote l'avait installé grand
favori : on payait jusqu'à deux et trois pour lui.
On parie fortement sur le Grand Prix cycliste.
Tous les débits de vins, de la gare de Lyon à
Saint-Mandé, se transforment pour l'occasion en

officines de bookmakers, à la portée des petites
bourses.

A trois heures, l'émigration du faubourg se pour-
suivait encore, plus accélérée maintenant. Les retardataires pressaient l'allure, non point avec
l'espoir de pénétrer dans le vélodrome on savait
tous les gradins occupés depuis midi), mais pour
être aux abords, tout près, connaître, sitôt la ligne
d'arrivée franchie, le résultat de la finale.

Deux apprentis zingueurs qui venaient de loin
sans doute, si l'on en jugeait à la sueur de leur
front et à la poussière de leurs souliers, prirent
le pas de course un peu avant la grille d'octroi.

— Nous arriverons trop tard ! gémissait le plus
grand, qui pouvait avoir treize ans.

— Quand je te dis que non !... répondait l'autre. Je
suis sûr... On ne courra pas la finale avant quatre
heures. Il y a l'équipier de chez Tarral qui me l'a
encore répété ce matin... Nous aurons le temps de
souffler avant le retour.

La foule formait tout autour du vélodrome une
muraille vivante, de dix mètres d'épaisseur, que
des houles d'impatience secouaient de minute en
minute. Les petits zingueurs avisèrent un municipal à cheval, à la physionomie encoura-
geante ; de sa place, par-dessus les têtes, le cavalier pouvait avoir une échappée de vue sur la
piste.

— Ohé ! le cipal ! les demi-finales sont-elles cou-
rues ?

— Oui.

— Le Gallic a gagné la sienne ?

— Au pas.

— Et Josserin ?

— Dans les choux... Bon dernier.

— Et Morel ?

— Morel, tombé. Il s'est cassé la clavicule.

— Alors, quels sont les trois qui restent qualifiés ?

— Le Gallic, Jaas Daal et Marmandier !

— Ça sera pour Le Gallic...

— Oh, sûr ! En voilà un qui n'a pas les pieds nickelés.

— Le Gallic premier, Marmandier second... Je
les donne dans l'ordre. Du reste, Marmandier —
j'ai remarqué ça — finit toujours second dans les
grandes courses.

Les petits zingueurs, s'étant familiarisés, racon-
tèrent leur histoire au municipal :

— Voilà, fit le plus jeune qui avait la langue la
mieux déliée, nous habitons les Ternes. Notre sœur
aînée est infirmière à Beaujon. Elle a dans son
service le Breton Kerjan, savez ? celui qui a gagné si
drôlement le Guidon d'Or. Le pauvre gars est entré
à l'hôpital quelques jours après. Il a la typhoïde.
L'interne ne croit pas qu'il s'en tire. C'est de la
guigne. Venir de si loin et se donner tant de mal...
Paraît qu'à cette heure il est tout à fait ma-
boul : il ne parle que de Le Gallic et du Grand
Prix. Ce matin, il voulait que la surveillante de
salle assistât elle-même à la course, parce qu'il ne
croit pas à ce que racontent les journaux. Alors

notre frangine, qui a le cœur sur la main, lui a
promis qu'elle enverrait quelqu'un et elle nous a
fait signe.

Le public, tout de suite, s'était intéressé à ce
récit.

L'odyssée du malheureux Kerjan avait séduit
depuis quinze jours les âmes populaires. On ré-
clama des détails. Une grosse femme affirmait
savoir de bonne source que ce Kerjan avait là-bas,
en Bretagne, une jalousie d'amourette contre Le
Gallic.

— Garde à vous !... fait le municipal. On sonne
pour la finale.

Toutes les têtes s'immobilisent. Le rôle des
yeux étant forcément sacrifié, les vingt mille indi-
vidus qui s'entassent derrière les palissades, cher-
chent à suivre avec l'oreille les péripéties de la
course. Les exclamations, les cris des spectateurs
de l'enceinte les guideront, leur procureront l'illusion qu'ils suivent eux-mêmes la lutte. Voici les
trois champions en piste !... Le starter a donné le
signal... Personne ne veut mener... Les coureurs
font du sur-place pendant trois minutes. Le Gallic
se décide enfin et prend la tête... Un tour !... Deux
tours !... Trois tours !... On entend : « Jaas ! Jaas ! »
C'est que maintenant, sans doute, Jaas Daal est
devant. Le dernier tour commence. La clameur
devient tonnerre : mais on a perçu nettement dans
cette confusion de vivats une désinence : « ic !...
ic !... » C'est Le Gallic !... Le cavalier, debout sur
ses étriers, a vu passer trois silhouettes humaines,
aussi rapides que des projectiles.

— Ça y est ! a-t-il balbutié, d'une voix qu'étran-
glait l'émotion. Le Gallic, comme il a voulu !

— Et le second ?...

— Marmandier.

— Je te l'avais bien dit, crie à son frère le petit
zingueur... Marmandier second... Réponds un peu,
est-ce que je n'avais pas dit : Le Gallic, premier,
Marmandier second ?

Tout autour des palissades, on exulte, on rit,
on s'époumonne ; les cannes et les chapeaux s'agi-
tent pour le victorieux, qui pourtant ne peut rien
voir. Dans un large périmètre, sur le bois et sur
les routes, ce ne sont que des gens en liesse qui
dansent, hurlent, gesticulent... « Les deux Français
premiers... Vive la France ! »

*(A suivre).*

Le municipal continue de renseigner la foule :

— La Gallic est devant la loge du Président... Le Président lui parle, lui serre la main.

— Comme au roi de Siam, alors ! Il en sera rien orgueilleux, le mitron !

Cela dit, l'aîné des zingueurs prit son frère par la manche.

— A présent, ajouta-t-il, tirons-nous des pattes, et vivement ! Il faut porter la nouvelle à Beaujon.

. . . . . . . . . . . . . . . . . . . . . . . .

Le lendemain matin, le *Cycle* parut avec sa première colonne encadrée de noir.

« Une effroyable nouvelle, lisait-on, nous a gâté « la glorieuse soirée du Grand Prix.

« Tandis que le Paris cycliste était encore à la « joie et à l'émotion des luttes de l'après-midi, « Jean Kerjan mourait à l'hôpital. A six heures « cinquante, le malheureux orphelin rendait le « dernier soupir entre les bras de l'infirmière qui « depuis dix jours le soignait et le veillait avec un « admirable dévouement.

« L'annonce de la mort, aussitôt transmise dans « nos bureaux, à l'*Espérance*, dans tous les mi- « lieux sportifs, y causait une consternation géné-

VII — LE RECORDMAN, par Remy Saint-Maurice.

rale. Le vainqueur du dernier Guidon, à peine connu de ses camarades, s'était attiré cependant par sa modestie, par son incroyable témérité, toutes les admirations et toutes les sympathies. Nul de ceux qui suivirent sa performance des vingt-quatre heures, n'est sorti du Vélodrome d'Été, le 11 juillet, sans se dire qu'il venait d'assister à une manifestation de volonté surhumaine. Aussi, hier soir, ne rencontrait-on que des visages atterrés; on ne parlait plus du Grand Prix. Ce deuil accaparait partout les conversations.

« A vrai dire, les derniers bulletins ne permettaient guère d'espoir. Le mal était trop profond, la perturbation apportée dans l'économie de l'individu trop radicale pour laisser un doute sur l'inéluctable catastrophe.

« Kerjan est mort, non d'un germe typhoïde, mais de l'effort moral prodigieux qui avait surmené, faussé et définitivement brisé en lui les rouages vitaux. L'excessive disproportion entre la volonté de l'homme et ses ressources physiques a engendré le poison qui allait corrompre et détruire en quelques jours tout l'organisme. Quand nous le vîmes, après ses vingt-quatre heures, s'affaler, évanoui, dans les bras de ses entraîneurs, nous eûmes la brusque appréhension de ce qui se produirait. Les Hutin, les Torrent, les Maës, hommes faits, suivant d'un bout de l'année à l'autre un régime rigoureux d'entraînement, peuvent tenter sans péril ces tours de force de vitesse sur la durée. Lui, Kerjan nous venons d'apprendre fortuitement qu'il avait été ajourné deux fois à Lannion pour le service militaire, devait fatalement y succomber.

« N'importe! Le petit saute-ruisseau breton restera la plus dramatique, la plus touchante figure de notre sport. Peut-être, dans un esprit de dénigrement systématique, dira-t-on que, sans la bicyclette, Kerjan vivrait encore. Toutes les grandes causes, à l'origine, ont eu leurs martyrs, leurs victimes expiatoires dans le sang desquelles se fécondait l'idée le lendemain triomphante. C'est par des exemples comme le sien qu'on fomente des énergies, qu'on suscite des lutteurs. Kerjan fut mieux qu'un martyr de la vélocipédie: il en fut qu'on nous pardonne ce sacrilège d'expression, un des saints. Sa dernière parole, dans l'agonie qui commençait, n'était-elle pas pour réclamer de l'infirmière le résultat du Grand Prix, dans lequel son compatriote Le Gallic, à la même heure, s'immortalisait?...

« Aussi devons-nous à Kerjan plus qu'un souvenir: — un monument! Nous nous étions proposé d'abord d'ouvrir une souscription cycliste pour ses obsèques. M. Tarral, le directeur de l'*Atalante*, nous a déclaré vouloir assumer tous les frais d'enterrement. Nous ferons donc autre chose. Nous perpétuerons l'image et le nom du héros par une stèle digne de lui. La direction du *Cycle* s'inscrit la première pour cinq cents francs. Une liste est ouverte dès aujourd'hui dans nos bureaux. Tous ceux qui ont vu Kerjan à Courbevoie viendront, nous n'en doutons pas, nous apporter leur obole.

« LA DIRECTION.

Les obsèques furent magnifiques. Le cercueil disparaissait sous les fleurs. On remarqua beaucoup une grosse couronne d'orchidées, avec cette inscription: « A mon compatriote Kerjan, — Yves Le Gallic. » Les champions de l'*Atalante* tenaient les cordons du poêle. Immédiatement après le corbillard venaient deux pacemakers, vêtus de noir; ils menaient en main, par le guidon, la bicyclette du mort, voilée d'un crêpe. M. Tarral conduisait le deuil. Hutin lui-même figurait dans le cortège: il suivit le convoi jusqu'au cimetière. Il s'entretint, durant le trajet, avec le directeur du Vélodrome d'Auteuil et le représentant de la *Clyde*. Il y eut des discours devant la fosse.

Et l'*Atalante* se vendait toujours!...

## XIX

Sur toute l'avenue de la Grande-Armée, en août, on se demandait: « Où est Le Gallic? Où est Ladurelle?... »

Le Gallic avait disparu depuis les obsèques de Kerjan... Et le jour du Grand Prix, Coquereau, dans les loges de Vincennes, reconnut la dame des Châlets du Cycle. Fait bizarre! Ladurelle aussi devenait invisible. On le prétendait en villégiature avec son poulain, à Lannion. Mais les sceptiques pensaient autre chose.

« Vous verrez, disait Coquereau à ses commensaux de l'*Espérance*, que c'est le Breton la cause de tout. Il a dû s'embarquer avec une Américaine et Ladurelle se sera jeté à la nage pour suivre le bateau. Un de ces matins, nous retrouverons son bouton de faux-col entre deux arêtes de turbot.

. . . . . . . . . . . . . . . . . . . . . . . . . . . . . . .

Le lendemain de l'enterrement de Kerjan, on attendit vainement Le Gallic au training-school. Ladurelle reçut dans la soirée un petit bleu, d'écriture féminine ainsi conçu: « Paris est inhabitable l'été pour les gens comme il faut. L'entraînement me fait suer. Je gagne des climats plus favorables. Au retour, nous causerons. — LE GALLIC. »

Encore cette Farminia, bien sûr! Ah! l'imbécile!

Le Breton s'était soustrait à sa surveillance dix minutes après le Grand Prix. Fallait-il donc toujours le conduire par la main, comme un garçonnet?...

Tous ces mitrons, devenus des grands hommes du cycle, cédaient à leur heure à de pareilles aberrations. Un des premiers poulains de Ladurelle, le fameux Josserin, ne voulut-il pas à dix-neuf ans, par forfanterie, entretenir une actrice des Bouffes? Il lui aménagea, sur ses gains de la saison, un appartement somptueux aux Champs-Elysées, puis,

dès le premier jour, fut congédié avec cet aveu cynique : « Tu es trop bête... De quoi veux-tu que nous puissions causer ensemble ? » Cette aventure de Josserin, évoquée dans la mémoire du manager, précisa aussitôt ses appréhensions.

Pour la seconde fois, il mena prestement son enquête, mais dans le secret le plus strict. Il sut par preuves irrécusables que l'Italienne et Le Gallic avaient pris leurs billets pour Stockholm. Le tricycle à pétrole — dernier cadeau de M. Tarral, — les bicyclettes, les objets d'art, jusqu'à la cassette qui contenait les dernières couronnes du champion, tout avait été enlevé de Billancourt furtivement. Par bonheur Le Gallic était mineur, le plus gros de son pécule demeurait consigné dans une banque de l'avenue des Ternes, où, malgré ses tentatives, les fonds restaient intacts. Par amour propre ou par affection il eut le courage de mentir, cachant à tous son chagrin. Il y avait dans cet homme, à certaines heures, l'abnégation de l'apôtre.

Donc, un soir, il annonça ouvertement au training-school que Le Gallic, en vacances à Lannion, l'invitait pour quelques semaines. Tous ses poulains l'escortèrent au seuil de la villa. Un fiacre l'attendait. Pierre et Héros assujettirent sur le siège, à côté de l'automédon, la malle de cuir Ventrue, chamarrée d'étiquettes multicolores au nom de toutes les capitales d'Europe ; puis Ladurelle donna ses dernières recommandations à chacun, cria au cocher : « Gare Montparnasse ! » et se fit conduire à la gare du Nord.

XX

Sous le hall du premier hôtel cosmopolite de Stockholm, assis coude à coude au fond d'un même canapé de citronnier canné, le comte et la comtesse de Championnière devisaient amoureusement ; on eût dit de nouveaux mariés en voyage de noces. Le comte était ce qu'on peut appeler un beau type d'athlète, avec des rayons de vigueur admirables dans les épaules et dans le torse, mais aussi une certaine lourdeur d'attaches que rendaient plus sensible ses bas de cycliste et ses escarpins découverts. Une cravate-châle, très haute, en lainage de soie bariolé, s'enroulait autour d'un cou trop large ; la main ne se mouvait qu'à plat dans une persistante rigidité, comme si le gant de chevreau clair qui l'emprisonnait lui eût enlevé toute sa souplesse. Mais le linge luisant d'empois, les boutons de manchettes en perles fines, la profusion de breloques étalée sur le gilet, l'impertinence du monocle, la raie droite, séparant les cheveux sur la nuque, en dos de hanneton, le parti pris évident de s'isoler avec sa femme, de refuser toutes les avances de conversation, suffisaient à dénoter en lui le touriste de marque.

Le comte de Championnière semblait plus jeune que la comtesse de dix années environ. Il avait un visage de presque adolescent, tant était léger et menu le duvet qui commençait à ombrer sa lèvre supérieure. A table d'hôte, ils ne s'entretenaient que tout bas. Cependant leurs voisins, des belges, avaient surpris chez la dame un léger accent exotique : ils en concluaient que M. de Championnière, après des prodigalités précoces, aurait épousé quelque riche veuve d'Amérique ou d'Italie, pour redorer son blason. La comtesse d'ailleurs était jolie encore et paraissait sincèrement éprise. Elle avait toujours une décence de bon ton qui n'excluait pas l'élégance la plus recherchée. Quand elle se dégantait aux repas, elle montrait des mains fines, des doigts blancs, effilés, d'aristocrate, des doigts sans bagues où rutilait, seule, l'alliance d'or neuf. Le jeune ménage dépensait royalement. M. et Mme de Championnière exhibaient des portefeuilles bourrés de bank-notes. Aussi, depuis huit jours qu'ils résidaient à Stockholm, le personnel de l'hôtel leur témoignait-il en toute occasion la déférence due à leur fortune et à leur rang.

Donc cette après-midi-là, sous le hall ensoleillé auquel les frondaisons de rosiers grimpants, chargés de fleurs, les massifs de plantes vertes, les corbeilles de dahlias donnaient l'aspect d'une serre habitée plutôt que d'un salon, la comtesse murmurait à l'oreille de son jeune époux mille choses mystérieuses qui le comblaient d'aise. Par les vitres lumineuses, on apercevait, au delà du pont, le Château Royal, dont la masse claire, d'un joli style renaissance, dominait les eaux bleues, sillonnées de barques, du Saltsjön. On se serait cru à Venise, n'eût été la coloration plus pâle du ciel. Tous les voyageurs, à cette heure-là, étaient dans leur chambre ou à la promenade. Mme de Championnière en profitait pour s'abandonner tout entière aux délices du tête-à-tête.

Une étroite jupe de foulard blanc moulait ses hanches flexibles de sirène ; sous l'étoffe tendre, les lignes de la gorge se dessinaient, dans une précision troublante, frôlant longuement le bras de l'homme. Avec une moue de sourire ineffable elle approcha son visage de celui du jeune comte :

*Gioia mia! Tesorino mio!*

Mais lui l'écarta d'un geste brusque...

— Encore ce vilain prussien ! maugréa-t-il.

Un petit homme venait d'entrer dans le hall, d'un pas court et boitillant d'impotent. Il portait une longue barbe rousse, une perruque d'un blond déteint, tenait ses yeux dissimulés sous d'épaisses lunettes bleues. Sa redingote ballante abritait dans le dos une gibbosité dont l'effet semblait être d'avoir supprimé le cou et fait dévier la position de la tête entre les deux épaules. Arrivé pendant la nuit, il s'était inscrit sous le nom de Dr Professor Karl Heimling, privat-docent à la faculté de médecine de Breslau. Dès le matin, on le rencontrait partout, affairé, fureteur, le nez dans un journal ou dans un livre, bousculant les gens, puis prétextant en allemand de sa mauvaise vue. Avant le déjeuner, il avait pénétré

par mégarde chez les Championnière dont la chambre se trouvait contiguë à la sienne : il s'était excusé avec force salutations, en un jargon inintelligible. La voix, brève et nasillarde, montait par instants à des notes aiguës, d'un effet si comique qu'on eût dit l'intonation voulue et contrefaite.

Il trébucha dans le canapé. Reconnaissant enfin qu'il avait affaire à des étrangers, il demanda pardon, s'éloigna, revint, les énerva de sa présence pendant une heure, jusqu'à ce qu'ils se fussent décidés à quitter le hall pour la promenade. Le soir à dîner, les Belges ayant abandonné Stockholm, Mⁿᵉ de Championnière trouva à table d'hôte le Prussien installé à leur place.

Le docteur Karl Heimling produisit ses titres, offrit ses services, contraignit la soi-disant comtesse à l'écouter et à lui répondre.

Il s'exprimait en un langage bizarre, émaillé de mots allemands, avec un accent tudesque bien soutenu. Il félicita le jeune homme sur le goût de la bicyclette que révélait son costume. Lui, savant, il était un partisan résolu de ce sport, auquel il attribuait l'influence la plus bienfaisante sur l'organisme. A Breslau, chaque fois qu'on donnait des courses de professionnels ou d'amateurs, il ne manquait jamais une réunion. Les Championnière rougirent imperceptiblement à cet aveu, s'entre-regardèrent dans une commune angoisse. Mais le docteur Karl Heimling avait sans doute la vue trop mauvaise, les deux yeux trop bien enfouis dans leur prison de verre, pour rien discerner de cette inquiétude. Il continua de multiplier les politesses. Mme de Championnière buvait du vin blanc. M. de Championnière buvait de la bière. Il avait toujours une carafe à la main pour les servir. M. de Championnière trouva à la bière, ce soir-là, un goût pâteux et sucré.

En quittant la table, M. de Championnière éprouva un insurmontable assoupissement. A peine au lit, il se tourna vers la ruelle. En vain, sa femme tenta de le réveiller, l'accusa de manque d'égards et d'indifférence. Le jeune comte n'entendait rien. M. de Championnière dormit d'un sommeil de plomb. Ils ne se levèrent que pour le déjeuner. Madame était de mauvaise humeur. Monsieur se sentait toujours la tête lourde : il avait soif. Le repas fut morose. Les deux époux se parlèrent à peine. On devinait entre eux comme un malentendu. Tout le monde en fit la remarque. Le docteur Karl Heimling, infatigable de prévenances, continuait son jeu de carafes. On servit des anchois et de la dinde truffée froide. M. de Championnière s'en adjugea de pleines assiettées, dans lesquelles il piquait sa fourchette en affamé, avec une mimique réjouie de gourmand qui savoure quelque chose dont il aurait été longtemps sevré.

— Voilà, observa le Dr Heimling, qui est très préjudiciable pour la forme des bicyclistes. Les manuels d'entraînement à l'usage des champions proscrivent des menus l'anchois et la dinde. Ce sont aliments indigestes par excellence. Il est vrai que monsieur le comte ne pratiquant le sport que pour son plaisir...

— Cette bière a vraiment un goût bizarre! murmurait M. de Championnière.

M. de Championnière et sa femme regagnèrent leur chambre après le café. Madame ferma la porte à clef, se pendit au cou de son mari; Monsieur s'étirait, bâillait : « J'ai sommeil! » et, fermant les yeux, il se laissa choir tout endormi sur le lit.

— Une maritaccio! soupira désespérément l'Italienne.

Le lendemain, elle se décida à consulter le Dr Heimling. L'illustre professeur attribua les assoupissements prolongés au « janchement de climat ». Un peu de marche, une abstention momentanée de tout ce qui pourrait surexciter le système nerveux et, avec les « betites trogues » qu'il remit en flacons à Mme de Championnière, il n'y paraîtrait bientôt plus.

Les « betites trogues » du Dr Heimling, en effet, ragaillardirent presque instantanément le noble touriste. Sa femme l'emmena dehors, le fit marcher devant l'hôtel, sur le Blasieholmshamm, sur les quais du Saltsjon, et du Mœlar.

L'engourdissement se dissipait peu à peu. Cependant, il était visible que Mme de Championnière espérait mieux de son voyage que ce rôle d'escorteuse pour convalescent.

Soudain, à l'angle du quai et de la Regerings Gatan, la principale rue de Stockholm, M. de Championnière poussa un cri. Une expression de stupeur indéfinissable s'était répandue sur sa physionomie. Bouche bée, l'œil hagard, il désignait du doigt une immense affiche, fraîchement posée, couleur safran, qui occupait toute la hauteur du mur devant eux. Mme de Championnière pâlit à son tour, s'appuya, défaillante, au bras de son mari.

L'affiche, rédigée en français et en suédois, annonçait pour le surlendemain, dimanche 15 août, un grand match de vitesse au vélodrome de Stockholm, entre le Danois Jacobsen et Yves Le Gallic, le « premier coureur du monde » dont un croquis très ressemblant reproduisait la silhouette.

Dans la Malmskillnads Gatan, dans la Norrlands Gatan, les affiches se répétaient à l'infini. M. et Mme de Championnière s'enfuirent précipitamment vers l'hôtel. Sur le Blasieholmshamm, les colleurs commençaient leur besogne. « Nous allons préparer nos malles rapidement; nous partirons cette nuit. » Ils s'imaginèrent que tout le personnel de l'établissement les dévisageait, les reconnaissait, ricanait de leur déconvenue. Ils commandèrent qu'on les fît dîner dans leur chambre. « Quelle histoire!... Quelle histoire!... » M. de Championnière n'avait même plus la présence d'esprit suffisante pour formuler des conjectures.

Vers six heures et demie, le docteur Karl Heimling leur dépêcha le patron de l'hôtel. Lui aussi quittait Stockholm dans la soirée, mais il ne voulait point partir sans présenter ses hommages à sa voisine de table.

— Où est le docteur Heimling? demanda Mme de Championnière.

En bas, dans le hall, répondit l'hôtelier avec un sourire.

— C'est une façon de réclamer ses honoraires, murmura la comtesse à son mari. Va lui demander ce que tu lui dois.

Le jeune comte, cramoisi d'émotion, balbutia à voix basse :

— Je n'ose pas tout seul, ma Doué!... Accompagne-moi.

Elle se décida, avec un geste de contrariété.

— Surtout, allons *presto* et ne nous faisons pas trop voir!

Le hall était plein de monde. Du premier coup d'œil, ils reconnurent, tendue sur un panneau de glace, l'énorme affiche vélocipédique avec le portrait d'Yves Le Gallic. Même ici!... Ils en eurent un frisson dans tout le corps. Mais l'hôtelier était tout près, qui les observait peut-être. Le faux M. de Championnière retrouva son ancien courage de lutteur pour faire tête au danger. Suivi de sa femme, il traversa bravement la salle. Il

Le docteur Heimling.

apercevait de dos le Dr Heimling, causant avec un inconnu dans une baie vitrée.

Le Dr Heimling, à l'approche du jeune homme, pivota sur lui-même vivement. On n'eût guère soupçonné cette souplesse dans ses jarrets d'impotent. Il enleva ses lunettes d'aveugle. Alors, dans un visage fardé, entre la perruque blonde et la barbe rousse, apparurent des yeux jeunes, perçants, à lueur métallique : les yeux d'acier d'Édouard Ladurelle. L'ex-policier connaissait bien l'art du grime. Le Gallic et sa compagne de voyage demeurèrent immobiles, figés d'effroi. Il leur sembla que le tapis s'enfonçait sous eux.

Ladurelle ne leur laissa pas le temps de s'expliquer. Sur un signe de lui, l'inconnu s'avançait de deux pas.

— Que je vous présente l'un à l'autre... Mon poulain Yves Le Gallic !... Monsieur Kræmer, directeur du Vélodrome de Stockholm !...

Tous les étrangers ouvrirent l'oreille. Quelques-uns, pressentant sans doute le comique de la situation et la véritable identité des personnages, contemplaient tour à tour l'affiche safrané et le ci-devant comte de Championnière, avec une curiosité malicieuse.

M. Kræmer prit la parole le premier.

— Je vous remercie, monsieur Le Gallic, du très grand honneur que vous avez bien voulu me faire en profitant de votre voyage en Suède pour essayer en public ma nouvelle piste. La réunion s'annonce sous les meilleurs auspices : les journaux n'ont donné la nouvelle que ce matin et déjà toutes nos places sont louées.

— Mais je ne sais pas ce que vous voulez dire !... interrompit le Breton, je n'ai jamais pris d'engagement !... Je ne veux pas courir.

— Pardon ! repartit poliment l'entrepreneur de courses... M. Ladurelle, muni de vos pleins pouvoirs, a signé pour vous. Voici le traité.

L'Italienne se récria :

— È troppo forte !

Et, dans un accès de rage méprisante, elle tourna le dos aux trois hommes, claqua les portes, s'enfuit. Ladurelle, débarrassé de l'intruse, retrouva sa désinvolture des beaux jours.

— Oui, mon petit ! j'ai signé pour toi. Les conditions sont excellentes. Trois mille kronen (trois mille francs environ, pour être plus clair), et un quart de la recette. Il fallait bien, que diable ! boucher un peu les trous de ton budget.

Le champion s'entêtait.

— Je ne courrai pas !... Est-ce que je suis venu ici pour me matcher ?

— Il y a dix mille francs de dédit ! répliquèrent placidement, d'une même voix, Ladurelle et M. Kræmer.

L'exagération du chiffre acheva d'affoler le Breton. Le regard vague, la bouche crispée, un râle dans le gosier, il essayait de se défendre.

— Dix mille de dédit !... contre trois mille de prix seulement !... Ça ne se peut pas, monsieur le directeur...

— J'avais ces frais-là de publicité. Il me fallait bien une garantie.

Ladurelle intervint :

— Tranquillisez-vous, monsieur Kræmer ! Je suis à Stockholm avec Le Gallic. Donc, il courra. Je m'en fais garant.

Il tendit la main au Suédois, en signe de congé, puis, empoignant par le bras le faux comte de Championnière, avec une intonation plus rude, il ajouta :

— A présent, mon gaillard, à nous deux ! Viens çà que je te confesse !

Et il l'entraîna vers un petit salon de conversation.

Là, il croisa les bras, aiguisa ses yeux. Malgré le grotesque de l'affublement et du grimage, il reprenait l'air et l'attitude d'autorité par lesquels il en imposait aux poulains.

— Inutile de m'avouer que tu n'es pas marié. Je le sais, et tu ne te marieras jamais, du moins avec celle-ci. Réponds seulement à mes questions. Comment as-tu de nouveau rencontré cette femme ?

— Mais, monsieur Ladurelle...

— Pas de « si » ni de « mais »... Réponds. J'ordonne.

— C'est le jour du Grand Prix. Voilà... Elle...

Il suffit... Elle t'a parlé... Tu es retourné le lendemain rue Spontini. Elle t'a dit : « *Amato! Diletto!* Tu es beau! Je t'aime. Je suis comtesse. J'ai cinquante... ou cent... ou deux cent mille francs de rentes. Je t'épouserai. Filons. »

En effet, monsieur Ladurelle.

Elle a même dû te dire encore : « J'ai un oncle en Italie qui me sert mes revenus par trimestre... L'argent que j'attendais n'arrive pas. Règle pour moi avant le départ, quelques dettes. Munis-toi de la forte somme. Elle nous sera nécessaire. Je te rembourserai au reçu de mes fonds. »

— Ce n'est pas un oncle, monsieur Ladurelle, c'est un banquier de Milan...

— Oncle ou banquier, dans l'espèce, cela se vaut. Alors tu as pris tes quarante mille francs, tu m'as fait signifier par elle sèchement mon congé, ce qui était, au bas mot, de l'ingratitude, et tu es devenu le comte de Championnière (le comte Edgard ou Oscar de Championnière), voyageant en Scandinavie avec sa suave épouse.

Le Gallic restait coi.

— Et combien t'a-t-il coûté déjà, depuis trois semaines, ce titre de comte?...

Neuf mille francs environ !

Nous regagnerons cela sur le chemin en revenant. J'ai traité pour jeudi prochain avec Copenhague, pour dimanche avec Hambourg, pour le troisième dimanche avec Bruxelles. Si on ne me décerne pas une médaille de sauvetage après cela!...

Il y eut un silence. Le Breton s'enhardit tout à coup :

Monsieur Ladurelle, je vous ai dit que je n'accepterais pas de courir avant octobre. Si vous voulez payer le dédit de dix mille francs, payez-le... Ça ne me regarde pas...

— Vraiment?... Tu veux faire comme Hutin au Vélodrome d'Été. Tu oublies les termes de ton mandat, le mandat que nous envoyâmes l'automne dernier à la signature de ton tuteur, le pêcheur de sardines de Trébeurden. Faut-il te rafraîchir la mémoire?... J'ai là le texte. (Il lut.) « *Article 3. — Ladurelle a pleins pouvoirs pour signer, à des délais de soixante jours au plus, tous engagements et dédits au nom de Le Gallic avec les directeurs de vélodromes ou entrepreneurs de tournées... Article 5. — Au cas où, le présent mandat continuant ses effets, Le Gallic, soit par accident, soit par refus de courir, faillirait à un engagement, il paiera de ses deniers le dédit stipulé, sans recours ultérieur contre son mandataire...* » Est-ce net?

Il dut répéter le texte et l'expliquer pour en bien pénétrer son poulain. Le Gallic gémit :

— Je ne suis pas en forme...

— Tu n'avais qu'à t'y maintenir. Ce Jacobsen d'ailleurs n'est pas un épouvantail.

Le manager rétablit sur ses yeux les lunettes à verres bleu-noir et redevint le vieux médecin prussien.

— Dans une heure, le docteur Heimling aura disparu, mais Ladurelle reste à Stockholm. Il n'habitera pas sous le même toit que ta maîtresse. Cependant sois certain qu'aucune de vos actions ne lui échappera. Vois si j'ai l'âme généreuse. Je ne veux pas entraver complètement ton bonheur. Tu seras ici le comte de Championnière ou Yves Le Gallic, champion du monde, à ton gré. Tu ne me reverras qu'en piste, après demain. Le temps fera le reste.

À ce moment la porte du petit salon s'ouvrit en coup de vent; l'Italienne rentra. Le rouge aux joues, une flamme de colère dans chaque prunelle, elle serrait les poings, lançait au manager en plein visage cette apostrophe accusatrice :

— *Avvelenatore! Empoisonneur! Borgia!...*

Un sourire ineffable éclaira la face grimée.

Empoisonneur! Fi! le gros mot!... Madame la comtesse m'incrimine bien à la légère. Est-ce avec du poison que, ce matin, je tirais M. de Championnière de sa torpeur?

— C'est *te* qui l'as endormi! oui, *te! te!*

Soit! je ne le nierai pas. La composition était tellement inoffensive! Deux centigrammes de morphine, un quart de milligramme d'atropine e. de cicutine diluées avant chaque repas dans la bière qu'il devait boire. Voici les derniers cachets. Vous pouvez faire analyser. M. le comte devant redevenir pour quelques minutes, dimanche, au Vélodrome de Storkholm, le glorieux champion cycliste qui vous a séduite, j'essayais de raviver ses forces par un sommeil réparateur. Où est le mal?... J'abandonne la place. Je vous laisse, à vous toute seule, le soin de l'amener en bon état dimanche au poteau. Car il courra, madame la comtesse!... il courra malgré vous.

## XXI

Le Danois vainquit le Breton. On attribua cette défaite dans les journaux sportifs du monde entier à la configuration défectueuse de la piste. La comtesse Farminia, déjà dépitée du scandale fait à l'hôtel, accepta facilement le projet d'une revanche. Son héros ne pouvait pas succomber deux fois contre un rival si notoirement inférieur. Elle se résignait à n'être que la compagne de route d'un champion cycliste : du moins fallait-il que celui-ci retrouvât tout l'ancien prestige. On se matcherait de nouveau à Copenhague. L'affaire était réglée par les soins du manager et il y avait là aussi un dédit de dix mille francs.

Ladurelle maintenait d'ailleurs son attitude stricte de discrétion et d'isolement, n'intervenant que quand les devoirs de sa fonction l'y obligeaient.

*(A suivre.)*

A Copenhague, ce fut un nouvel échec, plus complet encore que le premier. Jacobsen gagna sans lutte les deux manches du match.

En sortant du vélodrome, les yeux gonflés de larmes, le Breton chercha en vain son amie. Elle ne l'attendait pas au lieu de rendez-vous convenu. Lugubrement, il regagna son hôtel. Il trouva la chambre vide. Les malles de Mᵐᵉ Farminia n'étaient plus là. Sur la cheminée, un mot d'adieu, ainsi conçu :

« Ma détermination, au cas d'insuccès, était prise depuis Stockholm. Je ne suis pas de force à lutter contre ce démon et cet empoisonneur. Puisque tu n'as pas su en temps utile choisir entre nous deux, garde-le et oublie-moi. »

Le Gallic s'abîma le front dans l'édredon. De longs sanglots secouaient tout son corps. Deux heures auparavant, en piste, sous les rumeurs étounées de la foule, il avait eu la sensation de n'être plus le même athlète : ses jarrets et ses reins n'obéissaient pas comme jadis à l'impulsion furieuse de la volonté. Champion, il se voyait pour longtemps amoindri par cette suite de revers :

VIII — LE RACONTMAN, par Remy Saint-Maurice.

homme, la ridicule issue de son aventure le livrait aux plaisanteries de tous. Il n'eut pas même dans le cœur un regret sincère pour l'infidèle. Son orgueil seul pleurait. Il se décida cependant à la rechercher : il la supplierait à genoux de revenir à lui; il lui sacrifierait Ladurelle, la bicyclette, les retours de verve possibles. Il garderait devant le monde une situation de vanité encore enviable : ami d'une femme élégante et titrée, époux peut-être un jour.

Il s'enquit inutilement partout, erra jusqu'à la tombée du jour dans la ville inconnue. Tout à coup, près du port, il s'entendit appeler et, levant la tête, il reconnut devant lui Ladurelle.

Le manager le prit dans ses bras, l'étreignit ; les prunelles aiguës n'avaient plus que des regards de mélancolie et de compassion, presque caressants dans leur douceur.

— Elle est partie !... gémit le Breton à voix basse, comme quelque inavouable confidence.

— Je le sais. Vois-tu s'éloigner ce steamer là-bas, au nord, dans le Sund? C'est un bateau norvégien qui les emporte tous les deux.

— Tous les deux ?... interrogea l'autre, anxieux.

— Jacobsen et elle. L'ayant battu, il devient à son tour pour quelques jours le professionnel bien rené, le premier sprinter du monde. Il a un engagement demain à Christiania. Par hasard, ton ex-amie a pris le même vapeur que lui. J'ai assisté à l'embarquement. On a mis leurs bagages ensemble.

La nuit venait, brumeuse. Tous les navires allumaient leurs feux. Le Gallic aperçut, dans la direction que lui indiquait le doigt de Ladurelle, un point lumineux, qui, peu à peu, s'éteignait dans le brouillard. Son cœur se serra, une contraction nerveuse pinça ses narines. Ladurelle comprit la vraie souffrance de son poulain.

— Courage! murmura-t-il. Nous te referons une gloire et nous te consolerons.

Il leur restait deux jours à consacrer au Danemark. Pour dissiper la tristesse du Breton, fournir un dérivatif constant à ses idées, Ladurelle le promena dans les palais, dans les musées, lui fit admirer les sites les plus pittoresques de Seeland. Ils visitèrent Kronborg, Elseneur, déjeunèrent à la plage de Maryelist.

Dans l'après-midi, ils escaladèrent la colline, d'où leur regard embrassait un panorama merveilleux. Au-dessous d'eux, Elseneur et ses maisons rouges; à gauche, les flèches de Kronborg. Plus loin, la nappe étincelante du Sund, avec ses vagues d'azur, moirées de flocons blancs. Des centaines de goélettes, penchant au vent, glissaient sur les lames. Le Gallic considéra un moment cette envolée lente de voiles. Il regarda les côtes de Suède qui profilaient sur l'horizon leur masse bleu pâle... Puis, longuement ses yeux se perdirent dans le septentrion. Le manager devina sa pensée secrète et, l'emmenant par l'épaule :

— Suis-moi, dit-il. Allons voir le tombeau d'Hamlet.

Ladurelle connaissait le Danemark. Il y avait accompagné Josserin, autrefois, l'année où l'on disputa les Championnats du Monde à Copenhague. Ils donnèrent quelque menue monnaie à un invalide des guerres du Sleswig qui gardait le monument, puis pénétrèrent dans l'enceinte. Sur un rond-point gazonneux, un tronçon de colonne en marbre se dressait. Ni figure, ni inscription. L'aspect était nu et vraiment funèbre. Des Anglais pieux avaient déposé sur la base de la colonne une gerbe de renoncules, d'orties et de marguerites, — les fleurs d'Ophélie. Un ruban de soie noire imprimée s'enroulait aux tiges.

— C'est ici, selon la légende, qu'Hamlet fut enterré. Incline-toi et médite.

— Qu'était-ce Hamlet? interrogea timidement Le Gallic, tête nue, en laissant tomber son monocle.

Ladurelle chercha la phrase à effet :

— C'était un lutteur. On a mis son histoire en opéra. Lis cette inscription sur le ruban noir : *To be or not to be.* Tel fut le problème de la vie d'Hamlet. *To be,* être; *not to be,* ne pas être... *Être ou ne pas être?*... Comprends-tu l'enseignement de cette phrase?... *Être,* c'est-à-dire suivre une vie régulière, un entraînement méthodique, continuer ta gloire première, exister comme lutteur en un mot... *Ou ne pas être...* La Farminia!... Stockholm!.. Copenhague!... la prompte, l'irrémédiable décadence!

Le jeune athlète contempla le tronçon de marbre, puis le sol lui-même, avec un effort de pensée qui l'accablait. Au retour, il eut une crise d'attendrissement et s'épancha.

— Je sais à présent, je vois, monsieur Ladurelle! Je vous obéirai. Il ne me reste plus que vous au monde.

— Tu te trompes, reprit amicalement le manager. Tous ne t'ont pas abandonné dans ton malheur. Laisse-moi plutôt te lire cette lettre qui me revient de Stockholm.

Il déplia un papier sur lequel Yves reconnut aussitôt l'en-tête de la maison Jézéquel et l'écriture aux jambages fins de Mⁱˡˡᵉ Sibylle.

Lannion, mardi.

« Mon cher monsieur Ladurelle,

« Je ne sais où ni quand ces lignes vous rejoindront. Nous avons passé quinze jours d'inquiétude extrême. Mon père et moi étions sans nouvelles de Le Gallic. Contre ses habitudes, il avait « négligé de nous télégraphier lui-même son triomphe du Grand Prix. Je connus le résultat par « les pédalistes qui tous illuminèrent leurs maisons, « le soir. J'écrivis aussitôt à Le Gallic chez vous, « et ne reçus point de réponse. Je vis encore son « nom dans les feuilles, quelques jours plus tard, « à l'occasion des obsèques de ce pauvre Kerjan, « après quoi les journaux se turent. Les échos « d'entraînement ne signalaient nulle part sa présence. Nous vivions dans l'ignorance absolue. « Mon père attribua le silence d'Yves au légitime « enivrement de la victoire, et m'assura qu'en cas « de maladie vous n'auriez pas manqué de nous « prévenir. Enfin, ce matin, la *Gazette des Sports* « m'apprend votre présence à Stockholm. Peut-« être le service postal est-il mal fait dans ces « pays; cela expliquerait des lettres perdues. Le « Gallic a été battu en match. Pourquoi allait-il si « loin? Le changement de climat, l'exiguïté de la « piste, furent sans doute pour beaucoup dans sa « défaite. La *Gazette des Sports* annonce que vous « vous arrêterez dans plusieurs vélodromes, en « regagnant Paris. J'ai confiance que l'échec de « Stockholm sera rapidement vengé. En tous cas, et « quels que soient les vrais motifs de ses omissions à notre égard, veuillez affirmer à Yvonnic « que mes sentiments à moi ne se sont en rien « modifiés. Nul cœur n'a mieux partagé sa joie, le « soir du Grand Prix; nulle pensée ne s'est davantage associée à la sienne dans l'amertume de « l'insuccès. Puisse-t-il ne plus jamais oublier « qu'après vous, mon père et moi sommes ses « seuls amis! Depuis le jour où nous nous étions « rencontrés et compris à un chevet de blessé, j'ai « trop souvent eu recours par correspondance à « votre bienveillant intermédiaire pour ne pas le « solliciter encore aujourd'hui.

« Mon père a été fort souffrant ces temps derniers. Ses charges municipales et les soucis journaliers qu'elles comportent l'ont visiblement « fatigué. Je compte sur quelque retentissante « victoire de notre ami pour lui rendre la bonne « humeur et la santé.

« Veuillez agréer, cher monsieur, l'assurance de « mes meilleurs sentiments.

         « SIBYLLE JÉZÉQUEL. »

Le Gallic fut remué jusqu'au fond de l'âme à cette lecture. Les déboires répétés de son orgueil laissaient peu à peu reparaître à la surface le fond de nature honnête et aimante... Il avait la conscience de son ingratitude; cette conscience prenait même tout à coup dans son cerveau de simple les proportions d'une chose énorme, terrifiante. Ce qu'à Lannion, devant Sibylle, après la griserie vaniteuse des ovations, il n'avait que si imparfaitement senti, se précisait maintenant, s'affirmait en remords. Il lui semblait que mille avalanches tombaient sur son intelligence.

— Je n'oserai jamais la revoir.. Si on lui disait!... Si elle apprenait!...

Ladurelle répondit doucement, en serrant la lettre dans son portefeuille :

— Nous veillerons à ce qu'elle n'apprenne rien. Jusqu'ici les journaux ont été discrets.

A Hambourg et à Bruxelles d'abord, à Amsterdam, à Anvers, à Ostende ensuite, le champion du monde fut battu. Les journaux cyclistes commentaient d'un ton chagrin ce déclin de forme. Ladurelle dépensait en vain tout son savoir d'empirique. Ni l'arsenic, ni les piqûres de caféine, ni les changements de machine ou de multiplication, pas plus que les tactiques nouvelles ne parvenaient à améliorer les résultats.

— Pour Stockholm, pour Copenhague, je l'admets à la rigueur, mais à présent, contre de si piètres adversaires, avec la vie régulière qu'il mène, le régime auquel je l'astreins, c'est inexplicable!

Le Gallic gardait toujours son même foudroyant démarrage, mais pour faiblir immédiatement, comme si la pesée trop brusque avait brisé sous lui les pédales.

Ladurelle pensait avec douleur : « L'atropine ou la morphine n'ont point d'effets si persistants. Ce fut donc cette Farminia la seule coupable. Un jour d'excès suffit pour rouiller à jamais les jambes d'un sprinter. »

Le Breton s'obstinait contre la guigne; il voulait avec rage sa revanche sur la destinée, puis il s'effondrait, après la course, en de mornes découragements.

Il subissait l'arrogance narquoise des autres, se croyait injurié par le rire du victorieux. A Ostende, à son entrée en piste, le public n'avait eu qu'un léger murmure de curiosité. Des Parisiens, épars dans le vélodrome, l'invectivaient par-dessus les rampes : « Fiacre !... Limace !... » Où était l'homme-éclair, l'homme-flèche dont la seule apparition arrachait des cris d'énergumènes à tout un peuple ?... La recette elle-même s'en ressentait. Le directeur ostendais fit remarquer la chose à Ladurelle, d'un ton de reproche. Les feuilles sportives qu'on recevait de France enregistraient en place modeste les défaites. A peine une brève conclusion démoralisante comme celle-ci : « Il nous faudra dire adieu pour longtemps sans doute à l'espoir de retrouver l'idéal sprinter d'antan. Comme les Tournier et les Hubert qui furent en leur temps les rois de la pédale, Le Gallic est tombé brusquement de la première place pour grossir la légion des coureurs de seconde, peut-être même de troisième catégorie. »

Cependant les imprésarios de Paris comptaient encore sur sa popularité pour attirer du monde à leurs guichets. On organisa un match truqué; un rival complaisant reçut ordre de se laisser battre. Cela fournirait aux spectateurs l'illusion d'une réhabilitation. Les connaisseurs pourtant ne se méprirent pas à l'allure du Breton. Lui-même éprouvait comme une rancœur de s'être prêté à ces avilissantes combinaisons. M. Tarral, le même jour, lui signifia froidement qu'en raison de la mauvaise forme actuelle et tant que cette mauvaise forme durerait, ses appointements réguliers seraient diminués de deux tiers. Tous les anciens records détenus par le Breton appartenaient depuis un mois à des nouveaux venus. M. Tarral avait découvert de brillantes recrues auxquelles provisoirement il réservait sourires et billets de banque. Le commerce n'a pas d'entrailles.

Seul, Ladurelle conservait cette fidélité des hommes qui ont vécu vraiment d'une conviction. Il échangeait avec son poulain de longues œillades éloquentes où s'évoquaient la splendeur et le regret du passé. En sa présence, Le Gallic espérait encore. Mais dans le silence des nuits d'insomnie, le Breton regrettait Lannion, la mansarde de la maison Ruello qui fleurait le grain frais, et les heures de soir où, dans son colleron blanc, il descendait boulonner les volets chez Sibylle. Sibylle !... Mademoiselle Sibylle !... Depuis la lettre à Ladurelle, depuis Copenhague, il n'avait plus rien su d'elle. Sûrement, on lui aurait tout raconté et elle ne l'excuserait point de son parjure. Il ne songeait guère en ces moments-là aux économies faites. A la petite fortune que ses cent vingt mille francs représentaient pour des provinciaux. Il avait vu depuis un an couler tant d'or autour de lui !... Il ne sentait que sa prostration présente, le vide moral, les ambitions anéanties, avec un besoin puéril d'être consolé, et, comme aux premiers jours de sa vie d'athlète, tout cela se résumait dans cette invocation naïve : « Mam'zelle Sibylle ! »

Quand il s'endormait, c'était pour d'atroces cauchemars...

Bizarreries du songe! Kerjan s'y représentait à lui sans trève. Tantôt c'était, devant la gare de Lannion, le maigre pééliste à face terreuse criant : « Au revoir ! » d'une voix si étrange qu'il en restait encore, de loin, tout bouleversé. Tantôt c'était la tête de cire, la tête morte vue sur un lit d'hôpital, le lendemain du Grand Prix. L'épouvante alors l'éveillait en sursaut et il se demandait quel mal involontaire il avait pu faire à ce Kerjan pour être ainsi poursuivi chaque nuit dans le sommeil par la persistante vision. En vrai Breton superstitieux, il augurait de tous ces rêves un nouveau malheur prochain.

## XXII

Le Tout-Lannion vélocipédiste et radical se donnait rendez-vous ce dernier vendredi d'octobre, devant l'ossuaire de Trégastel.

M. Jean-Marie Jézéquel était subitement décédé dans la soirée du mardi, en sa cinquante-cinquième année. Selon le désir exprimé de son vivant, après une première cérémonie religieuse à Lannion, on venait l'enterrer dans ce cimetière de village où reposaient déjà plusieurs générations de Jézéquel.

Un certain mystère entourait cette mort soudaine. M. le maire, depuis quelque temps, semblait atrabilaire et soucieux. Le prix des deux maisons achetées par lui à M. Ruello, rue Duguesclin, n'avait pas été intégralement versé : le marchand de cycles aurait même rétrocédé à perte, disait-on, l'un de ces immeubles à son vendeur. De la part d'un homme réfléchi comme lui, fidèle d'habitude à ses engagements, ce brusque dédit pouvait au moins surprendre. Malgré les apparences, faisait-il de mauvaises affaires ? Quelque spéculation néfaste avait-elle tout à coup compromis ses finances ? Les ennemis politiques, volontiers enclins à médire, insinuaient que M. Jézéquel ne fut pas toujours envers Le Gallic l'ami désintéressé que louangeaient les affiches électorales : « Il exploite notre champion. L'accroissement visible de sa fortune en est l'indice. Est-ce avec le simple produit licite de son magasin qu'il espérait payer les deux maisons ? Le manager est intervenu, a menacé de révélations, pour mettre un terme à ce trafic. Jézéquel a dû céder. Mais toutes ses prévisions budgétaires se sont trouvées bouleversées. De là ses difficultés de règlement avec Ruello pour le second immeuble ; de là, son air d'accablement pendant deux mois, et, finalement, la congestion cérébrale à laquelle il a succombé. » On manquait de preuves certaines ; mais les commentaires désobligeants allaient leur train quand même. Cependant la présence de Le Gallic en pleurs aux obsèques, celle de Ladurelle, correct et recueilli, semblaient devoir donner tort aux malveillants. M. Ruello lui-même, qui avait accompagné le convoi jusqu'à Trégastel, opinait à voix basse que la librairie comme la boulangerie sont carrières préférables à celles du cycle, et qu'en persévérant dans la vente des livres son pauvre voisin se fût épargné beaucoup de déboires.

En quelques mois, cela faisait deux décès que Lannion devait au cycle : — Kerjan et Jézéquel ! — le petit professionnel surmené par les courses de fond, le marchand rongé sans doute par les tracas secrets de son commerce !... Et M. Ruello hochait la tête tristement dans son collier de vieille barbe...

La P. L., voulant rendre un suprême hommage à son président d'honneur, s'était rendue en corps au cimetière, avec bicyclettes. Les machines s'alignaient devant l'église qu'entoure l'enclos funéraire. Le poète Allan-Soisbault, le chanoine Ludovic Marzin — celui-ci récemment affilié aux péélistes — figuraient nécessairement dans le cortège. Ils y apportaient une ostentation de chagrin. Le chanoine, sa soutane retroussée jusqu'aux mollets, se maintenait sans cesse aux côtés de Le Gallic.

Zulès lui-même, ayant abandonné pour une heure ses homards farcis, promenait dans cette foule affligée ses yeux arrondis d'hébétude, et le petit bourrelet vaniteux de son menton ; il tentait par la dignité de ses attitudes de raviver les souvenirs bienveillants de M. Ladurelle. M. Ladurelle visiblement avait l'esprit ailleurs.

Quand le corps eut été descendu dans la fosse, le sous-préfet, le premier adjoint, M. l'avocat Coadou, comme orateur du parti radical, M. le juge d'instruction, en sa qualité de pééliste fervent, prononcèrent des adieux émus. M. Allan-Soisbault leur succéda, récita un impromptu en forme de complainte. Le chanoine Ludovic Marzin trouva des phrases heureuses pour atténuer les regrets qui se pressaient sur cette tombe : « Chaque individu, qu'il soit chef d'Etat ou simple particulier, a sa tâche assignée par Dieu. La tâche achevée, pourquoi l'homme survivrait-il ? L'histoire des chefs d'État dans ces dernières années est pleine de ces morts instructives. Jean-Marie Jézéquel devait doter la France d'un champion glorieux dont le nom resterait indissolublement uni à celui de notre ville. Toutes les vicissitudes de son existence passée ne semblent-elles pas maintenant avoir été combinées pour ce seul but ? Il peut dormir dans la sérénité du devoir accompli. Admirons la sagesse de la Providence, inclinons-nous une dernière fois devant ce cercueil, reconnaissants, respectueux, mais résignés. »

Les assistants, un à un, tête nue, s'approchèrent ensuite de Sibylle. Soit persistance voulue à se distinguer du vulgaire, soit que la catastrophe l'eût prise au dépourvu pour sa toilette, l'orpheline présidait à ces funérailles en costume cycliste, avec pantalon et bas de deuil : un court voile de crêpe, enroulé autour d'un canotier de toile cirée noire, lui dissimulait à demi le visage ; elle souleva le crêpe pour accueillir les condoléances de chacun. Toute défigurée par les larmes, elle serrait les mains offertes, répondait : « Merci ! » d'une voix blanche, qui s'étouffait sous le mouchoir porté perpétuellement devant la bouche.

Le Gallic s'avança le dernier. Arrivé par l'express de Paris, le matin même, il n'avait encore pu échanger avec la jeune fille qu'une brève phrase de sympathie. Les doigts glacés de Sibylle se crispèrent dans la main charnue du coureur. L'un et l'autre, quelques secondes, s'observèrent silencieusement. Le Gallic cherchait en vain des mots qui eussent exprimé à la fois la tendresse, le repentir et la pitié. Trop de pensées diverses s'agitaient et s'embrouillaient dans son cerveau pour qu'il pût les émettre en paroles coordonnées.

— Je vous attends, à six heures, chez moi ! dit enfin Sibylle entre deux sanglots. Vous frapperez à la petite porte qui est à droite du magasin. Il faut à tout prix que je vous parle...

Pour la première fois, elle ne le tutoyait plus.

Les dames Salaün, l'entraînèrent, ou le suffocante, vers une voiture.

Le retour des péélistes fut bruyant. Après ce mutisme contraint du cimetière, les Lannionnais retrouvaient leur verbiage sonore. Guyomar justifia la définition malveillante du mot « pééliste » ;

LE RECORDMAN

il prit une pelle sur un tas de cailloux dans la descente de Gueradur. On se disputait l'honneur de pédaler auprès de Le Gallic. Pour eux, il demeurait l'invaincu, l'irrésistible sprinter. Est-ce qu'une défaite hors de France prouve quelque chose?... On connaît la mauvaise foi des étrangers. A Stockholm, à Copenhague, à Bruxelles, à Ostende, ce n'étaient certainement que résultats faussés. Sur le sol national nul encore n'avait pu le battre. Seules, les courses françaises décident de la valeur des hommes. Le chanoine honoraire de la cathédrale d'Erzeroum dépensait son éloquence dans ces dialectiques enthousiastes. A les entendre ainsi tous, l'un après l'autre, le Breton revivait les heures les plus enivrantes de sa célébrité. L'œil découragé de Ladurelle contredisait ouvertement à ses hyperboles. Et lui aussi, le recordman déchu, il savait bien que, malgré les apparences d'une vigueur toujours égale, quelque rouage était définitivement brisé dans son mécanisme de vitesse. Et cependant, il écoutait ces apologies fanatiques. Son orgueil s'y complaisait avec délices. Malgré l'appréhension de nouveaux désastres, il éprouvait le besoin de lutter encore, de s'acharner contre son propre déclin, de ramener la victoire sur son pneu d'avant. En même temps, c'était, dans la tristesse même de ce jour funèbre, une sorte de bien-être amollissant à savourer ces longues flatteries, le souhait qu'elles se continuassent toujours, indéfiniment, l'ambition paisible de subsister, pour tous ceux-là qui l'admiraient, dans l'intégralité de la gloire présente.

Le Gallic se rendit chez Sibylle avec une heure de retard. Il passa devant la boulangerie Ruello. Gaud, la vieille ménagère, qui tricotait devant la porte, lui envoya de la tête un petit bonjour amical. Il leva les yeux alors jusqu'à la mansarde que la vue de cette brave femme lui rappelait; il avait vécu là les jours les plus paisibles de son adolescence. La devanture du magasin de cycles était close : un écriteau, collé au volet central, portait l'annonce traditionnelle : « Fermé pour cause de décès. » Toutes les sensations déjà subies près de l'ossuaire de Trégastel l'assaillirent une seconde fois devant cet écriteau. Elle était seule maintenant et orpheline, celle qui encouragea si ardemment ses débuts, celle que, depuis, il avait tant de fois négligée ou contristée. Un loquet grinça, la porte s'entrouvrit et Sibylle l'introduisait dans le couloir qui, contournant le magasin, accède à l'arrière-boutique. Une lampe était allumée.

La jeune fille, sitôt rentrée, avait prétexté d'un repos nécessaire pour écarter ceux qui s'ingéniaient à la consoler. Assise à la petite table où elle dînait chaque soir avec son père, elle attendait Yves. Des papiers de toutes sortes, — factures détachées, registres ou livres de commerce, — étaient étalés devant elle. Au bruit que fit le marteau de la porte, annonçant la venue de Le Gallic, elle avait serré précipitamment dans son buvard une liasse de lettres que sans doute le champion ne devait pas voir...

Elle le fit asseoir à côté d'elle, sous la lampe. Il craignait une effusion de sanglots comme au cimetière. Mais Sibylle était calme et, sinon tout à fait rassérénée, du moins vaillante et résolue. On la devinait prête à quelque grave détermination. Le Gallic s'excusa de son retard.

— Je vous ai fait m'espérer un peu longtemps, mam'zelle Sibylle! murmura l'ancien mitron, dans ce jargon lannionnais où « espérer » est synonyme d' « attendre ». Ça n'est pas ma faute, c'est celle des péélistes... Guyomar, Jégou, l'abbé Marzin... je ne pouvais plus me débarrasser d'eux.

Elle répondit d'une voix sourde qui semblait rendre aux mots leur signification régulière.

— Oui, mon ami, je vous ai espéré longtemps!...

Ses regards assombris par les larmes de l'après-midi errèrent un moment le long des murs de plâtre nu, puis ils s'arrêtèrent en bas, près de la cheminée sur des espadrilles à fleurs de laine rouge, la dernière chaussure du défunt. Cette vue lui causa un petit frisson, aussitôt réprimé.

— Demain peut-être, dit-elle, vous allez regagner Paris, et Dieu sait quand nous nous reverrons.

Il sursauta, anxieux, déconcerté. Elle poursuivit :

— J'ai en conséquence des communications importantes à vous faire.

Le Breton, les deux coudes aux genoux, l'écoutait. Elle obliqua un peu sa chaise de manière à éviter la lumière trop directe de la lampe qui eût pu trahir sur sa physionomie des choses qu'elle voulait taire.

Dès l'engagement de Le Gallic à l'*Atalante*, elle soupçonnait les conventions secrètes de son père avec M. Tarral. Mille menues révélations avaient confirmé ses soupçons depuis lors. Son père mort, et avant l'apposition des scellés, elle compulsa et mit en sûreté une partie de la correspondance commerciale ou politique. Par un accusé de réception de M. Tarral, postérieur de quelques jours seulement à la visite de Ladurelle, elle connut la renonciation brusque consentie par son père, vraisemblablement après des sommations verbales du manager. Une lettre de Ladurelle lui-même laissait peu de doute à ce sujet. M. Jézéquel, qui s'était engagé maladroitement envers son voisin Ruello pour le solde de la seconde maison à date fixe, désespérant de s'acquitter sans faire frapper l'immeuble d'une lourde hypothèque, avait préféré le rétrocéder. C'était déjà une blessure d'amour-propre pour le commerçant. Puis de mauvais propos circulèrent en ville. Dans la poche même du veston que portait le marchand de cycles, le jour de l'apoplexie, elle trouva une lettre anonyme, émanant apparemment de M. Libouban, et qui annonçait de prochains scandales : « ... On connaîtrait bientôt, grâce à des procédés d'investigation irrécusables, le compte exact de M. Jézéquel à l'*Atalante*... on saurait s'il arrondissait sa fortune avec les deniers municipaux ou avec ceux du seul Le

Gallic... C'avait été le coup de grâce qui précipita la congestion finale.

En présence du champion, Sibylle se recueillit un instant. Sa piété filiale ournit l'héroïsme des grands mensonges.

— Mon père vous aimait, vous le savez, comme si vous eussiez été son propre enfant. Il servait non seulement votre renommée, mais vos intérêts. Il prit à cet effet — et à votre insu — de sages précautions. Dans la crainte que l'inexpérience ou la frivolité vous fissent gaspiller à Paris toutes les sommes que vous receviez, il convint avec M. Turral qu'une partie de vos gratifications de coureur lui serait provisoirement attribuée. Ces sommes s'élèvent aujourd'hui à près de trente-cinq mille francs; elles devaient constituer un capital de réserve que vous trouveriez intact à votre majorité.

Le Gallic soupira avec une expression de reconnaissance navrante :

— Le bon patron!

Sibylle reprit :

— Il a été surpris par la mort, sans pouvoir vous désigner testamen'airement comme légataire pour ce qui en équité vous appartient. Mais je connaissais ses volontés; je m'en ferai la loyale exécutrice. Le notaire de la succession, jusqu'au jour où vous serez en âge d'en disposer vous-même, restera dépositaire de cet argent.

— Cet argent? Mais je n'en veux pas, mam'zelle Sibylle!... gardez-le! gémit l'ancien mitron.

Je n'ai point de générosité à recevoir de vous, mon pauvre ami!

Il devenait plus communicatif, plus suppliant :

— Pourquoi dites-vous ça?... pourquoi ne me tutoyez-vous plus comme autrefois?...

Elle écarta d'un geste le bras qui s'était posé sur son épaule.

— Oh! fit-elle, à présent que me voici toute seule, sans famille et sans défense, je dois calculer la portée de mes moindres mots... On interprète si mal les choses en province!...

Elle eut un sanglot.

— Mam'zelle Sibylle! implora-t-il, je ne veux pas que vous pleuriez.

Mais les larmes redoublaient.

— Il me faudra vendre le fonds de commerce... Mon père mort, comment tiendrais-je une boutique où il ne vient jamais que des hommes?

— Mam'zelle Sibylle! répétait le Breton, à genoux maintenant devant elle. Mam'zelle Sibylle! ne pleurez pas!... Je quitterai le métier de coureur, je me ferai votre aide, votre domestique; je forcerai les gens à vous respecter...

— Vous ne savez pas ce que vous dites, mon brave Le Gallic! Ce serait là vraiment belle matière à calomnie... Ah! croyez que je suis bien à plaindre.

Elle se tenait la tête de ses deux mains. Le Gallic profita de ce qu'ainsi elle ne pouvait pas le voir et, s'approchant doucement, la baisa près de la tempe, sous les frisons.

Sibylle se redressa, le toisa d'un regard hautain.

Pardonnez-moi encore cette fois, mam'zelle Sibylle!

Tout bas, il ajouta, en désignant du regard, au-dessous d'eux, la chambre du disparu :

— Imaginez que c'est lui qui vous embrassait!

Dans le visage pâle de l'orpheline une rougeur s'allumait :

— Tu es donc redevenu le bon petit gars de jadis? murmura-t-elle avec un presque sourire.

— Oui, mam'zelle Sibylle! je n'ai pas tant changé qu'on le pense. Vous voyez bien que vous me redites : « tu » comme au temps que j'étais mitron

Ils se faisaient face, debout tous deux. L'abat-jour descendu sur la lampe laissait les physionomies dans une région demi-obscure où s'enhardissait la parole.

— Que vas-tu faire, toi, maintenant? demanda-t-elle d'une voix qui semblait dicter la réponse.

— Ce que vous ordonnerez, mam'zelle Sibylle! répondit lentement le coureur.

— Il ne faut point que tu reparaisses en piste. Peut-être ton heure de gloire est-elle passée. Ici ta réputation reste entière, cela suffit. Ne vivrais-tu pas heureux à Lannion?

— Près de vous, mam'zelle Sibylle, je serais heureux partout, ma Doué!

Il osa lui prendre la taille; elle ne se défendait plus..... Il y eut des paroles prononcées si bas qu'elles se perdirent dans la pénombre de l'arrière-boutique.

— Alors, vous m'avez pardonné mes manquements?

— Evidemment. Vous m'aviez donné votre parole, sans doute vous l'avez tenue depuis. D'ailleurs, à votre âge, tous les gars passent par là!

Il n'eut pas le courage de la détromper.

Elle reprenait le « vous », car, s'il n'était pas encore l'époux, il avait cessé d'être le gamin complaisant qu'on utilise, le soir, à boulonner des volets. Elle souleva la lampe.

— Venez dans le magasin, fit-elle; il est à nous deux désormais.

Des lueurs rapides coururent sur les rayons de cycles, sur les guidons nickelés.

— Il y a dix-sept *Atalante* arrivées d'hier... Celle-ci est pour M. Allan-Suisbault, celle-là pour l'abbé Marzin... Mais je pense encore à notre petit Kerjan. Que dirait-il aujourd'hui?...

Le Gallic plissa le front, sans répondre d'abord.

— Expliquez-moi donc mieux ce que vous me disiez dans l'oreille tout à l'heure. Comment avez-vous pu aimer un pauvre mitron tel que moi?

— Tu n'es plus ni pauvre, ni mitron, puisque tu t'appelles Le Gallic, gagnant du Grand Prix de Paris, champion du Monde. Ce matin encore tu avais moins de modestie.

Puis, comme il répétait sa question, elle ajouta :

— Ne cherche pas. C'est si bizarre, un cœur de femme.

On cogna aux volets. Sibylle entr'ouvrit la porte du magasin.

Gaud, la servante du voisin Ruello demanda si M. Le Gallic était là : M. Ladurelle et M. Ruello l'attendaient dans la boulangerie.

Dites-leur que je les rejoins dans cinq minutes, répondit le champion du Monde.

La vieille s'éloigna. Ils entendirent ses sabots taper sur le trottoir. Cette apparition imprévue les ramenait à la réalité du moment. Sibylle eut comme un remords subit. Elle balbutia :

C'est mal peut-être, un pareil jour, ce que nous avons dit là.

Alors tous deux, en bons Bretons s'agenouillèrent au milieu du magasin, parmi les guidons et les pneus, et ils firent une prière pour les morts.

. . . . . . . . . . . . . . . . . . . . . . . .

Le Gallic trouva Ladurelle attablé avec le boulanger. C'étaient deux amis sûrs : il leur confia tout de suite son bonheur.

— Vous serez mes témoins, au mariage... Lannion n'aura jamais vu de noces pareilles. Je ferai les choses royalement.

Ladurelle, après un moment de méditation, déclara :

C'est le seul dénouement rationnel... Champion du Monde, puis marchand de cycles... On se marie jeunes en Bretagne... N'importe! tu ne retrouveras pas de sitôt un sprinter qui te vaille.

Le patron Ruello, la voix mouillée, opinait philosophiquement.

... Le soir des obsèques de Jézéquel!... Ah! la vie a d'étranges coïncidences!... Le malheur des uns était le bonheur des autres.

Le patron Ruello n'aimait pas le cycle.

Donc, tu vas vendre des bécanes, petit! c'est une vogue qui ne durera point. On dit que l'automobile fait des progrès. Vous seriez assez riches pour vivre rentiers, mais je conçois, mon gars, que tu préfères continuer le travail. Avant cinq ans, comme tu seras bon payeur, je t'aurai cédé ma boulangerie.

A la muraille pendait un dessin grossier qui représentait un grand-père Ruello, accoudé sur sa faux de guerre, avec les guêtres et les grègues des chouans.

Les pédales, peuh! ajouta-t-il en caressant son collier de barbe grise, ce n'est pas sur des pédales que nos anciens ont couru le monde!

Le patron Ruello avait été coquet dans la vingtième année; il chiffonna son pantalon de bure, les yeux toujours sur l'image du grand-père.

... Après tout, je ne demande à ces machinettes que de nous ramener le vieux costume; car, on doit le reconnaître, il est plus plaisant pour la jeunesse.

HENRY SAINT-MAURICE.

FIN



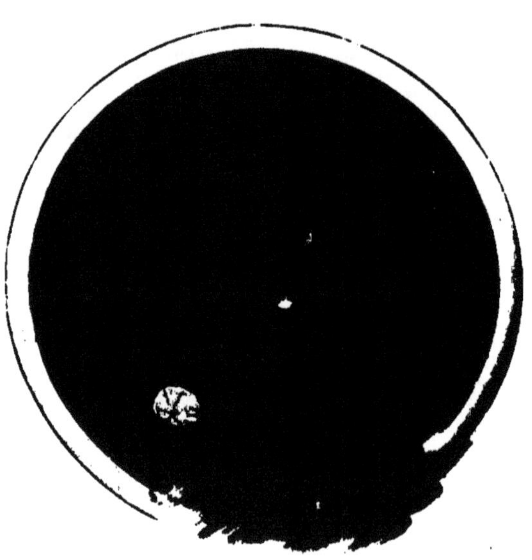

www.ingramcontent.com/pod-product-compliance
Ingram Content Group UK Ltd.
Pitfield, Milton Keynes, MK11 3LW, UK
UKHW020947140726
13695UKWH00003B/1253